書下ろし

お梅は次こそ呪《のろ》いたい

藤崎 翔

祥伝社文庫

目次

ぷろろをぐ

東京都内の、閑静《かんせい》な住宅街。

人通りのない道の端を、何かがゆっくり歩いている。

よく見ると、それは日本人形だ。身《み》の丈《たけ》は三十センチほど、赤い着物を着て白い足袋《たび》を履《は》き、おかっぱ頭で薄く笑みを浮かべた女の子の、どこか不気味な日本人形だ。

その人形の名は、お梅《うめ》。――だが、その名を知る人間は、もう誰もいない。

さらに、お梅が呪いの人形だと知る者も、誰もいない。

かつては、あんなに人を呪っていたというのに……。


お梅が作られたのは、今から約五百年前の戦国時代。

当時、東国の一角では、鶴川《つるかわ》氏と亀野《かめの》氏という二つの大名《だいみょう》が覇権を争っていた。

何代にもわたって領地を巡る紛争を繰り返してきた両家だったが、周辺の大名が勢力を増す中、鶴川家の九代目当主の重定《しげさだ》は、亀野家と手を結んだ方が得策だと判断した。そこで、長女の豊姫《とよひめ》を、亀野家の若き当主の則家《のりいえ》に輿入《こしい》れさせた。――その豊姫が幼い頃から遊び、嫁入り道具として持参した人形が、お梅だった。

だが、その翌年、鶴川重定が病《やまい》に伏せると、亀野軍は隙《すき》を突いて鶴川領に攻め入り、統率を失った鶴川軍を壊滅させ、病床《びょうしょう》の重定を含めて鶴川家を皆殺しにしてしまった。つまり豊姫は、嫁《とつ》いで間もない夫の則家によって、親族を惨殺《ざんさつ》されたのだ。

こうして長年の覇権争いに終止符を打った亀野家だったが、それから立て続けに災難に見舞われた。

まず、世継ぎになるはずだった、則家と豊姫の間にできた子が、二人続けて生後間もなく亡くなり、さらに則家と側室の間にできた二人の子も、相次《あいつ》いで亡くなってしまった。亀野則家の四人の子は、わずか一年余りで全員死んでしまったのだ。

その結果、亀野則家は半狂乱となり、怒りの矛先《ほこさき》を妻の豊姫に向けた。親族を夫に殺された豊姫が、復讐《ふくしゅう》のために、我が子を含めた世継ぎを次々と謀殺《ぼうさつ》したに違いない――。一方的にそんな疑いをかけ、家臣や従者らがいる前で衝動的に刀を抜き、豊姫を袈裟《けさ》懸《が》けに斬り殺してしまったのだ。殿の乱心に、周囲の者は揃《そろ》って震撼《しんかん》した。

ところが、その則家も、ほどなく重い病にかかった。当時としては精一杯の治療が施されたものの、則家は骨と皮ばかりに痩《や》せ細り、うわごとを繰り返し、何ヶ月も苦しみ抜いた末に血反吐《ちへど》を吐きながら死んだ。こうして当主を失った亀野家は、みるみる弱体化し、ほどなく東国の雄《ゆう》である北条《ほうじょう》氏に攻め入られ、あっけなく滅亡したのだった。

やがて、亀野家が滅びた経緯《けいい》について、ある不気味な噂《うわさ》が囁《ささや》かれるようになった。

亀野家の滅亡は、豊姫の嫁入り道具の人形の、呪いのせいだったのではないか――。

結論からいうと、まさにその通りだった。

当時から人形というのは、持ち主やその周囲の人間の心が宿るとされていた。親族を夫に惨殺された豊姫、そして殺された者たちの膨大な怨念《おんねん》を吸収したお梅が、呪いの人形と化すのは、いわば必然だったのだ。お梅は、敵も味方も関係なく、目の前に現れた人間を見境なく呪い殺す、いわば呪殺《じゅさつ》マシーンと化したのだった。

お梅は身の丈三十センチほどの人形でありながら、人間のように思考し、体を動かすこともできる。さらにお梅には、人間にはない、超能力といえる二つの力が備わった。

まず一つ目が、瘴気《しょうき》を発生させる能力だ。

瘴気というのは、人間が吸うと病にかかり、やがて死に至る気体。いわば古《いにしえ》の毒ガスだ。お梅はそれを、体から無尽蔵《むじんぞう》に放出できるのだ。亀野家の跡取りの赤子たちも、当主の亀野則家も、お梅が発した瘴気によって病にかかり、死に至ったのだ。

そして二つ目が、人間の心の中から負の感情を読み取り、増幅させる能力だ。

我が子を立て続けに失った亀野則家が半狂乱となり、妻の豊姫を衝動的に斬り殺したのも、則家の中の猜疑心《さいぎしん》と殺意を読み取ったお梅が、それらを一気に増幅させたからだった。周囲の家臣や従者たちはみな、殿の乱心だと怯《おび》えたが、実は則家自身も驚いていた。

まさか自分が傍《かたわ》らの人形によって心を狂わされていたとは思わず、自《みずか》らの凶暴さに茫然《ぼうぜん》とするしかなかったのだ。

こうして、戦国大名の亀野家を滅亡にまで追いやった呪いの人形、お梅。

その力を察したものの、破壊しようとして自分も呪われてはたまらないと恐れをなした亀野家の家臣により、お梅は木箱に入れられ、外から厳重に釘《くぎ》を打たれ閉じ込められた。

その木箱は「呪いの人形が入っているから開けてはならぬ」という言い伝えとともに数々の家をたらい回しにされたが、さすがにその言い伝えも途絶えた令和の世に、古民家を解体した業者によって木箱が壊され、お梅は約五百年ぶりに世に放たれたのだった。

長年幽閉《ゆうへい》されていたものの、人形なので体が衰《おとろ》えたりはせず、むしろ良好な保存状態で現代によみがえったお梅は、呪いたい欲求のおもむくまま、興味本位で自分を拾った現代人たちに、次々と呪いをかけていった。

ところが——約五百年のブランクは、さすがに長すぎた。

お梅が発する瘴気は、戦国時代に比べて栄養や衛生状態が格段に向上した現代人には、ろくに効かなかった。また、負の感情を増幅させて不幸にしようとしても、戦国時代から生活も考え方も大きく変わった現代人を理解できていないお梅の術は、ことごとく裏目に出てしまった。結果的にお梅は、呪いの人形だというのに、むしろ自分を拾った現代人を次々に幸せにしてしまったのだった。

くそっ、次こそ自分を拾った人間を呪い殺してやる——。お梅は心に誓いながら、東京二十三区の西の方の、夕暮れの住宅街をゆっくり歩いていた。人間が通りかかるたびに、普通の人形のふりをして道端で立ち止まってみるが、なかなか拾ってはもらえない。

そんなお梅の進む先で「ばきばきっ、がらがらぐしゃっ！」と家が破壊されていた。

戦国時代には城か寺でしか見ることのなかった二階建ての家が、戦国時代には絶対なかった巨大な機械の腕によって、いとも簡単に壊されていく。あんな破壊に巻き込まれたらひとたまりもない。破片が飛んできただけでも、お梅の木と紙でできた体にとっては致命傷になりかねない。道に人通りがないのを確認してから、お梅は足を速めた。

と、その時だった——。

「おい、そこの人形、聞こえるか」

何者かに声をかけられ、お梅は思わず立ち止まった。

人間の声かと思って辺りを見回したが、それらしき人影はない。というか冷静に考えたら、人形が歩いているのを見て「おい、そこの人形」などと声をかける人間はいない。いくら現代人でも、お梅が動いたのを目撃したら、さすがに悲鳴を上げて驚くのだ。ただ、その後「すまほ」なる物を取り出し、動画に収めたりするから厄介《やっかい》なのだが。

それはそうと、さっきの声は、音として聞こえたのではなく、まるで心に直接話しかけられたような感じだった。というのも、すぐそばで家を破壊する轟音《ごうおん》が響いているのだから、普通の声なら、あんなに明瞭には聞こえなかったはずなのだ。

戸惑いながら周囲を見回していたお梅に、再びさっきの声が聞こえた。

「俺はこっちだ。お前にとっての左上だな。今取り壊されてる家の二階だ」

お梅はその声に従い、左上を見た。すると、巨大な機械によって壊されかけている家の二階の窓際に、その声の主がいた。——いや、あった。

それは、首だけになった人形だった。お梅が女の子を模した人形なのに対し、その人形は力強い表情で兜《かぶと》をかぶっている。元々は武士を模した人形だったのだろう。

「首から下は、ずいぶん前に壊された。今はこの通り、武士のさらし首さ。さて女子《おなご》よ、お前も俺と同じ、呪いの人形だな？」

その人形に問いかけられ、お梅はどう答えていいか戸惑《とまど》った。お梅は人形なので発声器官はなく、誕生してから約五百年、他者と会話をしたことが一度もないのだ。物事を考える際も、必ずしも言語化して考えているわけではなく、本書に記されているお梅の思考も「文字に起こしたらこのような内容になりますよ」という、いわば現代語訳をしているだけで、実際にお梅がこういう言葉を使っているわけではない。だから戦国時代に使われていなかった言葉をお梅が使っていることについて「この部分はおかしい」とか「作者は勉強不足だ」なんて思ってはいけないし、そんなことをネットに書き込むような悪い読者は、たちどころに呪い殺されるから絶対にしてはならないのである。

――と、話が少々それたのはさておき、お梅はその生首状態の武士の人形に「ああ、私も呪いの人形だ」と念じて返してみた。

「やはりそうか。名は何と申す？」

また武士の人形が尋《たず》ねてきた。どうやら、心の中で念じるだけで会話ができるらしい。この世に生まれて約五百年、お梅にとって初めての他者との会話だった。

「私の名は、お梅だ」また念じて返した。

「そうか。俺は次郎丸《じろうまる》。――といっても、もうすぐ名前など何の意味もなくなるがな。俺はここで、人形としての一生を終えることになりそうだ」

次郎丸と名乗った首だけの人形は、少し動いて窓の外を見た。その視線の先で、巨大な機械が家を破壊している。次郎丸のいる部屋が壊されるのも時間の問題だろう。

「俺がこんな生首になっちまったのは、今から百年以上前だ」次郎丸はお梅を見下ろし、語り出した。「俺は呪いの人形として恐れられていた。長年にわたり、合計すれば何十人も殺してきたからだ。その末に、怒った男によって胴体を鉈《なた》で叩き壊された。だが俺は、首だけになって宙を飛び、そいつの中の狂気と破壊衝動を一気に増幅させた。するとそいつは、鉈で自らの首を叩き切って死んだ」

「ほお、それは見事だったな」お梅は心の中であいづちを打った。

「だが首だけになっちまうと、なかなか人間を呪いづらくなってな。結局、呪い殺せたのはそいつが最後だった」次郎丸は悲しげに語る。「それもそうだ。生首の人形を飾っておきたいと思う人間なんざ、まずいないからな。それまでは、人間の家に飾られては、そこに住む奴らを呪っていたが、もう誰にも拾ってもらえない。それどころか、首だけで転がってるところを、子供や犬猫にでも見つかったら、弄《もてあそ》ばれて壊されちまう。だから体を壊されてからは、ずっと物陰に隠れて日々をやり過ごすしかなかったんだ」

「私も、犬や猫には苦労した。奴らは厄介だよな」お梅が応じた。

「ああ。だが、それ以上に厄介なのは空襲だった」次郎丸が語る。「太平洋戦争が始まると、俺が呪いをかけるまでもなく、人間たちは困窮《こんきゅう》し、不幸になっていった。俺としては見ていて爽快だったが、空から爆弾を落とされるようになってからは楽しむどころじゃなくなった。爆弾が直撃したら、俺もあっという間に灰になっちまうからな」

「太平洋戦争……というのがあったのか。いつ頃の話だ？」

「八十年ほど前だ。お梅だって経験してるはずだろ？」

「ああ、実は私は、かつては武家を滅ぼしたりもしたんだが、それから最近まで、ずっと木箱に閉じ込められていたんだ」

お梅が身の上事情を簡単に話すと、次郎丸は首だけでうなずいた。

「ほお。となると、爆弾が落ちなかった場所で、ずっと生き延びられたわけだな」

　がらがらがしゃんっ、と家を壊す轟音が響く。次郎丸はその方向を一瞥《いちべつ》し、また語る。

「俺も東京大空襲からどうにか逃げ延び、終戦を迎えたんだが、こんな生首じゃ誰にも拾われず、見つかれば壊されちまうっていう状況は相変わらずだった」

　よく首だけで逃《のが》れられたな、と思ったが、次郎丸が語っているのを遮《さえぎ》るのも憚《はばか》られたので、お梅は引き続き黙って次郎丸の話を聞いた。

「いろんな家の物陰に潜んで、その家の人間の負の感情を増幅させたり、瘴気を発してもみた。でも、特に瘴気は効かないものだな。大昔の人間には効いたんだが、どうやら俺みたいに首だけになると、瘴気も弱まるようでな」

「あ、でも、私の瘴気も、現代の人間には効かなかったぞ」お梅が口を、というより心の声を挟んだ。「どうやら現代の人間は、昔より栄養状態がよくなって体が丈夫になってる上に、赤子の頃から、わくちんという物を体に注入されるらしいのだ。そのわくちんというのは、十何種類もあるらしくて、昔の人間がよく感染して死んでいたような病に、相当かかりづらくなるらしいのだ。おそらく、かつて我々の瘴気で誘発されていた病というのは、今はわくちんで予防できてしまうのではないかと、私は以前てれびでわくちんの話題を聞いた時に思ったのだが……」

「ほお、なるほど。わくちんか」次郎丸が納得したように、また首だけでうなずいた。

「聞いたことはあったが、あれはそういうものだったのか。となると、首だけになったから瘴気が効かないわけじゃなかったのか……。まあ、俺たち呪いの人形は、自分の能力でも分からないことが多いよな。最近じゃ、人間の負の感情を増幅する術を使うと、なぜかてれびが作動しちまうし」

「あ、そうそう、そうなんだよな！」

お梅は強く同意した。あれは呪いの人形にとって共通の悩みだったようだ。

「てれびがある部屋で、負の感情増幅の術を使うと、いちいち作動してしまって面倒なんだよな。私はそのせいで、結果的に人間を呪えなかったこともあるぐらいで……」

「元々、だいやるを回して、てれびのちゃんねるを変えてた時代は、あんなことはなかったんだ。でも、りもこんになってから、あれが面倒になってな」

「ああ、そうなのか……」

だいやる、というのが分からなかったので、お梅は心の中で曖昧《あいまい》にあいづちを打った。と、そこでまた、どごどごどんっと家が壊される振動が響き、次郎丸は言った。

「ああ、すまん。自分以外の呪いの人形に出会ったのが、百年以上ぶりだったから、つい話し込んでしまった。いかんな、残された時間はもう短いのだ。本題に入ろう」

そして次郎丸が、お梅に持ちかけた。

「俺はもうすぐ、跡形もなく破壊される。だから、俺の力をそなたに託そうと思うのだ」

「……どういうことだ？」お梅が聞き返す。

「お梅、俺の目をじっと見ろ。そなたに、俺が今持っている能力を授《さず》けてやろう」

「そんなことができるのか？」

「たぶんな。できる気がするのだ。たとえるなら、わゐふぁゐを介して、お梅のしすてむをあっぷでゑとするようにな」

「あ、えっと……すまない。現代の用語はまだ詳しくないから、後半がさっぱり分からなかったのだが……」

「ああ、そうか。最近まで木箱に閉じ込められていたんだったな」

どうやら次郎丸は、隠遁《いんとん》生活を送りながらも、現代の人間の文化には、お梅よりよほど精通しているようだ。

「とにかく、俺の目を見るのだ」

「ああ、分かった」

お梅は言われた通り、次郎丸の目をじっと見つめた。

すると次の瞬間、たしかにお梅の中に、不思議な力が入ってきたような感覚があった。

「よし。これでお前は、宙に浮くことができるはずだ」次郎丸が言った。

「何、本当か？」

「宙に浮きたいと念じてみろ」

言われた通り、お梅は宙に浮きたいと強く念じてみた。

すると、お梅の足が、足下の道路から二寸ほど浮き上がった。

「おおっ、すごい。浮いた……」お梅は感嘆《かんたん》した。

「その術は、首だけになっちまってから、それでも動きたいと強く念じてたら、勝手に俺に備わったんだ」次郎丸が語った。「呪いの人形ってのは便利だな。強く念じれば新しい能力が備わるなんて、他の生き物が羨《うらや》ましがるだろう」

たしかに、瘴気を放出する能力も、人間の負の感情を増幅する能力も、おのずとお梅に備わっていた。また、次郎丸が首だけで東京大空襲とやらから逃げ延びられたのは、この能力のおかげだったのかと、お梅は合点《がてん》がいった。

「それとお梅、お前は首だけで浮くことも、たぶんできるはずだぞ」

次郎丸に言われて、お梅は今度は、首だけで宙に浮きたいと強く念じてみた。

すると、首が胴からすぽっと抜けて、ふわふわ浮き上がることができた。さらに、首から下も宙に浮きたいと念じたら、また足が道路からふわりと浮き上がり、首とそれ以外、それぞれで宙に浮くことができた。

「すごい、こんなこともできるのか！」お梅は感激した。

「これでお前は、首と体が分かれて遠く離れてしまっても、各々《おのおの》通信しながら別々の動きができるはずだ」

「なるほど……」

お梅は今まで、高いところから落ちたりして首が外れてしまった時は、急いで首をはめていたものだったが、首も体も別々で動けて、双方で通信できて、宙に浮くことまでできるというなら、行動の幅が一気に広がりそうだ。

「そういえば、前に見た映画『とゐすとをりゐ』にも、そんなことができる奴がいたな」

お梅がふと思い出して言うと、次郎丸が首だけで大きくうなずいた。

「そう、まさにそれだ！　あの、目玉が取れた時の、みせすぽてとへっどのような、目玉と本体で別々の場所にいながら、情報を共有できる感じだ。――そうか、お梅も『とゐすとをりゐ』を見たんだな」

「ああ。あれに出てくる人形たちが、人間の前では動けないという苦悩には共感したが、人間を呪い殺そうとも思わない思考回路には、全然共感できなかったな」

「そうそう、俺もそう思った。人形の心情という観点でいうと、『ちゃゐるどぷれゐ』のちゃっきゐの方が、よほど共感できたんだが……」

「ああ、私も見たよ、『ちゃゐるどぷれゐ』。でも、あれはあれで、いくらなんでも人形のちゃっきゐが万能すぎて……」

「そうなんだよな～、あそこまで人形が強すぎると冷めちゃうんだよなあ。実際はそんなにうまくいかないよって思っちゃうんだよなあ」

なんて語り合っていたところに、がらがらどすんっ、とひときわ大きな轟音が響いた。

気付けば、巨大な機械の腕の先が、次郎丸がいる部屋のすぐそばまで迫っている。

「いかんいかん。映画の感想で盛り上がるなどという、人間のようなことをしている時間はないいな」次郎丸が、どこか悲しげな心の声で言った。「あ、あと、俺の分の瘴気の力もお梅に授けたからな。つまり瘴気の力も、倍にぱわあああっぷしたはずだ」

「ぱわあああっぷ……？」

「ああ、力が増したという意味の英語だ」

英語というのが、世界中で広く使われる外国語だということは、お梅も知っている。

「今まで効かなかった瘴気も、力が倍になれば、次こそ人間に効くのではないかな……」

次郎丸がそう言った直後、彼がいる窓枠が、ずごんっと大きく揺れて傾いた。

「ああ、いよいよお別れだ……。お梅よ、江戸時代以来の呪いの人形伝説を、現代に轟《とどろ》かせてやるのだぞ」

次郎丸が告げた。それを聞いて、お梅はおずおずと答える。

「えっと……まあ、私が活動してたのは、戦国時代だけどな」

「えっ⁉」次郎丸の心の声が裏返った。「ああ、失礼つかまつりました。勝手に同年代だと思っておりましたが、お梅さんの方がだいぶ先輩でいらっしゃったんですね」

心の声なのに急に敬語になった次郎丸に、お梅は返す。

「ああ、いや、別にそういう、人形同士の先輩後輩とかは気にしないんだけど……」

そんなことを言っている間に、とうとう巨大機械が、次郎丸のいる部屋を、がらんがしゃんっと壊し始めた。

「ああ……もはやここまでだ。俺はもう、終わりです」

結局、半分ぐらい敬語まじりの心の声で、次郎丸が告げた。

「お梅……さん、逃げてください！　破片でも当たってはいけないから」

「ああ、分かった」

お梅は次郎丸に背を向け、人けのない道を駆け出した。

「お梅さん！　どうか、俺の分も人間を呪いまくって、再び呪いの人形の伝説を……」

そこまで心の中で聞こえたところで、がしゃあん、とひときわ大きな轟音が響いた。

お梅が振り向くと、さっきまで次郎丸がいた部屋は、巨大な機械の腕によって、ぐしゃぐしゃに跡形もなく破壊されていた。

「次郎丸！　次郎丸！」

お梅は強く呼びかけたが、もう次郎丸からは、二度と応答がなかった。

能力をお梅に託したのち、機械に押しつぶされ、瓦礫《がれき》の一部と化してしまった次郎丸。

ああ、なんと気の毒なのだろう。しかし次郎丸、そなたの遺志は、この私がしかと引き継いだぞ――みたいなことは、お梅はこれっぽっちも思わないのだ。

他者に共感や同情など全然しない。あ〜私があいつじゃなくてよかった、と思うだけ。

それこそが呪いの人形なのだ。お梅は感傷に浸《ひた》ったりもせず、また淡々《たんたん》と歩いた。

とはいえ、新しく習得した能力は試してみたい。お梅はしばらく歩き、ちょうど見つけた広場に入った。現代では「公園」と呼ばれるらしい広場だ。

その公園には、おそらく小さな子供が遊ぶのであろう、人が一人滑れるほどの斜面がついた台と、吊り下げられてぶらんぶらん動く木の板と、砂が敷かれた広場がある。それぞれ仮に「滑り台」「ぶらん木」「砂場」と呼ぶことにする。まあ現代の人間はきっと、全然違う名前で呼んでいるのだろうけど。

また、たしか「時計」と呼ばれている、1から12の数字が円を描くように並び、その間を三本の針が動いていく盤面が付いた柱も立っている。園内に人の姿はなかったので、お梅はここで、先ほど次郎丸から授かった能力を試してみることにした。

まずは宙に浮いてみる。さっきよりも高く、一尺ほど浮いた。この調子で空高く、鳥のように自在に飛べるのなら、相当使える能力だぞ――と、思っていたのだが。

徐々に高度を上げるうちに、お梅はすとんと地面に落ちてしまった。何度か試したが、どうやらそう長く浮けるわけではないようだ。公園の時計を見ながら浮いてみた限り、お梅が宙に浮けるのは、時計の三本の針のうち、動いているのが目視で確認できて、六十回ほど動いて一周する針が、十回動くほどの間だけだった。お梅の記憶が確かなら、この針が一つ動く間のことを「一秒」と呼んでいた気がする。つまり、お梅が宙に浮いていられるのは十秒ほど。その後、いったん着地し、すぐ「宙に浮きたい」と念じても浮くことはできず、次に浮けるようになるまで、また十秒ほどが必要だった。

　ということはつまり、鳥のように空を飛ぶなんて、とても不可能ということだ。十秒のうちにあまり高く飛び上がってしまっては、次の十秒は浮遊できないから、落下して地面に叩きつけられ、木と紙が主な材料であるお梅の体は壊れてしまうだろう。

　要するに、お梅に備わったのは、そこまで高くない空間を、約十秒間ふわふわと浮けるだけの能力だ。

　う〜ん……まあ仕方ない。お梅はいったん気持ちを切り替え、首と胴体が別々に動けるという能力を試してみた。まずは首だけで宙に浮いて、首から下を歩かせてみた。

　ただ、そこで、お梅は気付いた。

　よく考えたら当然なのだが、首から下には目も耳もないので、触覚だけを頼りに動くことになる。だから、首が別方向を向いてしまうと、首から下だけで歩くのは危なっかしかった。地面の小石や、ぶらん木の斜めの支柱などに、すぐつまずいてしまうのだ。

　というか、そもそもお梅は今までも、少し高いところから落ちた時などに首が飛んで、それを拾って胴体にはめたことは何度かあったのだ。あの時は、急いで首をはめなければと多少慌《あわ》てていたし、首から胴体を呼び寄せていたような感覚だったが、あれはあれで、首と胴体がそれぞれ個別に動いていた気がする。

つまり、この能力はひょっとすると、元々お梅に備わっていたのではないか。次郎丸が得意になって「能力をお前に託す」なんて言ってきたから、なんとなく信用しちゃったけど、別にこれは新しくも何ともなかったんじゃないか——。

次郎丸から授かった二つの新能力、いやもしかしたら実質一つの新能力は、あまり使えないのではないか。一応、瘴気も「ぱわあああっぷ」したようだけど、これぱっかりは実際に人間相手に試してみなければ分からないし……。

と、早くも気持ちが冷めかけたお梅だったが、すぐに奮《ふる》い立たせた。いやいや、まだ決めつけるのは早い。もしかしたら今後、この能力のすごく効果的な使い方を思いつくかもしれないし、少なくとも損はしていないのだ。いくらか得はしているはずなのだ。よし、今日得た能力も使って、今度こそ現代人たちを呪い殺しまくってやるぞ！

まずは宙に浮く練習をしよう。ひょっとしたら、繰り返し鍛錬《たんれん》すればもっと自在に飛べるようになるかもしれない。お梅はそう思って、落ちた時の衝撃を最小限にすべく、柔らかい砂場へと移動した。

公園とその前の道に、相変わらず人がいないのを確認してから、思い切って高く浮いてみる。よし、砂場に落ちて体が損傷しないギリギリの高さまで飛んでみよう——。

と思っていたら、ふいに強い風が吹いた。そして、お梅の軽い体は、ひゅうっと風に流されてしまった。

しまった、風を計算に入れていなかった。これぐらいのことは計算しておかなければいけなかった――。お梅は公園の網状の柵を越え、隣接する家屋の二階部分へと飛ばされてしまった。とにかく体の損傷だけは避けるべく、お梅は下手に風に逆らわず、建物に激突する寸前で、習得したばかりの浮遊術を使って勢いを殺し、衝撃をできるだけ和《やわ》らげた。そして、建物二階の、窓の外のせり出した部分に着地した。

幸《さいわ》い、体に損傷はなかった。ふう、助かった――。とお梅が安堵《あんど》していた時だった。

突然、その場所に面した窓が開き、女の童《わらべ》が現れた。

「あれっ、お人形さんだ！」

しまった、浮いていたのを見られてしまったか？

だが童は「こっちにおいで」と小声で言い、お梅を持ち上げ、部屋の中に入れた。

これは、災い転じて福となすというやつか。童の部屋の窓辺に着地したのが幸いして、童に引き取られることになりそうだ。となれば、この童をさっそく呪い殺せるかもしれないぞ――。お梅はほくそ笑んだ。もちろん、人形なので実際の顔の表情は変わらず、むしろ製造されてから約五百年間、ずっとほくそ笑んだような顔をしているのだが。

間者童《かんじゃわらべ》を呪いたい

1

未央《みお》は、物音を聞いてベランダに出て驚いた。そこにお人形さんがいたのだから。サンタさんのプレゼントにしては、さすがに早すぎる。でも、二階の未央の部屋のベランダに、お人形さんの方から来たのだから、部屋に入れてほしかったのだろう。未央はそう判断して、すぐにお人形さんを部屋に入れてあげた。

「どこから来たの？」

未央は窓を閉めて、お人形さんに話しかけてみたけど、お人形さんは答えない。

「お空を飛んできたの？」

二階のベランダに来たのだから、歩いてきたわけじゃない。飛んできたのは間違いないはずだ。未央はそう思ったけど、やっぱりお人形さんは答えない。

「私は池村《いけむら》未央。あなたの名前は？」

お人形さんは全然答えない。空は飛べても、お話はできないのかもしれない。

「じゃ、私がつけてあげるね。あなたの名前は……エルサにしよう。アナと雪の女王の」

そんなお話をしていたら、廊下から足音がした。この小さい方の足音はママだ。

知らないおもちゃを見られたら、怒られるかもしれない。下手したら捨てられちゃうかもしれない。そう思って未央は慌てて隠そうとしたけど、全然間に合わなかった。

「未央、そろそろご飯……」

部屋のドアを開けたママは、未央が持った人形を見て、目を丸くした。

「えっ、何その人形？」


「汚いし、不気味だし、捨てた方がいいんじゃないか？」

夫の淳平《じゅんぺい》の言葉に、恵《めぐみ》は洗濯物をたたみながら苛立《いらだ》った。

「簡単に言わないでよ。未央は気に入っちゃってるんだから」

「まあ、空を飛んでベランダに来たとか言ってるぐらいだからな」

淳平が冷蔵庫に向かう。缶ビールを出すのだろう。

「で、実際どうなのかな。本当は拾ったのかな」

「私が気付かないうちに、こっそり拾うなんて無理だよ」恵が答える。

「じゃ、あの子がこっそり渡したとか？　えっと……あやのちゃんだっけ？」

「それはないよ。今日は会わなかったし」

「こっそり荷物に入れてきたとか。やりかねないだろ、あの子なら」

「そんなことはしないでしょ……」

恵が言いかけたところで、プシュッという音がした。振り向くと、淳平がまた、台所に立ったまま缶ビールに口をつけていた。

「もう、座ってから飲んでって言ってるでしょ。未央が真似《まね》するじゃん」

恵がたしなめると、淳平が鼻で笑う。

「いいだろ、もう見てないんだから」

「見てるところでもやるじゃん」

「いちいちうるせえな」淳平が苛立つ。

「ほらっ、また汚い言葉！」

恵が怒ると、淳平は舌打ちしながら、缶ビールを持ってテーブルに歩いてくる。

「舌打ちも！」恵がさらに指摘する。

「うるせえな、いい加減にしてくれよ」

「こっちの台詞《せりふ》なんだけど！」

ああ、まただ。いちいち喧嘩《けんか》になってしまうので、夫婦の会話はなかなか進まない。

こんな生活を一生続けていくのだろうか。それとも、どこかでピリオドを打つ時が来るのだろうか――。恵は最近そんなことばかり考えてしまう。淳平も同じかもしれない。

「まあ、たぶん誰かが、公園からうちのベランダに投げ入れたんだろうけどね」

これ以上喧嘩で消耗《しょうもう》したくないので、恵は話題を戻した。

「日本人形を？　投げるかね、あんな物」淳平が首を傾《かし》げる。

「でも、それ以外考えられないでしょ。風で飛んでくるような物でもないんだから」

「まあ、公園が隣だと、こんなことも起こるか。やっぱりあっちの家買っとけば……」

淳平が言いかけたところに、恵はすかさず反論する。

「またその話？　あっちはあっちで、狭かったしデメリットもあったじゃん。ここがうちのベストだったの！　もうその話はしないって言ったでしょ」

都内の建て売りを選ぶにあたって、この家とほぼ同額の候補がもう一軒あったのだ。でもその家は、駅に近くて便利な代わりに面積は狭く、もし二人目ができたら手狭になりそうだった。だから、駅や淳平の会社から多少遠かったり、夜中に隣の公園から酔っ払いの叫び声が聞こえたりという悪条件と引き換えにしても、この家を選んだのだ。

「ていうか、その人形の足袋？　よく見たら泥だらけだな。洗った方がいいよ」

淳平がまた、恵を苛立たせる言葉を吐いた。さすがに言い返さずにはいられない。

「こんな小さい物も、自分では洗おうとしないいんだね」

「ああ……やりゃいいのかよ」淳平も苛立ったように返す。

「結構です。私がやるから」

恵が立ち上がりかけたところで、視線に気付いた。

リビングのドアの傍らに、パジャマを着た未央が、泣きそうな顔で立っている。

「ケンカしないで……」

「ああ、ごめんね未央、起こしちゃったかな」

恵が慌てて、リビングの隅に置いてある人形に駆け寄った。

「ほら、今からお人形さんの靴下洗うからね。ああ、靴下じゃなくて、こういうのは足袋っていうんだけどね」

これもまた一つ勉強になるかもしれないと思って、恵はあえて言い直してから、足袋を外してみせる。淳平が指摘した通り、たしかに土で汚れている。

「裸足《はだし》のお人形さん、お部屋に持って行っていい？」

未央が意外な申し出をしてきた。

「え……これ持って行くの？」

「大丈夫か未央？　そんなの持って行って、眠れなくなっちゃうんじゃない？」

淳平も心配そうに言う。この時ばかりは恵も同じことを考えていた。こんな不気味な日本人形が寝室にあったら、恵でも多少寝付きが悪くなりそうだ。

それでも未央は、少し眠そうな顔をしながらも「持って行きたい」と言った。

「そっか……」

こういう日本人形を、不気味だと思ってしまうのも、大人の先入観なのかもしれない。

未央はとても気に入っているようだし、やはり捨てるわけにはいかないだろう。

「じゃ、お人形さんも連れて行ってあげようね。しばらく裸足にはなっちゃうけど」

恵は、汚れた小さな足袋を右手、人形を左手に持って、未央に笑いかけた。

未央は、裸足になったお人形さんを抱っこして、自分の部屋のベッドに戻った。

ママとパパが、またケンカをしていた。なんでいつもケンカしてしまうのだろう。未央が年中《ねんちゆう》さんの時は、こんなにケンカをしていなかったと思うけど、仲が悪くなるようなことがあったのだろうか。考えても分からない。

今日は、お人形さんと一緒に寝ることにした。未央は、ベッドの隣に寝かせたお人形さんに、小声で話しかけた。

「ねえエルサ。パパとママ、どうしたら仲よくなれるかな？」

＊

ほお、これはいい家族に拾われたぞ――。お梅は大いに期待していた。

この池村家の両親は夫婦仲が悪く、それによって未央という女の童が心を痛めている。

父親の淳平と母親の恵は、互いに対して「苛立ち」や「失望」を抱いているのが読み取れる。おまけに、未央はお梅をいたく気に入っていて、心の内を包み隠さず打ち明けるものだから、今考えていることが筒抜けだ。

まあ、未央がお梅に「ゑるさ」という、よく分からぬ名前を付けたのに関しては勝手にすればいいが、それはさておき、この童は利用価値がありそうだ。本来なら、同志の次郎丸によって「ぱわああっぷ」したという瘴気を吸わせ、効果を試す実験台にしたいところだが、未央はこの池村家の内情を知るための情報源になりそうなので、すぐ殺してしまうには惜《お》しい。未央をすぐ殺したら、たぶん淳平と恵の夫婦は気落ちして別れておしまいだろう。死人が一人だけでは面白《おもしろ》くないし、この夫婦は放っておいても遅かれ早かれ破局を迎えそうだ。せっかくお梅が来たのだから、三人家族の全滅を目指すべきだろう。

まず、未央を間者《かんじゃ》のように使い、この池村家の事情をもっと知り、その情報に基《もと》づいて夫婦仲をさらに悪化させる。お梅の「負の感情増幅の術」によって、口喧嘩を今以上に激化させ、互いへの憎悪《ぞうお》が極限に達したところで、娘の未央を瘴気で殺してやるのだ。それによって夫婦は不幸のどん底に落ち、未央が死んだのはお前のせいだ、などとお互いを罵《のの》り合うだろう。そこでさらにお梅が双方の怒りを増幅させれば、最終的に夫婦が殺し合い、三人全滅という最高の結末を迎えられるのではないか。

よし、決まりだ。この池村家を残忍に全滅させてやろう――。お梅は舌なめずりをしたい気分だった。舌がないからできないけど。

2

コロナ禍《か》を機に、淳平が勤務する商社でも導入されたリモートワーク。当初は淳平も、家族でいられる時間が増えるからと乗り気だった。リモートの日は、保育園の送り迎えも淳平が担当することにして、未央と朝夕を楽しく過ごせると喜んでいた。

でも、夫婦仲がぎくしゃくしてしまった今となっては、在宅で翻訳業をしている恵と、長時間二人きりでいるのがつらい。

ただ、淳平の部署は、淳平と違って家族仲が円満な社員が大多数のようで、コロナ禍が収束しても、週に一日は各々リモートワークをするという習慣が定着した。「妻と二人でいるのが気まずいので、僕だけリモート無しで毎日出社させてください」と申し出れば、たぶんそうさせてもらえるだろうけど、そんな勇気はない。夫婦仲がぎくしゃくしていることは、親友にも親族にも、誰にも明かしていない秘密なのだ。

淳平だって、決して恵と喧嘩したいわけではない。むしろ徐々に仲直りしていきたい。でも、恵が喧嘩腰にくると、こっちもつい受けて立ってしまうのだ。去年まではこんなに険悪じゃなかったのに――。

この日もリモートワークだった淳平は、朝、未央を保育園に送った後、まずリモートの日は淳平が担当することになっている床掃除を忘れたことを恵に怒られ、それを始めたら今度は、湿りがちな台所周辺の床をフローリングワイパーで拭く際に、ウエットシートに換えなかったせいで埃《ほこり》を床に塗り広げてしまったと怒られ、いずれも淳平が「いちいちうるさいな」と言い返したことで喧嘩になってしまった。なんだかいつも以上に、お互いに苛ついてしまった。しかも悪いことは重なるもので、テレビが故障してしまったのか、やたら勝手についたので、最終的には恵が主電源を切っていた。

結局、仕事の進度もイマイチなまま夕方になり、淳平は未央のお迎えに行った。

「未央、保育園楽しかった？」

保育園からの帰り道で、手をつなぎながら未央に尋ねると、未央は笑顔で答える。

「うん、楽しかった！　お父さんも、お仕事楽しかった？」

「うん、楽しかったよ～」

本当は別に楽しくはない。娘に笑顔で嘘《うそ》をつきつつ、手をつないで歩いた。

ところが、その道中で、思わぬトラブルに巻き込まれてしまった――。

「あ、あやのちゃん」

未央が指した先に、女の子がいた。未央にとっては、一緒に遊んでくれる、おてんばな近所のお姉ちゃん。でも淳平と恵にとっては、要警戒リストに入っている子だ。

道端の草むらの方を向いていたあやのちゃんは、未央に呼ばれて振り向いた。

「あ、未央ちゃ〜ん」

挨拶《あいさつ》を返したあやのちゃんの右手には、なんとも恐ろしいものがつまれていた。

「ねえ見て、カマキリつかまえた〜」

無邪気に笑うあやのちゃんは、カマキリの中でもかなり大柄な、2Lサイズぐらいのやつを捕まえていた。淳平でさえ思わず鳥肌が立つ大きさなのだから、割と昆虫好きな女の子に育っている未央も、さすがに顔をこわばらせた。

「わ〜、怖い……」

「え〜、未央ちゃん怖い？　じゃあ未央ちゃんのパパに持たせてあげるね」

あやのちゃんがそう言って、カマキリを持って淳平にずんずん近付いてきた。おいっ、なんでそうなるんだ？　こっちは持ちたいなんて一言も言っていないぞ！

「あ、いや……大丈夫だよ……」

淳平はやんわりと断ろうとしたが、あやのちゃんは「さあ、どうぞ」と、シャツの試着でも勧めるかのようにカマキリの2Lを差し出してきた。

「あ、え、ああ……」

おじさんは虫があまり得意じゃないんだ、サッカー部の練習中に虫が飛んできて、思わず「ひいっ」と悲鳴を上げてチームメイトに笑われるという経験を、中学でも高校でもしてるんだ——なんて弱音を、せっかくの週に一度のお迎えで、娘の前で吐くわけにはいかないという、後から考えればまったく無駄なプライドが発動してしまった。

淳平は意を決して、カマキリを受け取ろうと手を伸ばした。持つべき場所は、まさに首根っこを捕まえると呼ぶにふさわしい、頭から腹へとつながる細い部分だということは知っている。あやのちゃんが持っている少し下辺りに、ゆっくり手を伸ばす。

だがそこで、カマキリが両方の鎌と足を広げ、威嚇《いかく》してきた。空耳に決まっているけど「シャ～ッ」という声まで聞こえた気がした。淳平が思わず手を引っ込めてしまったのと、あやのちゃんが淳平に渡すためにカマキリから手を離したのが、ほぼ同時だった。

その結果、カマキリは羽を広げて飛び立った。淳平は「ひいっ」と、十代の頃から進歩していない悲鳴を上げてしまった。それでカマキリが遠くへ飛び去ってくれればよかったのだが、奴はよりによって次の着地場所に、未央の頭を選んでしまった。

「きゃあああああっ！　パパ～！」

未央がパニックになり、頭をぶんぶん振った。その勢いでカマキリはまた飛んで逃げていったけど、未央がバランスを崩してアスファルトに転んでしまった。

「痛～い、わあああ～ん！」

未央が泣き出す。転んだ時に地面についた手のひらに血が滲《にじ》んでいる。

「わあ、大丈夫？　未央ちゃん！」

あやのちゃんが心配そうに未央に駆け寄る。お前のせいだろっ、と怒鳴ってやりたい気分だったけど、カマキリを飛ばせてしまったのは淳平なので、さすがに言えなかった。

「ていうか、なんで止めなかったの？　挟まれたら危ないから近付けないで、とか普通に言えばよかったじゃん！」

帰宅後、未央の手のひらに絆創膏《ばんそうこう》を貼る恵に、淳平はまた怒られた。

「でも、自然と触れ合った方がいいって、前に言われたから……」

淳平が言い訳したのち、おずおずと未央に言った。

「ねえ未央、あやのちゃんと遊ぶのは、ちょっとやめた方がいいんじゃないかな。あんな危ない遊びをする子は……」

「はあ？　ひどい。自分が恥かかされたからって、完全に八つ当たりじゃん」恵が淳平を遮り、小馬鹿にしたように未央に話しかける。「ねえ未央、恥ずかしいよねえ。自分がカマキリつかめなかったのを、人のせいにしてるんだよ」

「そんな言い方ないだろ！　それに、そっちが言ってたんだぞ、前にあの子のこと……」

淳平はたまらず言い返す。以前、淳平があやのちゃんと初めて遭遇《そうぐう》した際、「あの子、ちょっと気を付けてね」と小声で注意喚起《かんき》してきたのは恵だったのだ。

「ちょっと、やめてよ未央の前で。未央にとってはお友達なんだから」

恵が声を落として、たしなめてくる。まるで淳平が空気を読めていないかのような言いぐさに、余計に腹が立つ。

「でも実際そうだったろ。あの子に気を付けろって、最初にお前が言ったんだぞ」

「はあ？　お前って誰に言ってんの！　馬鹿じゃないの？」

「そっちだって馬鹿って言ってんだろ！」

「あんたが先に汚い言葉使ってきたんでしょ……」

と、口論がエスカレートしたところで、未央が「ううっ」と泣き出してしまった。絆創膏を貼ってもらったばかりの手で涙を拭《ぬぐ》う娘を見て、夫婦はやっと冷静さを取り戻す。

「ああ……ごめんね、未央」

「怖かったよね、ごめんね」

淳平と恵は慌てて謝った。娘の目の前であれだけの口論をすれば、娘が傷付くことなんて分かりきっていたのに、なぜか歯止めが利かないぐらい苛ついてしまった。

と、その時、また急にテレビがついた。昼間に恵が主電源を切っていたけど、淳平がお迎えに行っている間に見ていたのだろう。夕方の情報番組『サンセットワイド』だ。

『というわけで、長年おしどり夫婦として有名だった、俳優の大林隆明《おおばやしたかあき》さん・花村《はなむら》美雪《みゆき》さん夫妻が、銀婚式イヤーにまさかの離婚ということです。しかも原因が大林さんの不倫《ふりん》ということなので、これまた驚いてしまいましたが……』

司会者の沖原泰輔《おきはらたいすけ》が、大物俳優夫婦の離婚を神妙《しんみよう》な顔で伝えている。沖原泰輔といえば、今でこそ司会者の仕事が多いが、元々は俳優なので、先輩俳優のスキャンダルには強く突っ込めない様子だった。代わりに、コメンテーターの、テレビで時々見る女性作家の水戸冴子《みとさえこ》が『私もまさに、浮気をテーマにした作品を書いたことがあるんですが、こんな浮気性の夫とはさっさと離婚して正解だと思います』とばっさり切り捨てていた。

さっさと離婚して正解——そのコメントが、淳平の脳内で何度も反響した。

そして、気付いた時には、思わず口走っていた。

「俺も離婚したいよ」

自分でも驚いた。今まで、この言葉だけはさすがに言わないでおいたのに。

どうか聞こえていませんように、とおそるおそる視線を移してみたけど、そんな望みは叶わなかった。恵は、鬼の形相《ぎようそう》で淳平を睨《にら》みつけていた。

「はあ？　こっちの台詞なんだけど！」

恵が激高《げつこう》して叫んだ。それもそうだ。淳平はそれだけの言葉を吐いてしまったのだ。

「ああそう、もう離婚なのね？　じゃあ考えよう。財産の取り分とか、親権とか」

「ああ……まあ正直、ちょっと前から、このまま一生添《そ》い遂《と》げるのは無理かなって思ってたんだよ」

淳平ははっきり言ってしまった。もうどうにでもなれ、という気持ちだった。

「うんうん、それは私も思ってた」

恵も言った。やはり恵にもそう思われていたか、と淳平は乾いた気持ちになる。

「でも、さすがに来月まで我慢してよ。未央のために」恵が声を落とす。

「ああ、それはさすがに……」

と、淳平はまた未央を見下ろして、当たり前のことに気付く。未央はますます悲しそうに泣いていた。そして、涙声で淳平と恵に訴えた。

「未央は……お父さんとお母さん、一緒がいい……」

「ああ、未央……」

「ごめんね……」

まるでさっきのリプレイのように、恵と淳平は未央に謝る。未央は泣きながらも、もう両親に呆《あき》れてしまったかのように、最近お気に入りの日本人形を持ってリビングを出て、階段を上って自分の部屋に行ってしまった。

夫婦喧嘩が増えてきた時期に、未央の前ではやめようと決めていたはずなのに、その禁もいつしか平気で破るようになっていた。その末に「離婚」という禁句を、未央の前で発してしまったのだ。なんだか最近、そういえばちょうどあの人形が家に来たぐらいの時期から、お互いますます感情的になってしまっている。淳平は今さらながら猛省《もうせい》した。

恵も、リビングのドアをバタンと強く閉めてどこかへ行った。二階か、それとも外か。

いずれにせよ淳平と同じ部屋にいたくないということだろう。

淳平と恵は、夫婦合わせれば高収入と言える部類に入り、高学歴でもあるから、二人で力を合わせれば教育には十分な投資ができるよね――なんてことを、未央がもっと小さかった頃は話し合っていたのだ。でも今は、収入や学歴以前に、夫婦で力を合わせることができていない。互いにいがみ合い、とうとう離婚話まで出てしまった。

未央の教育という観点でいえば、不仲の両親が無理して一緒にいることの方が、よほど教育に悪い気もする。でも本当に離婚となれば、それはそれで大変だろう。どっちがこの家を出ていくのか。やはり家事能力で劣《おと》る淳平が出ていくしかないのか。でも淳平が新たに一人暮らしをすれば、その分の家賃がかかる。だったら離婚後も同居する方が、未央の養育費に多く回せるはずだけど、やっぱり同居するのが嫌だから離婚するわけで……なんて、離婚後の具体的な生活設計まで、気付けば考えてしまっていた。

ああ、本当に離婚しちゃうのか。当たり前だけど、結婚した当初は、まさかこんな時が来るなんて思ってなかったなあ――。淳平は深いため息をついた。

＊

ふっふっふ。これはいいぞ――。お梅は大きな手応《てごた》えを感じていた。

未央の部屋に置かれることが多かったお梅だが、今日は未央によって居間に連れ出されたまま、未央が保育園とやらに出かけ、さらに淳平が「りもをと」とやらで在宅だったので、ここぞとばかりに池村夫妻の、互いへの敵意や苛立ちを増幅させた。すると二人は、まんまと散発的に喧嘩を重ねた。やがて夕方になり、この術の副作用でてれびが作動してしまったのだが、それも結果的にいい方に働いた。役者夫婦の離婚の一報を見て、淳平が「俺も離婚したいよ」と口走ったのだ。もちろん恵は激高し、離婚話が具体化し、未央は当然泣き出し……と、お梅にとっては実に愉快《ゆかい》な修羅場《しゅらば》が繰り広げられた。

もはや池村夫妻の離婚は決定的だ。第一段階は達成しつつある。あとは時機を見計らって、未央にぱわあ゙あっぷした瘴気を吸わせて殺すのだ。ちゃんと効くかどうかは、やってみないと分からないが、希望を持つとしよう。

未央は、泣きながらお梅を持って、自分の部屋に行った。そして一人になったところで、またお梅に話しかけてきた。

「ゑるさ、ぱぱとまま、仲直りできないのかな。未央、離婚なんて嫌だよ」

どうやら現代の童は、父親を「ぱぱ」母親を「まま」と呼ぶらしいが、未央に関しては「お父さん、お母さん」も併用しているようだ。その両親が、お梅のせいで不仲を加速させているとも知らず、未央はその黒幕に仲直りを願っている。まったく哀《あわ》れな童だ。

その上、瘴気が効くようであれば、未央が池村家で最初に死ぬことになるのだ。仮に効かなかったとしても、両親が未央の前で殺し合い、生き残った方が未央も殺し、無理心中に至るというのも面白いな——。なんて、お梅が愉快な想像をしていた時だった。

ふいに未央が、お梅を床に立たせ、そこに向かい合って立ち、言葉を発し始めた。

「お父さんとお母さんと、公園で遊ぶのが好きです」

「じゃんぐるじむが好きです」

ん、急にどうしたんだ？　お梅は困惑《こんわく》した。「じゃんぐるじむ」という単語もお梅には分からなかったし、そもそも未央の行動の意図がさっぱり分からない。未央の心の中から読み取れたのは「義務感」のような感情だ。

「お父さんとお母さんと、公園で遊ぶのが好きです」

「じゃんぐるじむが好きです」

未央は同じ言葉を、うわごとのように何度も繰り返した。お梅への恐怖で気がふれたのなら、それはそれで面白いのだが、どうもそうではなさそうだぞ——。

3

「お休みの日は、どんなことをするのが好きですか？」

「えっと……お父さんとお母さんと……公園で遊ぶのが好きです」

「どんな遊びをするのが好きですか？」

「えっと……ジャングルジムが好きです」

この日、未央は幼児教室で、いつもより元気がなく、明らかに調子が悪かった。恵は心配になったが、今は親子面接を想定しているので、口出しすることはできない。

「未央ちゃん、受験の本番では、相手の先生の目を見て、もっと大きな声で言ってみようね。今までは、もっと上手にできてたからね」

さすがに石岡《いしおか》先生にも指摘されてしまった。未央は「はい」と泣き顔で返事をした。未央の小学校受験の本番は、いよいよ来週だ。今日は、ずっと通《かよ》ってきた幼児教室で、面接試験の最後の練習だったのだが、本番に向けて不安が残る内容になってしまった。とはいえ、石岡先生が言った通り、以前はもっと上手にできていたのだ。本番では、未央がまた調子を取り戻せるはずだと信じるしかない。

未央は今、自由に遊べる時間が削られて、割り切れない思いも抱いているだろう。でも志望校の慶成《けいせい》小学校に入学できれば、国内屈指《くっし》の私立大学である慶成大学まで、エスカレーター式で進学できるのだ。その方が、将来ずっと楽になるのは間違いない。未央の人生を本気で考えるなら、これこそが正しい道のはずなのだ。

恵と淳平も、慶成大学の同級生として出会った。そこには、慶成小学校からの内部進学の同級生もいた。鼻持ちならない大金持ちのボンボンもいたけど、受験で疲弊《ひへい》せず探究心を持って勉強してきたことがうかがえる、頭脳明晰《めいせき》で人として尊敬できる同級生もいた。恵も淳平も、ともに一浪していたこともあり、そんな内部進学の同級生を見て、大学受験で不条理なほどの知識を詰め込まされることなく、勉学を好きなまま大学生になれたら、自分ももっと有意義な青春を送れただろうと思ったし、もし可能なら我が子にそんな道を歩ませたい、という意見も一致していた。

そして慶成小は、両親が慶成大ＯＢだと受験に有利だというのが公然の秘密だ。こればかりは、未央のライバルの受験生の親も、そう多くが備えてはいない好条件だ。

夫婦の収入を合わせれば、未央が小学校から大学まで慶成でも、家計はなんとか維持できそうだし、慶成小までは地下鉄で乗り換えなしで通学できる。実はそれこそが、今の家を買った大きな決め手でもあった。もう一つの候補の家は、慶成小まで乗り換えが二回必要で、未央に一年生から通学させるのは厳しそうだったのだ。

こういった事情から、未央に慶成小を受験させることが決まり、この小学校受験向けの幼児教室に去年から通わせている。未央は保育園でも「賢いですね」「大人の言うことをきちんと聞けますね」と評判だし、小学校受験の模擬《もぎ》テストでも好成績を出している。最難関レベルの慶成小でＡ判定を連発してきた未央は、歴代の子供たちの中でもトップクラスだと、幼児教室を主宰《しゅさい》する石岡先生からもお墨付きを得ている。

でも――間違いなく、受験に向けて動き出してから、恵と淳平の夫婦仲は悪化した。

とうとう先日、離婚という言葉まで飛び出してしまった。そして、今日の未央の不調。両親の不仲が未央のメンタルに悪影響を及ぼしてしまった可能性は十分にある。

未央に小学校受験をさせると決めた時は、まさか受験直前に、夫婦仲がこんな危機的状況になるとは思っていなかった。でも、ここまできたら、何が何でも合格するしかない。合格さえすれば、今は絶望的にしか思えない夫婦関係も、また好転するかもしれない。

幼い娘に、自身の進路だけでなく、家庭の行く末まで背負わせてしまっていることが、あまりに申し訳ない。でも、もうこの希望にすがるしかないのだ。

＊

なるほど、首だけで行動してみるのも、なかなか面白いな――。

お梅は今、恵の鞄《かばん》の中に、首だけの状態で入っている。呪いの人形の次郎丸から、首だけ分離して別々に動く能力を授かって以来、初めてのことだ。――まあ、この能力は元々備わっていたんじゃないかという疑惑もあるのだが。

未央が突然、お梅に向かって同じ言葉をうわごとのように繰り返した真意を探るには、未央が通う保育園なる場所に行ってみるのが得策だと判断し、お梅は今朝、出がけの恵の鞄の中に、誰も見ていない隙に首だけふわっと浮いて、すぽっと入ってみたのだ。身の丈三十センチほどのお梅が、全身で鞄に入るのは無理そうだったが、首だけなら思いのほか簡単に入れた。保育園に着いたら鞄から出て、様子を見てみるつもりだった。

ところが、今日来たのは保育園ではなく、幼児教室という場所のようだ。お梅にとっては計算外だったが、未央がうわごとのように繰り返していた言葉が、ここで仕込まれたものだということは分かったので、結果オーライだった。

今日以前にも、恵と淳平の話を聞いたり、池村家に人がいない隙に書物を盗み見たりしていたので、ある程度は分かっていたのだが、どうやら未央は「小学校受験」というものに臨《のぞ》むらしく、ここでその練習をしているらしい。戦国時代生まれのお梅からすると、「受験」という言葉は剣術でも試されそうな響きだが、さすがに幼い未央に出されるのは問答程度の課題のようだ。――もっとも、お梅には人間たちの会話が明瞭に聞こえたわけではない。閉じた鞄の中で、しかも周りには他の荷物も多く入っているため、外の音は断片的にしか聞こえないし、そもそもお梅は現代語を半分程度しか理解できない。

ただ、鞄の中からでも、周りにいる多くの人間たちの「緊張」や「失敗への恐怖」といった感情は読み取れる。せっかくここまで来たので、これらの感情を一まとめに増幅させてやろう。何か面白いことでも起こるかな――。

＊

未央の、受験本番前の最後の模擬面接は、まったく本調子ではなかった。淳平は、恵のように幼児教室に毎回同行しているわけではないが、普段の教室での未央の様子は、恵や未央自身からも毎回聞いていたし、ここまでの失敗は今までなかったはずだ。

もしかして、両親の不仲が、本番直前の未央に悪影響を与えてしまったのか——。淳平がそんな心配をしていたさなかだった。

他の子たちに、さらなる異変が起きた。まず、未央の次の男の子の模擬面接。

「好きな遊びは何ですか？」

「えっと、ええっと……」

その男の子は、石岡先生の質問にろくに答えられず、最後はべそをかいてしまった。

さらに、その次の女の子は、輪をかけて悲惨だった。

「家で何をしている時が楽しいですか？」

「うう……ああ……」

もはや言葉にもならず、あっという間に泣き出してしまい、親が慌てて慰《なぐさ》めていた。

こんな調子で、未央以降の子供たちの模擬面接は、もはや全滅状態だった。もしかして未央が悪い流れを作ってしまったのだろうか。でも、未央はここまでひどくはなかったよな――なんて思っていたら、教室を主宰する石岡先生が、最後に声を荒らげた。

「いい加減にしなさい！　みんなどうしたの！　本番直前にこんな体《てい》たらくで！」

石岡先生は、普段は温厚な、気の優しい五十代ぐらいの女性なのだが、この時ばかりは淳平でさえ震え上がるほどの大声で怒鳴り散らした。

「今のままじゃ全員不合格よ！　ああ情けない！　きちっとネジを締め直しなさい！」

あまりの迫力に、子供たちが次々と泣き出した。子供だけでなく、何人かの親たちも涙をこぼしている。そして未央も、しくしくと泣き出してしまった。この幼児教室に未央を通わせて以来初めての、地獄絵図といっても過言ではない光景だった。

受験が近付いてナーバスになっているのは、うちだけじゃないのだろう。そのことに少し安堵する気持ちもあったけど、それ以上に淳平自身も、緊張感や圧迫感が異様に増してきて、胸が締め付けられるようだった。とにかく早くこの教室を出たかった。

「すみませんね、私もなんだかイライラしすぎちゃって……。でも、本番前最後の模擬面接でこれだけ出来が悪いのは初めてだったんでね。とにかく、前にみなさんにお配りした各校の想定問答で、おうちで改めて練習して、本番に臨んでくださいね！」

最後にまた石岡先生が大声で呼びかけて、その日は散会となった。

「上の子もここ通ってたんですけど、あんな石岡先生初めて見ました」

「うちの下の子はやめておこうかな……」

周りの親たちは、そんなことをささやき合いながら、それぞれ幼児教室を後にした。

池村家も、無言のまま教室を出て、家路《いえじ》に就《つ》いた。夫婦の会話はなく、ただ未央がすすり泣く声と、周囲の車の走行音ばかりが聞こえる。

「しょうがない、大丈夫だよ。本番でうまくできればいいんだから」

淳平が沈黙を破って声をかけると、未央は涙目で「うん」と小さくうなずいた。

＊

あっはっは、最高だ！　人間たちがみんな苦しんだぞ！　お梅は鞄の中で高笑いしたい気分だった。もちろん発声器官がないので、高笑いも忍び笑いもできないが。

鞄の外から感じられたのは、未央と同年代の童たちの緊張感や恐怖だったらしく、それらをまとめて増幅させてやったら、童たちが次々と失態を犯した。また「怒り」や「苛立ち」も別方向から読み取れたので、それも増幅させたら、幼児教室の主らしい年配の女が激高し、童たちを怒鳴り散らしたのだった。その勢いで童たちに殴りかかり、何人か殺《あや》めたりしないものかと期待したが、さすがに暴力には至らなかった。年配の女なので、そこまでできる体力はなかったのかもしれない。あれば面白かっただろうに。

その後、幼児教室での集まりを終え、池村家の三人は帰宅したのだが、家に着き、未央が「とゐれ行く」と言って厠《かわや》に行くとすぐ、恵と淳平が居間で喧嘩を始めた。これに関しては、お梅が負の感情を増幅させるまでもなく勃発《ぼっぱつ》していた。もちろん喧嘩が始まってからは、双方の敵意や苛立ちを、お梅が全力で増幅させてやったが。

「未央の前であんな喧嘩すりゃ、そりゃ本番直前に調子も崩すよな」

「何なのその言い方？　人ごとみたいに」

「だからさあ……そうやって突っかかってくるからいけないんだろ」

「なんで私が悪いの？　グチグチ言い出した方が先に謝れば？」

恵が鞄の口を開けたまま、淳平の方を向いて喧嘩に熱中している隙を突き、お梅は首だけでそっと浮かび上がり、鞄から出た。未央は今朝も、居間にお梅を持ってきて少し遊んでいたため、お梅が鞄を出てすぐ、首から下も見つかった。淳平にも恵にも気付かれないように低空飛行し、首から下との合体に成功。うん、これはなかなかいい能力だ。今後も使えそうだ。――とお梅が手応えを感じているさなかも、夫婦喧嘩は止まらない。

「そんな、いつも喧嘩腰の奴に謝れるかよ」

「奴って、またそういう言葉使うじゃん。受験生の親の自覚全然ないよね？」

「そもそも受験自体、そっちが最初に言い出したんだからな。俺は別に、そこまで乗り気じゃなかったし」

「はあ？　今になって自分だけ責任逃れするつもり？」

お梅の増幅の甲斐《かい》もあり、双方が敵意と苛立ち、さらには怒りと悲しみも膨張させていく。これはひょっとすると、この場で殺し合いでも始めるんじゃないか？　それならそれで大歓迎だぞ！　お梅は期待しながら、読み取れる負の感情をいっぺんに増幅させた。

するとその時だった――。

「もうやだっ！　やめてえええっ！」

未央が、幼い童とは思えないほどの大声で、両親の間に割って入った。

「喧嘩しないで！　お母さんとお父さんが喧嘩するなら未央、このおうち出て行く！」

未央の、いつになく強い怒り、そして悲しみ。――あ、ひょっとして、ついさっき増幅させた中に、未央の感情も含まれていたのか。夢中で増幅させたから、二人分か三人分か分からなくなってしまった。そして怒りが極限に達した未央は、大声で家出を宣言したのだ。こんな小さな童ができるはずもなかろうに。

だが、それによって、恵と淳平の心の中の怒りは、一気にしぼんでしまった。

「ああ……ごめん未央」

「ごめん未央、ごめんね、ごめん……」

くそ、つまらん。この夫婦は結局、娘が泣くと喧嘩を中断してしまうのだ。子は鎹《かすがい》というやつか。こっちは淳平が恵の頭に鎹を打ち込むような惨劇《さんげき》が見たいのに。

しばしの沈黙の後、未央は両親に向かって言った。

「未央、受験やめたい。みんなと一緒の、第二小学校行きたい」

すると淳平と恵は、この時ばかりは意見が同じである様子で、未央を諭《さと》した。

「まあでも……やっぱり受験はね、今やっておいた方が、後で楽なんだよ」

「お母さん、お父さんと本当にもう喧嘩しないから、受験は頑張《がんば》ってみよう。慶成小だって……いや、慶成小の方が、入ってみたら二小より絶対楽しいから」

受験というのは、これだけ不仲な夫婦が団結して娘に勧めるほど、大事なことらしい。ただ、受験をせずとも「みんなと一緒の第二小学校」に行けるのなら、別にしなくてもいいような気もするのだが、まあ現代人のすることは分からないことだらけだ。

ともあれ、受験が池村家にとってそこまで重要であるなら、それを失敗に導き、池村家を崩壊させるまでだ。受験失敗で打ちひしがれているところに、追い打ちをかけるように瘴気を吸わせて未央を死なせるのがいいかな――。お梅はウキウキと算段した。

4

やっぱり離婚は避けるべきだろうか。でも、修復のめどが立たない夫婦関係を続けていくことが、本当に未央にとって幸せなのだろうか――。恵はずっと悩んでいた。

淳平とはまだ話し合えていない。受験の日まで、未央の前での喧嘩は避けた方がいいというのは、さすがにお互い認識しているので、なるべく深い会話をしないことで喧嘩になるのを防いでいる。逆にいえば、今の二人は少しでも深い話をすれば、すぐ喧嘩に発展してしまうだろうということも、たぶんお互いに認識している。

思えば、未央の幸せのために決断した小学校受験だったのに、誰も幸せになれていないのではないか。いや、でも合格すれば、全て報《むく》われるのだ。合格さえできれば、もう喧嘩する理由もなくなるはずだ。でも、もし不合格だったら……。そんな堂々巡りの思考で、恵の頭はずっと満たされてしまっていた。そのせいで、在宅でフリーランスで請《う》け負《お》っている翻訳の仕事も進度が遅れ、締め切り一時間前にギリギリ間に合うという綱渡りの仕事ぶりになってしまった。

それでも、家事育児は少しも手を抜くわけにはいかない。いよいよ受験日前の未央を、心身ともに健康に保つのは、今の恵にとって最大の使命だ。朝夕はバランスのとれた食事を提供し、保育園の送り迎えでは、家庭内不和を抱えているとは誰にも思わせないような笑顔を作って、保育士さんや他の保護者たちに挨拶をする。

この日のお迎えも「先生さようなら」「未央ちゃんさようなら」「ありがとうございました。失礼します～」と、いつも通りの挨拶を担任の保育士さんと交わした後、未央と手をつないで家に向かっていたのだが、その道中でのことだった。

「あっ、あやのちゃん！」

未央が、近所のおてんばお姉さんの、あやのちゃんを見つけてしまった。今は特に遭遇したくない相手だが、未央は必ず、親より先にめざとく見つけてしまうのだ。

「あ～、未央ちゃん、見て見て！」

街路樹の傍らにいたあやのちゃんが、地面を指差す。未央がそこに駆け寄る。

「ほら、アリの巣あったの。大きいアリだよ」

「本当だ～、大きい。クロオオアリかな」

図鑑を買って家に置いてあるので、未央は虫に詳しい。ただ、図鑑は教育にいいと聞いて買っただけで、恵も淳平も虫が好きなわけではないので、このアリが本当にクロオオアリなのかどうか恵は知らない。

「でね、でね、未央ちゃん。これ何だか分かる？」

あやのちゃんがウキウキした様子で、巣の傍らを指差した。数匹のアリが何かに集まっているようだが、視力があまりよくない恵には、その何かがはっきりとは見えない。

「何これ～？　何かエサあげたの？」未央が興味津々《しんしん》で尋ねる。

「これねえ、あのねえ」

あやのちゃんは、楽しくて仕方ないような表情で間を空けた後、その正解を発表した。

「私の鼻くそあげてみたの！」

「げえっ！」恵は思わず呻《うめ》いてしまった。

「え〜、すごい、食べるんだね〜。栄養あるのかなあ」

未央は、相変わらず興味津々で感想を述べた。それだけならまだよかった……いや、よくもなかったのだが、あやのちゃんはさらに、常軌《じょうき》を逸《いっ》した提案をしてきた。

「未央ちゃんもお母さんも、あげてみる？」

「いやっ……あの、やめておくね！」

恵は即座に断った。だが、ほぼ同時に未央が「出るかな〜」とつぶやいたのも聞こえてしまった。慌てて恵が制止する。

「ほら、手を洗わないでそういうことすると、病気になるかもしれないからね。受験までに風邪《かぜ》引いちゃ駄目でしょ？　だからもう行こうね。バイバ〜イ、あやのちゃん」

恵は、作り笑顔で手を振りながらも、未央の手を強めに引いて、文字通り引き離した。

未央は「ええっ」と不満げな声を上げながらも、「バイバイ」と諦《あきら》めたように手を振った。あやのちゃんも意外そうな顔をしていたが、お別れさせられることへの不満を言語化まではできなかったようで、少し間を置いて「バイバイ」と手を振り返した。

しばらく歩いたところで、未央が寂《さび》しそうに言った。

「もっとあやのちゃんと遊びたかった」

「うん……でも、あやのちゃんとは、同じ学校には通わないからね」

恵ははっきりと言った。罪悪感が一瞬よぎったが、未央にも覚悟を持ってほしい。未央は慶成小に行くのだ。あやのちゃんとも、他のお友達とも違う学校に行くのだ。合格さえすれば、こんな罪悪感も全て吹っ飛ぶ。今ここで一抹《いちまつ》の罪悪感を抱いたことも、二度と思い出さないに決まっている。とにかく、合格さえすれば——。

5

いよいよ迎えた、慶成小学校の受験本番。

保護者用の待合スペースとして用意された大会議室でも、恵の不安は膨らむばかりだった。同様に不安が高まりすぎたのか、体調を崩して倒れ、保健室に運ばれた保護者も二人いた。さすがに珍しいことだったようだけど、親でさえ極度の緊張にさらされるのが小学校受験なのだと、本番でつくづく思い知らされた。

しかし、当の未央は、本番でしっかり実力を発揮してくれたようだった。大人でさえ悩むような難問が毎年いくつも出題されるペーパーテストも、ゲームやお遊戯《ゆうぎ》をする一挙一投足を試験官につぶさに見られる行動観察も、親が同席することは当然できないのだが、未央はいずれも「ちゃんとできた」と笑顔で報告してくれた。もちろん、未央本人が気付いていないだけで、減点対象となるミスをしてしまった可能性もあるけど、子供の自己評価はだいたい当たる。実際、過去の模擬テストでも、未央は今日と同じように手応えを口にして、その通りにA判定を勝ち取っていたのだ。

色々あったけど、このままいけば合格できるかもしれない――。恵の期待は高まった。隣の淳平も、きっと同じ気持ちだろう。

試験の最後は、両親も同席しての面接だ。受験番号順に親子が呼ばれ、待合スペースの人数がだんだん減っていく。そして、いよいよ池村家の番が来た。

係員に呼ばれ、面談室に案内される。入室直前に、なぜか淳平が「あれっ」とスーツのジャケットのポケットを気にしていたけど、すぐに気を取り直し、親子三人でアイコンタクトを交わして、いよいよ入室する。

「失礼します」

きちんとお辞儀をして、失礼のないように着席する。こういった所作も、家で何度も練習してきた。泣いても笑っても、これですべてが終わるのだ――。

面接官は、中年の女性と、それより少し若い男性だった。簡単な挨拶の後、まずは親への質問が始まる。

「慶成小学校を志望した理由を教えてください」

「もしお子様が小学校でいじめに遭《あ》ったら、どういった対応をなさいますか」

そんな質問も、すべて想定通りだ。志望理由に関しては、恵と淳平も慶成大卒だということをアピールした後、慶成の教育の素晴らしさを述べ、もし未央がいじめに遭ったら、未央の話を聞きつつ、冷静に学校に相談して対応を協議する——という、決して学校に任せきりにしないし、かといって感情的にもならないという模範解答を返す。

その後、未央への質問が始まる。

「今日はどうやってここまで来ましたか？」

「将来の夢は何ですか？」

これも想定通り。想定外の質問が来るとしたら終盤なのだろう。未央はやはり、きちんと準備していた通りに、相手の目を見てはっきり答える。ここまでの経路は地下鉄の駅も路線名も答えられるし、将来の夢は科学者——。幼児教室での最後の模擬面接で見られたような不調は微塵《みじん》も感じられない。ここまでは順調そのものだ。

「慶成小学校に入ったら、どんなことをしたいですか？」

女性の面接官に尋ねられる。これも当然、想定内の質問だ。未央はすうっと息を吸った後、大きな声で、はっきりと答えた。

「慶成小学校には、入りたくありません！」

そうそう、よくできたね未央、慶成小学校には入りたくない……って、えっ⁉

今、慶成小学校に入りたくないって言った？　入りたくないっていうのは、要するに、入りたくないってこと？——想定内が続いていた中で、娘から不意打ちで食らった想定外の威力が凄まじすぎて、恵の思考回路はショートしてしまった。

啞然《あぜん》として隣の未央を見る。未央はいつもと何も変わらない澄《す》んだ目をしている。その向こうに淳平も見える。淳平は目をまん丸く見開いて、口を半開きにして未央を見つめている。たぶん恵も同じ表情をしているのだろう。

「えっと……入りたくない、のかな?」

女性の面接官が、おずおずと尋ねる。未央はまた、はきはきとした、面接において理想的な声で、明瞭に言った。

「はい、入りたくないです。私は保育園のお友達と同じ、第二小学校に行きたいです!」

そして未央は、その理由を大きな声で、自分の言葉で主体的に述べていった。

「私は、保育園の友達が好きです。それに、帰り道で会うあやのちゃんが大好きです。あやのちゃんと、ダンゴムシを探したり、カタツムリやナメクジを探したり、カマキリはちょっと怖かったけど、アリの巣を見るのも楽しいです。あやのちゃんが、アリに鼻くそをあげて食べるかどうか見てたのは、私ももっと見たかったし、やりたかったです。でも、お母さんに帰らされたのが残念でした。慶成小学校に入っちゃったら、友達とお別れしなきゃいけないし、駅があるのは反対側の道だから、もう学校帰りのあやのちゃんとも会えなくなっちゃいます。それは嫌です。だから私を慶成小学校に入れないでくだ……」

「未央っ、ちょっと、何言ってるの!」

恵はようやく、制止の言葉を発することができた。

未央が起こした大反乱を前に、恵の心の中で絶望感がどんどん増幅していき、ただ唖然と見ているしかなかった。これまで積み上げてきたものが、ガラガラと崩れていく。慶成小合格に、家族の未来を賭《か》けていたのに、未央がその最後の勝負を、自ら放棄《ほうき》してしまったのだ。これでもう、我が家は終わりだ――。

気付けば恵は、涙を流していた。淳平もやはり、顔面蒼白《そうはく》になっていた。

＊

やった、よくやったぞ未央！　これで受験はぶち壊しだ！　お梅は大喜びだった。

どうやら今日が、池村家の家族三人で臨む、未央の受験の本番だというのは、池村家の会話を聞いて察していたから、朝の仕度《したく》をしていた恵の鞄の中に、また首だけ宙に浮いてそっと潜り込み、お梅は受験の会場に同行したのだった。

未央の受験は、てっきり恵や淳平と同じ部屋で行われると思っていたのだが、どうやら別室で一人でするものだったようだ。あまり距離が離れてしまうと、負の感情を増幅する術も使えない。一方、恵や淳平と同じ部屋に、不安や緊張を抱えた人間が多数いるのは読み取れたので、お梅が一まとめに増幅させてやったら、不安や緊張が極限に達した人間が二人ほど倒れ、それなりに騒ぎになったようだった。だがその程度では面白くない。あくまで目標は、未央の受験失敗により池村家を崩壊させ、夫婦の殺し合いや無理心中に導くことだ。でも未央が別室で受験しているなら、それも難しくなってしまうか――。

と思っていたら、最後の面接とやらは、親子三人で臨むようだった。ただ、その面接の部屋に鞄は持ち込まないようだと察したお梅は、思い切って賭けに出た。恵が鞄を開けた際、その隙間からそっと浮遊して外に出て、淳平の服の腰の、どうやら現代で「ぽけっと」と呼ぶらしい物入れの中に入ったのだ。淳平は、面接の部屋に入る直前に「あれっ」とつぶやき、ぽけっとに少々違和感を覚えていたようだが、お梅がつまみ出されることはなく、無事に池村親子とともに面接の部屋に入り込むことに成功した。

そうなれば、もうお梅の呪いは、成功したも同然だった。

面接に臨む池村親子。当然、不安や緊張は読み取れたが、それとは別に「禁じられた、してはいけないことをしたい」という負の感情が読み取れた。未央の感情だろう。

お梅はここぞとばかりに、その感情を最大限増幅させてやった。すると未央は見事に、「慶成小学校には入りたくありません！」と宣言したのだ。

これで受験失敗は確定したのだろう。恵と淳平の心に、絶望感が湧いて出た。お梅がそれらも極限まで増幅させてやると、二人は啞然としたまま、未央が慶成小学校に入りたくない理由を淀《よど》みなく話す様子を、しばらくぼおっと眺めてしまい、あらかた話し終えたところで、ようやく恵が止めに入ったのだった。

と、おそらく相手側の方向から「羨ましい」「自分も禁忌《きんき》を犯したい」というような負の感情が読み取れた。それらもまとめて増幅させてやる。これによって相手もこちらに言い返してきて、池村家を罵倒《ばとう》したりするだろうから、そこでお互いの怒りをさらに増幅させれば、殴り合いにでも発展するかもしれない。ひひひ、これは楽しみだ――。

すると早速、相手方から、大声が響いた。

＊

「よく言った！　素晴らしい！」

面接官の中年女性の大声が響き、淳平は怒られたと思って、たまらず首をすくめた。

だが、数秒経《た》って、ふと気付いた。

今、「素晴らしい」って言わなかったか？

聞き間違いかと思ったけど、そうじゃなかった。面接官の女性は改めて大声で言った。

「最高だよ未央ちゃん！　君が言ってることは正しい！　こんな学校、未央ちゃんのような素晴らしい子が入る必要はまったくないんだよ！」

隣の、少し若い男性面接官も目を丸くする中、女性面接官は一気に語る。

「これだけ自分の気持ちを、それも怒られうることを、はっきり言える子は今まで見たことないよ！　本当だったらぜひ合格にしたいけど、それだと未央ちゃんの希望が叶わないもんね。泣く泣く不合格にさせてもらうね！　でも未央ちゃん、君ならどんな道を進んでも大丈夫。君には慶成小みたいな、ブランドにあぐらをかいてるだけの、金持ちから寄付金をどう集めるかばっかり考えてるような学校は、あまりにもったいないからね！」

女性面接官は、机から身を乗り出すようにして、さらに語る。

「そのお友達、あやのちゃんだったっけ？　アリの巣に鼻くそを落として食べるかどうか観察するなんて、本当に素晴らしい感性だよ！　その子は未央ちゃんにとって特別な存在になるから、必ず大事にしなさい。小学校っていうのは、そういう多様な子が集まる公立でいいの。というか、公立の方がよっぽどいいんだよ！　私立小に二十年以上も勤める私が言うんだから間違いないの！　だって私の息子も公立だしね！」

とんでもないことを言ってのける女性面接官を、淳平も恵も呆気《あっけ》にとられて見つめるしかなかった。一方、未央はその話を、凛《りん》とした表情で聞いていた。

「うちはエリートを育てるなんてことを標榜《ひょうぼう》してるけど、冗談じゃないわ。貧乏人と障害者を見ずして何がエリートよ。そんな奴がリーダーになるから、どんどん間違った世の中になるの。——未央ちゃん、君の家は比較的裕福だろうけど、貧乏人と障害者の友達を公立小でちゃんと作りなさい。そして、その友達が他の子からいじめられる残酷な現実も見なさい。ああ、もちろん未央ちゃんはいじめないで、できれば止めてね」

女性面接官はとうとう椅子《いす》から立ち上がって語る。

「世の中の残酷な格差をしっかり見るの。ここでは見られない暗部を見るの。そして将来、その暗部に光を当てられる大人になりなさい。ここで育っちゃ、そんな大人にはめったになれないよ。暗部を見ずに大人になるからね。だからうちの卒業生は、政治家になったらピントがずれたこと言って弱い者いじめばっかりするし、経営者になったら自分たち幹部の給料を上げて、社員を平気でリストラするような奴らばっかりなの」

「いや、マジでそんな奴らばっかりですよね、うちのＯＢ」男性面接官も同調し始めた。

「だいたい、僕らごときが作った、正解のある問題を解けたから何だっていうんですか？大人になったら正解のない問題だらけなんですよ。それを解くための力って、学校の外で子供だけでいる時間に養われるんですよね！」

「その通り。塾も習い事も、本当は行かなくていいの。いや、行かない方がいいぐらい。行けば行くほど、大人に言われたことしかできなくなるからね。だから私自身の子供にも行かせてません。公立に行って、最低限の宿題だけやったらあとは遊ぶ！　自分の頭で創意工夫して遊ぶことに意義があるの。こんなところに高い金納めて通わせて、塾も習い事も山ほどさせてる親がたくさんいるけどね、そんなの愚《ぐ》の骨頂《こっちょう》ですよ！」

話すうちにどんどん興奮した様子で、面接官同士が盛り上がる。

「ていうか、未央ちゃんは理科が好きなようだけど、この代の理科は外れですしね！」

男性面接官が言うと、女性面接官は大きくうなずいた。

「ああ、そうだよね。大山《おおやま》先生の代だもんね」

「クビにしたいけど、コネがあったり、親がお偉いさんだから雇い続けるしかない。そんな教師がうちには何人もいます！　もちろん素晴らしい授業をする教師もいますけど、そんなの別に、公立にだってたくさんいますからね」

「あと、ぶっちゃけ、不倫してる教師もいるしね！」

「あ、それ言っちゃいます？」

「名門私立だって一皮剝《む》けばそんなもんですよ！　そこに何百万も払って入る必要なんて全然なし！」女性面接官は高らかに言った後、恵と淳平に目をやる。「第一、ご両親、あなたたち慶成大卒なんだから、勉強できるんでしょ？　じゃ、ハイレベルな勉強は二人で家で教えてやんなさいよ。それが家での親子のコミュニケーションにもなるはずなのに、金かけて私立やら塾に行かせて、その機会を自ら捨てるってどういうつもりなの？」

「え、あ……すいません」

女性面接官の勢いに圧倒されて、淳平は思わず謝ってしまった。

「まあ、そんな親たちから金むしり取って、私たちは生きてるんですけどね。――とにかく、あなた方は素晴らしい娘さんをお持ちです。未央ちゃん、第二小学校だったかな？

公立の小学校で、元気に育つんだよ。君が一番いきいきと成長できるところはそこだよ。慶成小なんかじゃない。特に、アリに鼻くそを食べさせる実験をした、あやのちゃんを大事にしなさい。その子はきっと、君にとって特別な友達になるからね」

女性面接官は、改めて未央に語りかけた後、恵と淳平に言った。

「じゃ、お帰りください。そして未央ちゃんを公立に入れてください。お宅はそれでいいんです。それがベストなんです。うちなんかに入れるよりよっぽどいいんです」

目の前で起きたまさかの事態の連続に、まだちゃんと頭が追いついていなかったが、なんだか淳平は、心が洗われたような、目から鱗《うろこ》が落ちたような気持ちだった。

「えっと、失礼しました。……正直に言っていただいて、ありがとうございました」

淳平はおずおずと立ち上がり、気付けば面接官への感謝を口にしていた。

「ありがとうございました。おかげで助かりました……」

恵もそう言って、少し遅れて立ち上がった。恵は涙まで流していた。

まるで現実ではないような、ふわふわした気持ちのまま、事前に予習した退出時のマナーもほとんど忘れて、一応最後に一度お辞儀だけして、親子三人で部屋を出た。

ただ、最後に「ありがとうございました」と一礼した未央は、清々《すがすが》しい表情だった。

6

池村親子が部屋を出た後、面接を担当した慶成小学校の教員、塩田博美《しおたひろみ》と久松翔一《ひさまつしょういち》は、はっと我に返った。

「ああ……えらいこと言っちゃったね、私たち」

「本当ですよね。なんか、言っちゃいけないことを一気に言っちゃいましたよね」

博美と翔一は、自分たちがしでかしたことに今さら驚きながら、語り合った。

「でも……ご両親も『正直に言ってくれてありがとうございました』とか『おかげで助かりました』とか言ってましたし、大丈夫じゃないですかね？」

「そうだよね。あの様子だったら、今起きたことは内緒にしてくれるかな」

「それにしても僕ら、なんであんなこと言っちゃったんでしょう」

「あの子の素直さにほだされて……と思ったけど、それだけじゃない気もするね」

「なんか、不思議な力が働いてた気がしますよね」

二人で見つめ合いながら、ふいに翔一が、悪戯《いたずら》っぽく微笑《ほほえ》んだ。

「それに僕ら、もっとバレちゃいけないこと、してますもんね」

「ふふ、そうだよね」

翔一と博美は、そっとキスを交わしてから笑い合った。

「ビックリしましたよ。博美さん、僕らが不倫してることまで暴露《ばくろ》しちゃうんだから」

「それが私たちだってことまでは、言わなかったから大丈夫。——まあ、ここはつくづくろくでもない学校よ。一番ろくでもないのは、私たちなんだけどね」


一方、恵は退室後、廊下に人けがないのを見計らって、未央を抱きしめた。

「ごめんね未央。私たち、未央の気持ちを何も考えてなかったよね！」

恵の気持ちは、百八十度転換していた。慶成小学校には入らなくていい。公立小学校でいいのだ。まず未央自身がそれを望んでいるのだし、何より面接官を務めた先生たちが、未央の勇気にほだされて、腹を割って洗いざらい話してくれたのだ。いくらなんでもそこまで言わなくてもいいんじゃないか、という内容まで含まれていたけど、あんな暴露をしてまでも、未央の意志を尊重して、恵と淳平の今までの誤りを教えてくれたのだ。

突然抱きしめられて、驚いた様子の未央に、恵ははっきり言った。

「お友達と一緒に、二小に行こうね」

すると、未央は満面の笑みを浮かべ、大きくうなずいた。

「うん！　みんなと一緒がいい！」

そういえば、未央のこれほどの笑顔を、いつから見ていなかっただろう。我が子の笑顔を奪っていた罪深さを思い知らされ、恵はまた涙が出てきた。

そこで未央は、さらに恵に言った。

「受験もやめて、パパとママの離婚もやめるよね？」

恵は、ほとんど考える間もなく、即答した。

「うん、やめるよ。離婚は絶対しない」

淳平に目をやると、彼も目を赤くしながら、大きくうなずいていた。

「やった！　ママとパパ、もうケンカしない？」未央が尋ねる。

「うん、しない！」

ママとパパ――この呼び方も、受験に際して望ましくないと聞いて「お母さん、お父さん」に改めさせていたのだ。恵の目から涙がどんどん出てきた。

でも、土壇場《どたんば》で気付けてよかった。これでよかったのだ。これが正解だったのだ。

うちの家族の、本当の合格は、これだったのだ。

「ねえ、みんなでギュッとしよ」

未央が言った。淳平と目が合う。笑顔でうなずいている。

三人でハグをした。これも相当久しぶりだ。でも、これからはいっぱいしよう。

これでいい。はじめからこれでよかったんだ。淳平はやっと気付いた。

淳平と恵は、未央を理想の作品に仕上げようとしていただけだったのだ。慶成大卒の自分たちの娘だから、慶成小に入学できれば楽だろうと、試しに幼児教室に通わせてみたら出来がよくて有頂天《うちょうてん》になって、そこからは未央の気持ちなど考えず、勝手に未央の幸せを決めつけていた。その結果、親友と、仲のいい両親という、未央の大好きなものを根こそぎ奪おうとしていたのだ。なんと罪深いことをしていたのだろう。

でも今日、未央の捨て身の行動によって、本当になすべきことに気付くことができた。二人の面接官もまた、池村家のために捨て身で協力してくれたのだろう。――まあ、それにしても、あそこまで言っちゃって大丈夫なのかな、とは思ったけど、今となってはあの二人にも感謝するばかりだ。

「ねえ、みんなでギュッとしよ」

未央が言った。恵と目が合った。夫婦で微笑み合う。

大丈夫、きっと二人の関係も元に戻せる。回り道をしてしまったけど、ようやく本当に進むべき道を見つけることができたのだ――。淳平はつくづく思った。

と、そこで、一つ思い出したことがあった。ジャケットのポケットを見る。

未央は、面接の時に不思議な力が出てきて、言いたいことを全部言った。怒られても仕方ないと思って、全部言った。

でも、そしたらパパとママが、未央の気持ちを全部分かってくれて、仲直りしてくれた。それに「ママとパパ、もうケンカしない？」と言っても、「お母さん、お父さんって呼ぼうね」とは直されなかった。「みんなでギュッとしよ」と言ったら、久しぶりにハグもしてくれた。

よかった。全部よかった。今までずっとつらかったことが、全部なくなって、元に戻ったんだ。面接の時に出てきた、不思議な力のおかげだ。

「ああ、そういえば……」パパが、スーツの上の服のポケットに手を入れた。「あれっ、こんなのが入ってたのか」

パパのポケットから、なんでか分からないけど、エルサの顔だけが出てきた。

「何か入ってるなって、面接の直前に気付いたんだよ」

「ああ、そういえば、直前にポケット気にしてたよね」

パパとママが笑顔で話している。それが一番嬉《うれ》しい。

もしかしたら、エルサが未央に、力をくれたのかもしれない。同じように顔だけ取れるアンパンマンみたいに、愛と勇気をくれたのかもしれない。

だとしたら、ありがとうエルサ。まあ顔だけだとちょっと不気味だけど——。未央は、顔だけのエルサにそっと微笑みかけた。

＊

くそっ、どうしてそうなるんだ！　受験に失敗したというのに！　なぜ池村家が幸せになってしまったんだ！　なぜ未央がこっちに笑いかけてるんだ！

お梅は全然納得できなかった。いったい何が起きたというのだ。

面接で、未央に「慶成小学校には入りたくありません！」と宣言させたところまでは、うまくいったはずなのだ。その後、面接の相手の「羨ましい」「自分も禁忌を犯したい」というような負の感情も読み取れて、それを増幅させれば、相手が池村家を罵倒したりして修羅場になると思ったのに、これはいったいどういうことだ？

話の内容を全部は理解できなかったが、どうやら面接の相手は、慶成小学校の悪い部分を次々に挙げ、池村家はうちに入らなくていい、的な激励《げきれい》の言葉をかけたのだ。すると、全員の負の感情が消え失《う》せ、心が洗われたような状態になってしまったのだ。

くそっ、まったく現代人は分からん！　ただ一つ分かっていることは、どうやらお梅の企《たくら》みは失敗したということだ。

そもそも受験というのが結局何だったのかもよく分からないし、その成功を切望していた割には、失敗した池村家が三人とも、あっさり気持ちを切り替えて幸福感を覚えているのも理解できない。何なんだ、受験って。もしかして現代人も存在理由がよく分かってないんじゃないのか。実はなくてもいいとか思ってるんじゃないのか。

結局、池村家の家族仲は修復されてしまった。三人は受験の会場を出ると「受験はもう終わり。いっぱい遊ぼう」「じゃ、あの大きいぞうさんの公園行きたい」「ああ、あそこね、行こう行こう」などと話がまとまり、週末に家族で出かけることになってしまった。

こうなったら、修復したばかりの池村家を、また崩壊させるしかない。

そのために最もふさわしいのは、未央を殺すことだ。

いつ実行しようか、せっかくなら幸福感が高まったところで、一気に不幸のどん底に叩き落としたい——。お梅がそう考えていたところで、絶好の機会が訪れた。

公園に遊びに行く当日。未央が、お梅を持って行くと言い出したのだ。

7

「エルサも持ってく〜」

「え〜、リュックに入れたら壊れちゃうかもしれないよ。大丈夫?」

恵は一応言ってみたけど、未央は人形をリュックに入れて背負っていくと決めたようで、「うん、だいじょぶ!」と力強く答えたから、その意志を尊重した。

「それじゃ、レッツゴー！」

自転車で十分ちょっとの公園に行くだけなのに、未央はとても楽しそうだった。思えば、親子三人でのびのび遊びに行くという、毎週末あってもいいような体験を、未央にはもう何ヶ月もおあずけにさせていたのだ。

補助輪の付いた自転車を未央が漕《こ》いで、前を淳平、後ろを恵が、それぞれ自転車を漕いで公園に向かう。そういえば、受験本番で怪我《けが》をしていてはいけないからと、自転車もなるべく乗せないようにしていたのだ。これからは、こんな時間をたくさん作ることこそが未央の幸せなのだと、恵は肝《きも》に銘《めい》じる。

「あ、トンボ飛んでる！」未央が自転車を漕ぎながら指差す。

「うん、トンボいたね〜」淳平が答える。

「なんかトイレのにおいがする！」

「ああ、キンモクセイが咲いてるね。キンモクセイは、いいにおいだからトイレの芳香剤に使われちゃって、逆にトイレのにおいって言われるようになっちゃったんだよ」

「へえ。でも名前に『くせえ』って入ってるよね」

「ああ……そうだね。せっかくいいにおいなのに、トイレのにおいって言われちゃうし、名前に『クセイ』って付けられちゃうし、きっと人間を恨《うら》んでるだろうな」

そんな他愛《たあい》もない父子の会話を聞いて、恵は微笑みながら自転車を漕ぐ。

公園に着くと、抜けるような秋晴れの下で、未央は存分に遊び回った。『アナと雪の女王』のアナやエルサたちがプリントされたリュックサックの中に、なぜかエルサと名付けた日本人形を入れ、邪魔なように見えるそれをずっと背負って、大きな象の形をした遊具で延々と遊ぶ。象の鼻の部分が滑り台になっているだけでなく、上まで階段でもロープでもタイヤでも登れるようになっていて、子供心をくすぐる遊具のようだ。

この公園には、他にもアスレチックが充実しているのに、駅から遠いこともあってか、遊んでいる子供は少なく、未央が遊具を独占できる時間も多かった。登り方を変えながら、滑り台をこれでもかというほど繰り返し滑る未央を見て、淳平が言った。

「すごいな。ずっとあれ繰り返して、大人がやったら超過酷《かこく》なトレーニングだよな」

「本当だよね。大人じゃ無理だよね」恵もうなずく。

「俺だってたぶん、五、六歳の頃はこうだったんだ。子供はこれでいいんだよな」

「うん……そうだよね」

「受験をスムーズに突破できれば、それはそれで幸せだったろうし、それでちゃんとした大人になる家庭も存在はするんだよな。俺らの代だと、倉田《くらた》とか松橋《まつはし》とか」

慶成大時代の同級生で、小学校からの内部進学ながら、成績も人柄もよかった二人の名前を淳平は挙げた。

「でも、内部進学のろくでもないボンボンも何人もいたし……何より、そんな家庭になれなかったからって、劣ってるわけじゃなくて、向いてなかっただけだよな。だったら、こっちで幸せになればいいんだよな」

淳平が、ずっと心の中で整理していたことを言ったのだろう。恵もまったく同意見だったので、「そうだよね」と大きくうなずいた。

我が家は、慶成小学校に落ちた。でも、それに劣等感を抱くのは間違いだ。未央は、大人でさえ緊張するあの面接の場で、自分の気持ちをはっきり表明して、面接官の先生から「本当は合格にしたいけど、それだと未央ちゃんの希望が叶わないから、泣く泣く不合格」と言ってもらったのだ。これはたぶん、合格するよりすごいことだ。

未央は、慶成小不合格、公立小進学を、自ら勝ち取ったのだ。素晴らしい娘だ。

ふと、恵の手の甲に、淳平の指先が触れた。

淳平と見つめ合って、微笑み合った。そして、夫婦で久しぶりに手をつないだ。

——ところが、その直後だった。

未央が、ぞうさんの滑り台で遊ぶのをやめて、こちらに向かって歩いてきた。

その表情が、苦痛に歪《ゆが》んでいるように見える。

「えっ……どうしたの、未央」

恵と淳平が駆け寄る。すると未央は、か細い声で言った。

「頭が痛い……」

未央の目が赤くなっていた。息も荒い。まさかの体調急変だった——。

＊

ふっふっふ、天国から地獄とはこのことだ。恵、淳平、今の気分はどうだ？　娘の未央は、楽しく遊んでいた最中に体調を崩し、このまま死ぬのだ。残念だったな——。お梅は未央の背負う鞄の中で、生来の表情そのままに、せせら笑っていた。

未央がお梅を入れてずっと背負っていた「りゅっく」と呼ばれる鞄は、通気性をよくするためか、背中に接する部分が網状になっていた。それが仇《あだ》となって死ぬとは、幼い未央はもちろん、恵も淳平も気付けはしないだろう。未央がりゅっくを背負っている間、お梅は至近距離からずっと、瘴気を放出し続けた。屋外だから充満することはないとはいえ、従来より「ぱわあああっぷ」した瘴気を、体の小さな幼児に長時間吸わせ続けたのだから、無事でいられるはずがない。とうとう症状が現れたようだ。

遊び続けていた未央は、徐々に足がふらつき、やがて遊ぶのをやめた。おぼつかない足取りで両親のもとへ向かい、心配する両親に対して「頭が痛い……」とつぶやくのがやっと。すでに相当衰弱《すいじゃく》している。もうすぐ虫の息となるだろう。

さあ、ここからが見ものだぞ。せっかく仲直りした恵と淳平の目の前で、愛娘《まなむすめ》の未央が悶《もだ》え苦しみ、痩せ細り、最後は血反吐でも吐いて死んでいくのだ。二人とも我を失い、泣き叫ぶことだろう。そして、やり場のない悲しみと怒りを、それぞれ相手に向けたが最後。お梅がすかさずその感情を増幅させれば、夫婦はまたいがみ合い、罵り合い、ついには殺し合うのだ。ああ、池村家の末路が楽しみで仕方ない。

——と、お梅が思っていたら、淳平から予想外の言葉が飛び出した。

＊

「まあ、軽い熱中症かな」

雲一つない秋晴れの下、長時間運動した上に、リュックまで背負っていたのだ。もう秋だからと、水をあまり飲んでいなかったのもあって、熱中症になってしまったようだ。

「未央、こっちに座っててね。冷たいジュースで体を冷やそう」

未央のリュックを下ろし、木陰《こかげ》のベンチに寝かせてから、淳平は近くの自販機で冷たいペットボトル飲料を四本買った。未央に少し飲ませた後、左右の脇の下と頸動脈《けいどうみゃく》の位置に当てる。中学高校のサッカー部時代から、熱中症対策の行動は体に染みついている。

すると、未央は十分も経たずに元気を取り戻した。そして「また遊ぶ！」とベンチから起き上がり、何事もなかったかのように遊具へ駆け出した。

「大丈夫？　無理したらまた頭痛くなっちゃうよ」

恵が声をかけたけど、未央はその後もたっぷり遊んだ。ただ、さすがにリュックはベンチに置いていった。

「日が傾いて涼しくなったから、もう大丈夫だな」

「あと、ずっとリュックしょってたもんね。あれも暑かったのかな」

「さすがに、あれがあったら動きづらいって気付いたかな」

淳平と恵が笑い合いながら、未央の体温を下げるのに使ったペットボトル飲料を飲んでいく。「あ、これ美味《おい》しい」「じゃ今度また買おうか」などと、他愛もない会話を交わす。

しばらくして、夕方五時の「ゆうやけこやけ」のチャイムが鳴る。

「すごいなあ、五時までぶっ続けで遊んだよ」淳平が感心した。

「そろそろ帰ろうか」

恵が声をかけると、未央は「うん！」と元気に答えて、走って戻ってきた。

「熱中症も、もう大丈夫そうだな」

「うん、よかったよかった」

多少のトラブルはありつつも、また親子で自転車で、幸せな家路に就いた――。

＊

はあ？　何だ「熱中症」って。遊びに熱中しすぎて、一気に疲れが出たみたいなことか？　いやいや、未央の体調悪化がそんなものであってたまるか。瘴気が効いたはずなのだ――と、お梅は思っていたのだが、未央は少し休んで、また元気に遊び始めてしまったので、残念ながら瘴気は効いていなかったようだ。

くそ、ぬか喜びだったか。まあ今思えば、体の小さな幼児に長時間吸わせたとはいえ、やっぱり屋外では瘴気を充満させることはできないから、ぱわああっぷしても効かなかったのかもしれない。

というか、瘴気のぱわああっぷは、本当にしてるんだよな？　お梅は不安になったが、すぐに思い直す。いやいや、屋外で効かなかったのなら、今夜寝ている間にでも吸わせればいいのだ。せっかくだから池村家が幸せな時に、一気に不幸になった方が苦痛が大きいだろうと思って、未央が楽しみにしていた今日まで瘴気を吸わせずにいたが、もうそんなことを考える必要はない。家で瘴気を吸わせて、未央を殺す。それだけだ。

という算段まで、お梅は立てていたのだが――。

未央は今日、公園でいっぱい遊んだ。途中でちょっと頭が痛くなってフラフラしちゃったけど、パパがジュースを買ってきてくれて、ジュースを飲んで体を冷やして休んだら、大丈夫になった。

*

五時になるまでたっぷり遊んで、自転車で家まで帰る途中に、あやのちゃんに会った。あやのちゃんも、あやのちゃんのママと一緒だった。

「あ~未央ちゃん、可愛《かわい》いリュックだねえ。何入ってるの？」あやのちゃんが言った。

「お人形」未央は答えた。

「え~、見せて~」

未央はあやのちゃんに、リュックの中のエルサを見せてあげた。

「わあ、すごい！　おひなさまみた~い」

あやのちゃんは、エルサを見てすごく喜んだ。だから、未央はあやのちゃんに言った。

「あやのちゃん、これ欲しい？」

「欲しい！」あやのちゃんはすぐ答えた。

「だったら、あげる」

「えっ、いいの？」

あやのちゃんだけじゃなくて、パパとママも「未央、本当にいいの？」と驚いていたけど、未央は言った。

「うん、もういい。あやのちゃんにあげる。元々、未央のでもないし」

実は今日、未央は、パパとママに言っていないことがあった——。

リュックに人形を入れて公園で遊んで、そのあとお人形遊びもしようと思っていたのに、遊んでいる途中で、なんだかリュックの中の人形から変なにおいがしたのだ。頭が痛くなったのは、たぶんそのせいではなくて、パパが言った通り熱中症になってしまったのだと思うけど、それはそうと、なんだか人形がくさく感じたのだ。

それもあって、人形がちょっと好きじゃなくなってしまった。そういえばこれは、ベランダにいきなり来た、変な人形なのだ。エルサと名前を付けたけど、よく見たらエルサになんて全然似てないし。

その人形をあやのちゃんが欲しがったから、あげることにした。あやのちゃんも人形をくさいと感じたら、後で捨てちゃうかもしれないけど、それはそれで仕方ない。

あやのちゃんのママが「遊んだらまた返してあげようね」とあやのちゃんに言っていたけど、未央は正直、もういらないと思っている。

えっ、ちょっと、ここで持ち主が変更になるのか⁉　お梅は戸惑うしかなかった。

せっかくこれから未央を、そして池村家を本気で呪ってやるつもりだったのに。これでは結局、お梅が最初に池村家に来た時よりも、三人とも幸せにしてしまってお役御免ではないか。まるで幸運の人形ではないか！　またしても屈辱《くつじょく》的な結末が、それも思いもよらぬタイミングで訪れてしまった。

＊

譲り渡された相手は、未央の友人らしき「あやのちゃん」という女子《おなご》だ。

くそ、心残りではあるが、かくなる上は仕方ない。あやのちゃんとやらを、次こそ呪い殺してやろう――。お梅は心に誓った。

母子家庭を呪いたい

1

香取直子《かとりなおこ》が、娘の彩乃《あやの》とスーパーに行った帰りに歩いていたら、彩乃と仲良しの未央ちゃん一家と出会った。未央ちゃんは彩乃より年下の、保育園の年長さんで、たしか小学校受験をするのではなかったか。香取家には無縁すぎて詳しい事情は知らないが。

その未央ちゃんが持っていた日本人形を、彩乃が欲しがってしまった。すると、なんと未央ちゃんは「あげる」と即答した。ご両親も「未央、本当にいいの？」と驚いていたし、その人形は、なぜ今まで未央ちゃんが持っていたのか不思議なぐらい不気味だったから、直子としては正直あまり持ち帰りたくなかったけど、娘同士で譲渡《じょうと》が決まってしまったし、彩乃にむずかられても困るので、「遊んだらまた返してあげようね」とフォローを入れつつ、未央ちゃん一家に丁重《ていちょう》にお礼を言って、結局人形をもらった。

思わぬプレゼントにご機嫌《きげん》な彩乃と、築四十年超の中古一戸建てに帰宅すると、長男の修馬《しゅうま》もちょうど帰ってきた。足下を見ると、またスニーカーの踵《かかと》がつぶれている。

「おかえり～。ほら、靴の踵つぶさないで」

直子が注意すると、修馬はこちらを睨みつけて吐き捨てた。

「は？　うるせえババア」

これぞ反抗期。最近は反抗期がない子も増えているとか聞くけど、修馬は中学一年生にして、しっかり突入してしまった。

「ひどいこと言わないでよ、玄関先で……」

直子は嘆《なげ》きながらも、ここで叱《しか》ったりすれば、もっと言い返されると分かっているので、感情を押し殺して玄関のドアを開けた。

「修馬くん、おこらないで」

彩乃が悲しい顔で言うと、修馬は舌打ちして顔を背けた。今のところ、さすがに彩乃を攻撃することはないのが、せめてもの救いだ。

三人で家に入る。入ってすぐの居間で、彩乃は「お人形どこがいいかな～」と置き場所を探し始めた。彩乃が遊び散らかした、ぬいぐるみや百円ショップの風船などの中に、いきなり日本人形が加わるのだ。どこに置いても場違いにはなるだろう。

と、そこでなぜか突然、テレビがついた。夕方の情報番組『サンセットワイド』だ。

『さあ、アイドルと妻子持ちのプロデューサーの不倫スキャンダルということで、ファンのみなさんも非常にショックを受けているようですね。私も一応、同じ芸能界にいる者として言いますが、不倫なんてするもんじゃないですよ。失うものが大きすぎます』

司会者の沖原泰輔が言う。元々は二枚目俳優だったけど、今は司会者として見る機会の方が多い。続いて、コメンテーターの水戸冴子という、最近テレビで時々見る女性作家が『私もまさに、アイドルが出てくる作品を書いたことがあって、取材もしたんですけど、こんなプロ意識の欠如《けつじょ》したプロデューサーなんて聞いたことがありません』と、さりげなく自著の宣伝も紛《まぎ》れさせながらコメントした。暇だったらぼ〜っと見てしまいそうな番組だけど、これから夕飯の仕度がある直子は決して暇ではない。

ただ、それはそうと、なぜ急にテレビがついたのだろう。

「今、テレビつけてないよね？」直子は修馬に尋ねた。

「は？　つけたわけねえじゃん。目腐ってんのかよ、殺すぞババア」

修馬はそう言い捨てて、さっさと階段を上がって自分の部屋に行ってしまった。

いちいち傷付いても仕方ないと分かっていても、息子からの暴言には傷付いてしまう。修馬からママと呼ばれていた頃のことも、ママからお母さんに呼び方を変える時に修馬が少し照れていたことも、昨日のことのように思い出せるのに、今やババアと呼ばれるようになってしまったのだ。こんな記憶で上書きしたくなかった。

ただ、それより勝手についたテレビが心配だ。故障で買い替えとなれば手痛い出費だ。最近はまた勝手についても電気代がかさんでも困るから、主電源から切ることにしようか。

テレビがない家も増えていると聞くけど、彩乃のお気に入りの子供番組もあるし、さすがに我が家には必要だよな……なんて考えていたのを、当の彩乃に中断させられた。

「ママ、お水びしゃびしゃ～」

「ああっ、ちょっと！」

彩乃が洗面所の床まで水をこぼしてしまっていた。手洗いもうがいも上手にできるようになったと思っていたけど、何を失敗してしまったのか。

「ほら、拭《ふ》き拭《ふ》きしようね～」直子は急いで雑巾《ぞうきん》を用意する。

こうして、子供二人に、それぞれ違った形でストレスをかけられ、シングルマザーとして忙殺される日々――。直子は今、子育てが、とてもつらい。

彩乃はまだ全然目を離せない。本当はそれだけで精一杯なのだ。中学生になった修馬に多少手伝ってもらえれば助かるけど、直子の身長に追いつくのとほぼ同時に反抗期に突入した修馬からは、毎日のようにひどい言葉をぶつけられるばかり。はっきり言って言葉の暴力だ。このままだと、身体的暴力を振るわれる日も近いのではないかと思える。

この苦しみがどれぐらい続くのか。続いた先に待っているのは幸せな日々なのか。いやきっと違う。これからもっとつらい生活が続いた末に、最悪の場合、修馬に殺される可能性だってあるのだ。想像すればするほど、どんどん悲観的になっていく。

いっそのこと、もっと不幸になる前に、一家心中してしまおうか――。そんな考えがよぎることさえある。なんだか今日は、一段とそんな衝動が大きくなってしまう。

「手を洗いましょ、洗いましょ～」

彩乃は無邪気に、先生から教わったのか、それとも自分で即興で作ったのか分からないけど、歌を歌っている。直子は少しだけ笑顔になれる。そして、こんな可愛い彩乃と心中なんて考えちゃいけないと、慌てて思い直す。

でも、そんな彩乃がもっと不幸になる前に、たとえば眠っている間に目覚めないまま楽にできる方法があるなら、そうしてあげた方が楽なんじゃないか、なんて恐ろしい考えがまた頭の隅によぎってしまう。今日はなぜか、いつも以上によぎってしまう——。


香取修馬は今日、帰宅して早々、いつも以上に母に苛立ってしまった。なぜかテレビが急について、自分がつけたんじゃないかと疑われた時は特に腹が立って、「目腐ってんのかよ、殺すぞババア」なんて言葉まで吐いてしまった。

実際は、母の目が腐っていないことぐらい見れば分かるし、こんな動機で殺していたら母親が何人いても足りない。でも今日は、衝動的にあんなことを言ってしまうぐらい腹が立ったのだ。こんな苛立ちが続いたら、いつか本当に母に暴力を振るってしまいそうで怖い。これが反抗期なのかと自覚しつつも、修馬は内なる衝動を持て余している。

その後、自室のベッドの上でスマホをいじっていたら、ＬＩＮＥの通知があった。「こじろう」と画面に出たのを見て、修馬は既読を付けないように長押しした――つもりだったけど、タップしたのだと判定されてしまったようで、LINEの画面が開いた。

『今から遊べる？』

いつも通りの、一言だけの文面を読んで、修馬はすぐベッドから立ち上がった。

「ちょっと修馬、今から出かけるの？　晩ご飯は？」

直子は、慌ただしく出かけようとする修馬に声をかけたが、返ってきたのはやっぱり「うるせえババア」という暴言だった。

「修馬くん、ごはん食べないの～」

彩乃も声をかけたが、修馬は無視して家を出て行った。ほんの半年ほど前までは、遊びに行く時も毎回きちんと行き先を言ってくれたのに。

「修馬くん、いっちゃった」彩乃が玄関を見て、寂しそうに言った。

「うん、行っちゃったね」直子はかすれた声で応じる。

「ママ、泣かないで」

彩乃に言われて、直子は「うん」とうなずきながらも、耐えきれずに落涙してしまう。

「ママ～、かわいそう」

彩乃も目に涙を浮かべてしまった。――修馬が反抗期に突入してから、こんなことが週に何度もある。あと何回泣けばいいのだろう。

もう泣かないでいられた方が、彩乃は幸せなのではないか。修馬だって、直子の顔を見るたび悪口を言い続けるのは本当はつらいはずだ。二人が寝静まった後、眠ったまま死なせてあげられる方法はないだろうか。灯油でも撒《ま》いて火をつけるか。でも、火事に気付いて起きてしまったら気の毒だ。だったら包丁で頸動脈をかっ切るか……。

なんて、さっきより具体的な手口まで考え始めた自分が恐ろしくなった。今日の直子は特におかしい。いつもと何か違うだろうか。ああ、そういえば今日は人形をもらったのだ。あの時、小学校受験までできて余裕がありそうな未央ちゃん一家を見て、妬《ねた》みでおかしくなってしまったのだろうか――などと考えている場合ではないのだ。

「さあ、泣いてないでご飯作らなきゃね」

彩乃に、というより自分に言い聞かせて、直子は台所に立った。

こんな時、手伝ってくれる人が一人でもいたらどんなに楽だろうかと、いつも思う。修馬は絶望的だけど、たとえばきちんと家事をする夫がいたら――。そんな空想にいつも行き着いてしまう。現実の夫は、家事能力は皆無《かいむ》だったし、まだ子供たちが小さかった頃に外に女を作って出て行った。それでも養育費を払い続けているだけ、まだましだろうか。それすらしない最低な男も世の中には多いと聞く。彩乃のために時短勤務にしている直子の事務職の給料だけでは、生活は相当厳しかっただろう。

「バービーちゃん、よしよし」

彩乃が、未央ちゃんにもらった人形で遊んでいる。どう見ても日本人形なのにバービーと名付けたようだ。もっと小さかった頃、本物のバービー人形を買ってあげようとしたら「怖いからいらない」と半べそをかいて拒否したのに、この不気味な日本人形が、なぜかバービーを襲名したらしい。

その後、直子が料理を進めるうちに、彩乃はバービーちゃんと新しい遊びを始めた。

「バービーちゃん、いくよ〜。サーブ、はいレシーブして〜、アタック！」

百円ショップで買った風船を膨らませ、バレーボールに見立てて、自分の右手と、左手に持った日本人形で交互に弾いて遊んでいる。先生に教わったのか、テレビで見たのか、少なくとも直子は教えていないバレーボールの用語を覚えたのも、風船を一人で膨らませられるようになったのも、成長の証《あかし》だ。

そんな、彩乃の成長の喜びや無邪気さに救われる。こんなことにでも救われていないと、今の直子はとても生きていられない。

＊

いやはや、志半《こころざしなか》ばで譲り渡されてしまったが、これはむしろ僥倖《ぎょうこう》のようだ。新しく引き取られた香取家は、前回の池村家の当初の状態よりもさらに、負の感情に満ちている。お梅にとっては実に喜ばしいことだ。

まず息子の修馬が、母親の直子に向かって「婆《ばばあ》」とか「殺すぞ」などと暴言を吐いている。子が親に面と向かって殺害を宣言するなんて、これは鎌倉時代の源氏《げんじ》のような壮絶な親子間の殺し合いが期待できるかもしれない。実際、直子からも修馬からも、互いに対する苛立ち、そしてわずかながら殺意が読み取れた。お梅は早速それらの感情を増幅させてやったが、さすがに一発で殺し合いを実現させるまでには至らなかった。ただ、増幅の術の副作用で、てれびが作動してしまい、それがきっかけで修馬の「殺すぞ婆」発言が飛び出したので、まあ結果オーライというところだろう。

その後、修馬が家を出て行き、残された直子と彩乃は、修馬の横暴ぶりに涙を流していた。そして直子からはまた「死にたい」「殺したい」という感情が読み取れた。それらが結びついているから、これは「家族を殺して自分も死にたい」すなわち「無理心中したい」という感情かもしれない。もっとも、それらの感情を増幅させても、直子はまだ理性を失ってはいないようで、さすがに即実行とまではいかなかったが、これを繰り返せば、直子による一家心中も実現できるかもしれない。

一方、三人家族の中で唯一《ゆいいつ》、お梅を引き取った彩乃だけは無邪気なようで、負の感情は感じられない。直子と修馬の諍《いさか》いに一時的に心を痛めはしたが、その後はまたけろっとして、お梅に「ばあびゐ」という妙な名前を付けて遊び始めた。自分の右手と、左手に持ったお梅で「さあぶ」「れしゐぶ」「あたっく」などと言いながら、鞠《まり》を弾き合って遊ぶのが特にお気に入りのようだ。最初に鞠を弾くのが「さあぶ」、それを受けるのが「れしゐぶ」、空中の鞠を強く弾くのが「あたっく」らしいが、日本語なのか外国語なのか、そもそもこれが本来の遊び方なのか、お梅には何も分からない。戦国時代にも蹴鞠《けまり》はあったが、五百年経ってこんな形になったのだろうか。でも蹴鞠ではさすがに、鞠を空中で打つ「あたっく」は無理だよな……なんて考えても分かるはずがない。

とにかく今後の目標は、この香取家に親殺し、子殺し、一家心中などの悲劇、すなわちお梅にとっては最高の喜劇をもたらしてやることだ。

2

月曜日の朝。今日からまた学校だ。憂鬱《ゆううつ》さと行き場のない苛立ちを抱えながら、修馬は起床した。一階へ下りると、母と彩乃が話していた。

「あちゃ～、シンクにぶつけて、包丁の刃が欠けちゃった」

「歯が欠けたら、歯医者さんに行かなきゃ」

「アハハ、そっちの歯じゃないよ～」

そんなやりとりにも、修馬は無性《むしょう》に腹が立つ。母が家で何を話していても、何も話さずただ黙っていても、腹が立つのだから仕方ない。

母の「おはよう」という挨拶を無視し、彩乃の「おはよう」には「うん」とだけ小声で返して、母の作った美味《うま》くもまずくもない朝食を食べる。その後、歯を磨いたりしているうちに、ちょうど家を出るタイミングが、母と彩乃と重なってしまった。修馬の仕度が、普段より少し遅れてしまったのが原因だろう。

「あ、一緒に出ようか」

母が言ってきた。修馬は舌打ちして返す。

「いや、俺がもっと遅らす」

「なんで？　一緒に出ればいいでしょ。遅刻しちゃうよ」

母がなおも言ってきたので、修馬は苛ついて怒鳴り返した。

「分かるだろババア！」

「まったくもう……」母は悲しげに嘆いた。

「修馬くん、おこらないで」

母と手をつないだ彩乃が、泣きそうな顔で言ってきた。修馬は目をそらした。

母が玄関のドアを開ける。彩乃はすぐ笑顔を取り戻し「いってきま～す」といつも通り修馬に手を振る。二人が家を出て行ってから、修馬はため息をついた。

彩乃と一緒に外を歩きたくないことぐらい、考えなくても分かるだろババア。――さっき母に吐いた「分かるだろババア」は、省略せずに言うとそういうことだ。母だって分かっていないはずがない。分かっているのに、わざとあんな提案をしてきたのだ。

彩乃自身は悪くない。でも自分の境遇を呪いたくなる。小学生の頃から今まで、修馬は学校の友達に何回馬鹿にされただろうか。

二歳年上の姉の彩乃と、一緒にいるところを見られたせいで――。

姉の彩乃は、障害者だ。中学三年生の学年だけど、知能はたぶん保育園児ぐらいだし、体格も小さく、まだ小学生に見えるぐらいだ。

修馬が小学六年生だった去年、国語の作文で障害者について書いたら「障がい者と書こうね」と担任から添削《てんさく》が入った。まったく馬鹿馬鹿しい。そんな小手先の表記で「私は差別してませんよ」の意思表示になると思ったら大間違いだ。ちなみにその担任は「香取君のお姉さんは、ちょっとかわいそうな人だもんね」と言ったことがある。少なくともあの馬鹿女よりは修馬の方が、彩乃のことを差別していないと自負している。

「障害」の「害」という字が悪い意味を持つから、「障がい」と書き換えているらしい。何だそりゃ、悪い冗談か？　だったら「障」もダメに決まってるだろ。目障《めざわ》り、耳障りの「障」なんだぞ。みんな心の中では、彩乃のような人のことを、目障り、耳障りだと思っているのだ。「しょうがい者」という言葉そのものを変えない時点で、その意識を本気で変えようなんて気は全然ないのだ。

だから、修馬と彩乃が一緒にいるところを見た同級生が「修馬の姉ちゃんか妹、障害者だったよ」と噂を流して、いじられて、やがていじめられるということが、小学校でも中学校でも起きてしまったのだ。彩乃は、障害に詳しくない人から見ても、一目でそれと分かる特徴的な顔立ちをしている上に、人目もはばからず歌を歌ったり、初対面の人に急に気さくに話しかけたりもする。だから余計に目立つのだ。

中学に入れば修馬の扱いもリセットされるかと期待したけど、入学早々「姉ちゃん障害者なんだってな」「お前もちょっと障害者なの?」などと同級生に言われ、希望は早々に潰《つい》えた。卒業までずっとこの扱いを受けるのかと思うと、全てに苛立ってしまう。そして苛立ちをとりあえず、最も身近な母にぶつけてしまう。

学校なんて別に行きたくない。でも、不登校になれば母に心配され、話す機会が今より増えてしまう。そんなのもっと嫌だ。だから学校に行くしかない。とはいえ、今日はもう急いだって遅刻だ。だったらもっとゆっくり行こう。

そう決めたところで、スマホが振動した。LINE特有の「ブーブブ」という振動だ。画面に表示されているのは「こじろう」。すぐに画面を開く。

『おい遅刻かよ』『だったら昨日いったとおり』『放課後遊ぼうぜ』

立て続けに来た三つのメッセージを見て、修馬は自分の部屋に戻った。

＊

月曜日の朝も、相変わらず修馬は、母親の直子に悪態をついていた。お梅はまた双方の負の感情を増幅させてみたが、さすがに朝から殺し合いにまでは発展しなかった。

その後、直子と彩乃が家を出て、最後まで残ったのが修馬だった。修馬は中学校というところに行くらしい。前の拾い主の未央は、小学校に入るために受験をしていたが、中学校というのは名前から察して、小学校の次に行く学校だろうか。中学校の次に行く学校があるとしたら、きっと大学校なのだろう。まあそれはさておき、修馬は出発前に鞄を置いて階段を上り、どうやら自分の部屋に行ったようだった。

また、修馬からはずっと「出かけたくない」という、直子や彩乃にはない負の感情が読み取れた。どうやら修馬は、中学校に嫌々行っているようだ。

ひょっとすると中学校というのは、修馬のあらゆる負の感情の根源なのかもしれない。そこに行ってみれば、今後の呪いにも生かせるのではないか――。

ちょうど修馬が、鞄を放置していた好機に乗じて、お梅は行動を起こした。前の持ち主の未央の「りゅっく」なる鞄もそうだったが、こういった鞄の口の、お梅には解読不能の

「ＹＫＫ」などという文字が刻まれた金物のとじ具は、人間が軽くつまんで引くだけで簡単に開け閉めできているようなので、お梅でも開けられそうなのだ。

試してみると案の定、お梅が両手で挟んで引くだけで、鞄は簡単に開いた。鞄の中には主に書物が入っていて、お梅の全身が入りそうな空間はなかったが、首だけならどうにか入り込めるだろう。お梅はふわっと首だけ宙に浮き、鞄の中の荷物の隙間に潜り込んだ。そして、体の方は壁際へ移動する。首のない体には触覚しか備わっていないので、バンと壁にぶつかって止まるしかなかった。そこまでしたところで、「鞄を開ける↓首が付いた状態できちんと物陰に隠れる↓首だけ宙に浮いて鞄の中に入る」という手順が最適解だったと気付いたが、まあ後の祭りだ。

ほどなく、二階から階段を下りてくる修馬の足音が聞こえた。

「え、首なし人形？」

修馬が、壁際のお梅の首から下を発見したようで、驚いた様子でつぶやいたが、さすがにその首が鞄の中にあることまでは予想できなかったようで、鞄の中に、何か荷物をねじ込んできた。首だけのお梅は、さらに狭くなった隙間にどうにか落ち着く。修馬は鞄を持って、外へ出かけたようだった。

さて、これで中学校とやらの様子を偵察できるぞ。きっと他にも人間たちが集まっているのだろうから、そっちはそっちで呪ってやってもいいかもしれないな――。鞄の中で、生首状態のお梅の期待は高まった。

3

修馬は教室に入って、「遅刻だぞ」「すみません」という、遅刻者の最低限の義務のやりとりを済ませた。その後、退屈な授業を受け終わったところで、朝ＬＩＮＥを送ってきた同級生「こじろう」こと熊井《くまい》虎次郎《こじろう》が、修馬の机にやってきた。

「おい遅刻野郎」

太くてごつい腕で、修馬の肩を小突いてくる。感覚がなくなるほど痛いけど、痛いと言えばさらに痛いことをされるので、「あはは」と作り笑いで応じる。

「今日遊ぼうな」虎次郎が、太い腕を修馬の首に回してささやいてきた。

「ああ、うん……」修馬はうなずく。

「金持ってきたか」

「うん……」

今朝、虎次郎からの『放課後遊ぼうぜ』というＬＩＮＥを見て自分の部屋に戻り、財布に千円を追加していた。虎次郎はにやりと笑って告げる。

「じゃ、それ使い切るまで遊ぼう」

実は、修馬に対する虎次郎の「遊ぼう」は、「金を持ってこい」と同義語なのだ——。

熊井虎次郎。フルネームに猛獣が二種類も入っている。そんな名前に違《たが》わぬ体の大きさと喧嘩っ早さで、一年生を代表する不良だ。修馬は、名前に入っている動物の序列そのままに従うしかなく、虎次郎のグループの下っ端になってしまっている。

しかも虎次郎には、高校生の不良の兄がいるらしいから、ますます逆らうわけにはいかず、修馬はゲームセンターやコンビニで、毎回最低でも五百円は出費させられている。その結果、小学生の頃からのお年玉貯金がどんどん減っている。

この関係性ができてしまった原因も、彩乃の存在だった。忘れもしない、虎次郎に話しかけられた最初の言葉は「お前の姉ちゃん、障害者なんだってな」だった。そう言ってきたのがもし、修馬より喧嘩が弱そうな奴だったら「だったら何だよ？」とでも言い返しただろうけど、虎次郎は本人だけでなく兄貴まで不良らしいという噂は、その時すでに修馬の耳にも届いていたから「あ、うん……」と怯えながらうなずくしかなかった。

もっとも、仮にその一件がなかったとしても、いじめられなかった自信はない。修馬は小学生の頃から友達がさほど多いわけではないし、特に仲良しだった何人かは、学区が違ったので他の中学校に行くか、私立に行ってしまった。そのため、同じ小学校出身の同級生は誰もさほど仲良くないという状況で、不良と名高い虎次郎に声をかけられてしまったのだから、もう仲間に引き入れられるしかなかったのだ。それを拒《こば》めば、もっといじめられていたに決まっているのだ。

というわけで放課後、虎次郎たちと一緒に、駅ビルのショッピングセンターへ行った。

「なんか買う？」

「漫画でも買うか」

虎次郎と、サブリーダー的な梶岡豪太《かじおかごうた》が話している。豪太は、修馬や虎次郎のいる一年一組からは一番遠い四組で、虎次郎と同じ小学校だったらしい。

「それよりゲーセン行かない？」

原口雷斗《はらぐちらいと》が言った。一年三組で、虎次郎と同じ空手道場に通っていたらしい。修馬より小柄だけど、空手経験者だと聞くと逆らいがたい。

「あれ、ゲーセンってこっちだっけ？」

「ゲーセンは、向こうだね」

柴宏樹《しばひろき》が、進行方向と反対側を指差す。宏樹は一番口数が少なくて、実は修馬は素性をほとんど知らない。雷斗と同じ三組だということぐらいしか知らない。体格はひょろっと痩せているけど、手足が長い。もしキレると怖いタイプだったら、手足のリーチも長いし危ないかもしれない。だからやっぱり逆らえない。——というわけで、修馬は結局誰にも逆らえず、グループ内の序列は文句なしの最下位だ。

虎次郎率《ひき》いる、一年生の中では一番不良っぽいグループは、日によってこの中の誰かがいなかったり、別の誰かが加わったりもするけど、基本的にこの五人が主なメンバーだ。二、三年生にも不良っぽいグループはあるようだけど、虎次郎の兄が不良高校生だということは知れ渡っているらしく、上級生に生意気だとか絡《から》まれたことは一度もない。

「そういや修馬、いくら持ってきた？」虎次郎が尋ねてきた。

「えっと……千円ぐらい」修馬は少なめに答える。

「千円か。ゲーセンだとすぐ使っちゃうよな」

虎次郎が笑いながら言った。修馬の金を使う前提で話が進んでいく。

そこでふと、ショッピングセンターで流れている曲を聴いて、虎次郎が言った。

「ああ、この曲、昔流行《はや》ったよな。うちの兄貴がめっちゃ好きなんだよ」

サビの「♪あいしてるの理由を～」という、男性歌手の歌声が流れている。たしか曲のタイトルもそのまま『あいしてるの理由』だった気がする。

「ああ、小学校二、三年の頃に流行ったよな。……あれ、この歌手って名前何だっけ」

雷斗が言うと、虎次郎がひらめいた様子で提案した。

「あ、俺知ってるけどクイズにすっか。『あいしてるの理由』を歌った歌手は誰だ？」

「え～っと……なんかあれだよ、梅酒みたいな名前なんだよな」豪太が言う。

「梅酒？　どういうことだよ」

正解を知っている虎次郎も、その言葉はよく分からなかったようで首を傾げた。

　と、そこで視界に入ってしまったのか、虎次郎が修馬にも声をかけてきた。

「おい修馬、お前考えてるか？」

「あ、うん……」突然注目を浴びて慌てた修馬は、とっさに答えた。「えっと……あれだよね。この曲以外よく知らない、一発屋みたいな人だよね」

　すると、虎次郎の笑顔が消えた。そして、だしぬけに修馬の尻を蹴り上げてきた。ボフッという音とともに、修馬の尻に激痛が走り、思わずバッグを落としてしまう。

「てめえ、一発屋とか馬鹿にすんじゃねえよ。うちの兄貴がファンなんだぞ、恭也《きょうや》」

「……ごめん」

　ＭＣの突然の暴力と正解発表により、即興クイズ大会はあっという間に終了となった。

　解答者たちに気まずい沈黙が訪れる。

「……あ、そうだ、恭也だ」豪太が小声で言う。

「ああ、梅酒みたいな名前って、チョーヤと恭也か」雷斗もささやく。

「お、ゲーセンあったな。おい修馬、てめえ払えよ。罰ゲームだ」

　虎次郎が、元々払わせる予定だったくせに、残酷な笑みを浮かべて言った。修馬は尻がじんじん痛むのをこらえながら、うなずくしかなかった。

　一同は、暴力などなかったかのようにゲームセンターへと歩く。虎次郎と修馬と豪太と雷斗、少し遅れて宏樹。宏樹は会話にほぼ参加していないのに上手に気配を消して、虎次郎の暴力も支払いも免れている。修馬もあんな風に振る舞いたいけど、もう手遅れだ。本心では、こんなグループはもう抜けたい。でもそれを正直に言えば、もっとひどい暴力、下手したら集団リンチにでも遭うかもしれない。そこまでして不良グループを抜けた修馬と、新たに友達になってくれる同級生がいるとも思えない。たぶん卒業まで一人ぼっちになる。――そう考えると、修馬は結局、ここにいるしかないのだと思う。

「じゃ、まずこれやるか。おい修馬、財布」

格闘ゲームの前に立った虎次郎に命じられ、修馬は財布の入ったバッグを開けた。

するとそこで、予想外の事態が起きた。

＊

どうやら修馬は、中学校という建物で過ごした後、何人もの友人たちで集まり、どこかへ移動したようだ。鞄の中に首だけで入ったお梅からも、その様子は感じ取れた。

香取家の三人をまず呪おうと思っていたが、先に修馬の友人たちを呪うのもいいかもしれない。今修馬とともに歩いているこいつらは、おそらく修馬と同年代の成長途上の子供だ。成長しきった大人よりは、体も頭も弱く、簡単に呪い殺せるかもしれない。

それにしても、中学校というのはかなり大勢の人間が集まる場所のようだった。お梅も鞄に入ってしまうと、外の人間たちの姿は見えないし、どこに誰がいるのかも分からない。どうやらお梅の入った鞄は、長時間どこかにぶら下げられていたようで、周囲に多数の人間の感情が読み取れたが、どれが修馬の感情なのかも正確には分からなかった。最も近い位置から「面倒」「嫌だ」「苦痛」といった感情が強く感じられたのだが、あれが修馬だったのだろうか。自信はない。

中学校というところは、どうやら「教室」と呼ばれている部屋に、毎回「先生」と呼ばれる年長の人間が来て、お梅が以前てれびの「いゐてれ」で見たような、色々な学問を教えているようだった。お梅も、現代のことを学ぶためにその話を詳しく聞きたいところだったが、鞄の中からはよく聞こえなかった。ならばせめて周囲の人間を呪ってやろうと、瘴気を発し続けてもみたが、これまた鞄の中から発しても、あまり外には漏れ出なかったようで、誰かが体調を崩した様子もなかった。

結構な時間が経ったところで、修馬がお梅入りの鞄を持ち、中学校を出たようだった。その際、修馬を含む何人かの男の会話が聞こえたので、どうやら連れ立って帰るらしい。その際、最も近い位置の、おそらく修馬だと思われる人間の「嫌だ」「つらい」という感情が強まったように感じられたが、嫌いな学校から帰るのだからむしろ喜ばしいのではないかと、お梅には少々解《げ》せなかった。別の人間の感情と読み間違えたのかもしれない。

修馬とその友人たちがしばらく歩いた頃、突然「ぼふっ」と音がした。そして、鞄に強い衝撃が走った。どうやら鞄が地面に落ちてしまったようだった。その時、鞄の外から「一発矢」がどうしたこうした、みたいな声が聞こえたが、今は戦国時代じゃないのだから、さすがに矢を一発射《い》られたせいで鞄が落ちたわけではないだろう。

お梅は、首だけで身軽だったのも幸いし、大事には至らなかったが、落下の際に荷物の配置がずれ、鞄の最上部に押し出されてしまった。これでは鞄を開けられたらすぐ見つかってしまう。一応、他の荷物に隠れた方がいいだろうけど、この鞄の中は書物が重なっていて、首だけで隙間に分け入るのは一苦労なんだよな……なんて思っていた時だった。

突然、鞄が開けられてしまった。そこには、修馬以外にも何人もの男がいた。

*

「え、何それ、キモっ!」

修馬とほぼ同時に、たまたまバッグの中が見える位置にいた雷斗が、それに気付いた。

修馬のバッグの中に、日本人形の首が入っていたのだ。

たしか、彩乃が仲良しの保育園児からもらったという人形だ。ああ、そういえば今朝、家を出る前に、首がない人形が壁際にあったっけ。彩乃が遊んでいるうちに、間違って首だけ鞄に入ってしまったか、あるいは彩乃がイタズラで入れたのだろう。彩乃はそういうイタズラはあまりしないけど、とにかくそんな理由しか考えられない。

「え、何かあった？」虎次郎がにやけて尋ねた。

「なんか、修馬のバッグに、人形の首だけ入ってんだけど」

雷斗がバッグの中を指差す。修馬はやむをえず、バッグを開いたまま見せた。

「うわ、何だよそれ。生首じゃん。あ、それでキャッチボールでもするか」

虎次郎が思いついたように言うと、豪太も「ハハハ、いいね」と笑う。

「てか修馬、お前こんなの学校に持ってきてんの？　どういう趣味だよ」

「いや、いつも入れてるわけじゃなくて、たぶん姉貴が……」

「ああ、障害者の姉貴か。だったらこんなこともするか、ハハハ」

虎次郎が、差別意識に満ちた顔で笑った。

「こんなことは今までなかったんだけど……」

修馬がおそるおそる答えていた時──。ドサッ、と背後で音がした。

振り向くと、なぜか宏樹が床に倒れていた。

「えっ……おい、どうした宏樹？」

「大丈夫かよおい」

豪太と雷斗が、半笑いとはいえ、一応は心配そうに、倒れた宏樹に声をかけた。宏樹はゲームセンターの床にうつ伏せに倒れ、はあはあと荒く息をしている。

「あの〜、大丈夫ですか？」

ゲームセンターの男性店員が来てしまった。部外者の大人が来てしまって、修馬は慌てる。たぶん修馬以外も慌てている。

「あ、ああ、大丈夫です」豪太が取り繕《とつくろ》う。

「もしあれだったら、救急車とか……」店員が心配そうに言う。

「あ、いや……」

「そこまでじゃないよな？　宏樹」

豪太と雷斗が慌てて断った。放課後にゲームセンターに行ったことが学校にバレるのはまずいので、大ごとにするわけにはいかない。その意識はみんな共有していた。

「行こう、宏樹」

豪太が宏樹に声をかけ、宏樹は青白い顔でうなずいて、ふらふら立ち上がった。そして宏樹をゆっくり歩かせて、みんなで心配しながらゲームセンターを出た。

「宏樹、どうしたんだよ急に」

歩きながら、虎次郎が苛立った様子で言った。――虎次郎がゲームセンターの店員の前で一言も喋《しゃべ》らなかったのは、余裕だったのか、それともテンパって喋れなかったのか。後者だったようにも見えたけど、とにかく序列が下の人間に対処を丸投げしていた。

「ちょっと、急に貧血っていうか、気分が悪くなって……」宏樹がつらそうに答える。

「どうする？　しばらく休んでから遊ぶか」

豪太が言ったが、虎次郎が鼻で笑う。

「しばらく休むって、俺たちも休まなきゃいけねえのかよ」

とことん自分中心で、友人の心配は二の次らしい虎次郎に、宏樹が申し出た。

「いや……邪魔になっちゃ悪いし、俺は帰るよ」

「宏樹、家どこだっけ？」雷斗が尋ねる。

「えっと、駅の南口の商店街の……」

宏樹の家の大まかな場所を聞いたら、修馬の家が一番近かった。たぶん同じ小学校の学区だろう。それにしては、宏樹のことは中学校に入るまで知らなかったけど。

「じゃ修馬、送ってやれ」

虎次郎が面倒臭そうに言った。リーダーのお達しであれば、逆らうわけにはいかない。

修馬は「分かった」とうなずき、宏樹に目配せして、家の方へと歩き出した。

「あ、でも修馬がいなきゃ、もう金使えねえのか」

背後から虎次郎の声が聞こえた。つくづく自分は金づるなのだと修馬は思い知る。

「じゃ、適当にだべって帰ろうぜ」

「煙草《たばこ》でも吸うか？」

「さすがに見つかったらやべえだろ」

豪太、虎次郎、雷斗の会話を背中で聞きながら、修馬は宏樹と一緒にゆっくり帰った。人形の首がバッグに入っていたり、宏樹が倒れたりと、予想外のことが立て続けに起きたけど、結果的にお金を取られずに済んだのは幸運だったかもしれない。

＊

鞄を開けられ、お梅は、修馬を含めた五人の若い男たちと顔を合わせることになった。彼らの心の中に、様々な負の感情が渦巻《うずま》いているのが、お梅には読み取れた。その中の最も体格がいい男が、お梅を見て「それできゃっちぼをるでもするか」と言った。そして、彼の中に破壊衝動、加虐《かぎゃく》心が生じたのも読み取れた。「きゃっちぼをる」の意味は分からなかったが、その男が五人の中で最も粗暴な心を持っていること、そして首だけのお梅を戯《たわむ》れに破壊しようとしていることは察せられた。

人形は顔が命だ。傷つけられるのは絶対に避けたい。さてどうしよう――。お梅は危機感を覚えた。ただ一方で、彼ら五人はそれぞれ、首だけのお梅を見て、多少の恐怖も抱いているようだった。みな怖がっていない風を装っているが、それぞれ虚勢を張っているのだ。こういうところは戦国時代の男たちとそう変わらない。中でも最も強い恐怖を抱いていた一人に目を付け、お梅はその恐怖心を一気に増幅させてやった。

すると宏樹という名の彼は、恐怖が膨れ上がったあまりに体調を崩したのか、床に倒れ込んだ。他の連中も突然の事態に慌て、結局集まりは散会となり、修馬が宏樹に付き添って帰ることになった。

とりあえず、お梅は破損を免《まぬが》れ、結果的に修馬の友人関係も多少ぎくしゃくさせてやった。ただ、少し気になったのは、お梅が見つかる前からすでに、彼らの関係がぎくしゃくしていたように感じられたことだ。気を許せる友人同士ではないのだろうか。

あと、帰路についた修馬の負の感情が薄れ、安堵感が読み取れてしまったのは不本意だった。まさか「お梅のおかげで結果的にいいことがあった」なんて思っているのではないだろうな。そんなのはお梅にとって屈辱に他ならない。

とはいえ、これはまだ序章にすぎない。香取家か、修馬の友人たち、できれば両方を、これからどんどん呪って不幸にしてやろう。お梅は期待で胸を膨らませた。――まあ実際は、胸は香取家に置きっぱなしだし、その胸も構造的に膨らみはしないのだが。

4

人形の首だけがなぜかバッグに入っていたあの日を境に、グループ内の修馬の序列は、宏樹と入れ替わった。

「宏樹ダサくねえか？　あいつ人形の生首にビビって、体調悪くなったんだろ？」

リーダーの虎次郎にそう言われてしまっては、宏樹が最下位に降格するのは必然だった。あの日以来、コンビニなどに行った際に、宏樹は虎次郎から「おい宏樹、奢《おご》ってくれよ」と言われ、ジュースやお菓子を奢らされていた。そのため、元々その役を強《し》いられていた修馬は支払いを免れた。それをラッキーだと思ってしまう自分に嫌気が差したけど、いじめのターゲットから逃れるには、こんな方法しかなかっただろう。

一方、あの日、修馬と宏樹の家が近いことが分かったので、放課後に虎次郎たちとつるんだ後も、修馬と宏樹は二人で帰るようになり、よく話すようになった。

宏樹は、小学校卒業とともに神奈川県から引っ越してきたらしい。どうりで家が近いのに全然知らなかったわけだ。また、宏樹の小学生時代のことも打ち明けられた。

「俺さ、引っ越す前の小学校で、ちょっといじめられてたんだ」

「え、そうなの？」

「俺、超ビビリなんだよ。『アメトーーク！』の『ビビリ・1《ワン》グランプリ』って分かる？あれに出れるぐらいのレベルなんだ。ちょっとしたことで超ビビっちゃって、それがバレていじられて、六年生の最後の方はもうほぼいじめで」

「ああ、そうだったんだ……。もしかして、それで転校したの？」

「いや、転校は普通に、親の都合だったんだけど」宏樹が視線を落としながら語った。

「転校してからは、もういじめられないように、わざとちょっと不良っぽい奴とつるんで、かましてやろうって思ってたんだ。でも大失敗だったよ。ビビリなのもバレちゃったし。よく考えたらあいつらにバレた方が、もっとたちが悪いに決まってるもんな」

少し前まで謎《なぞ》多き男だった宏樹は、話してみたら全然いい奴で、むしろ持って生まれたビビリ体質のせいで苦労している、とても気の毒な奴だった。

「悪いな、元はといえば俺のバッグに、人形の首なんかが入ってたから……」

修馬はいたたまれなくなって謝った。でも宏樹は首を振った。

「いや、しょうがないよ。ていうか、マジで俺の戦略ミスだよ。普通の友達と仲良くなっときゃよかったんだ」宏樹はそう言った後で付け足した。「あ、でもそうしてたら、修馬とはクラスも違うし、知り合えなかったかもしれないか……それは嫌だな」

宏樹が何気なく言ってくれたのが、修馬にとっては嬉しかった。

「それにしても、あの時はマジで、自分でも驚くほど、すげえビビっちゃったんだよな。いくら俺でも、ビビりすぎて体調悪くなって倒れるなんてことは一度もなかったのにさ。もしかしたらあの人形、マジで幽霊《ゆうれい》とか憑《つ》いてんじゃないかな」

宏樹が冗談めかして言った。修馬は「アハハ」と笑って受け流した。

でも、実は修馬も最近、あの人形が少し怖くなっているのだ——。

というのも、宏樹がゲームセンターで倒れたあの日以降も、通学用バッグにあの人形の首だけが入っていたことが何度かあったのだ。そのたびに、帰宅後に彩乃に「ねえ、これ俺のバッグに入れた？」と聞いたけど、彩乃は毎回「入れてないよ」と答えた。何度も聞いたせいで彩乃が「なんで疑うの～」とべそをかいてしまい、母が「ちょっと、喧嘩してるの？」と近寄ってきた時は、つい腹が立って「うるせえババア！」と怒鳴ってしまったけど、彩乃は小さい頃から今まで、あんなイタズラをするタイプではないのだ。

となると、本当にあの人形が勝手に動いて、首だけバッグに入ってるんじゃないか……なんて思ってしまうけど、さすがに冷静に考えたらありえないから、やっぱり彩乃のイタズラなのかもしれない。彩乃だって、修馬よりゆっくりとはいえ成長しているから、今はイタズラもするし、嘘もつくようになったのかもしれない。

修馬と宏樹はこんな感じで、気付けばほぼ毎日、一緒に登下校するようになった。

朝は特に待ち合わせなくても、毎朝ほぼ同じ時間に出発して同じ道を歩くので、だいたい途中の信号待ちなどで会って、それから一緒に登校する。下校の時はトイレで待ち合わせて、虎次郎たちに見つからなければ、そのまま二人で帰るようになった。

ただ、虎次郎たちを避けていると思われてしまうのはまずかった。ある日の放課後、「おいお前ら、俺から逃げようとしてねえか？」と虎次郎に笑いながら言われて捕まり、いつもより多額のお菓子を二人で奢らされたことがあった。とはいえ虎次郎も、放課後に豪太や雷斗たちと話が盛り上がっていたりすると、わざわざ修馬と宏樹を探そうとはしないので、そういう時はすんなり修馬と宏樹だけで帰ることができた。

「あいつらと別行動で帰る日を徐々に増やして、気付いたらグループを抜けてるっていう感じにしたいよな」

「うん、それが一番安全だよな」

修馬と宏樹は、そう示し合わせていた。

ところが、そんなある日の放課後のことだった——。


その日、修馬と虎次郎がいる一年一組の帰りのホームルームが終わり、虎次郎がスマホを見ている隙に修馬はさっと席を立ち、トイレに向かった。トイレではすでに、三組のホームルームを終えた宏樹が待っていて、笑顔で目配せしてすぐ階段を下り、下校の途についた。校舎を出てからもしばらくは後ろを振り返らない。振り返ると「虎次郎たちを恐れて逃げてる感」が出てしまう。本当は何度も振り返って安全を確認したいところだけど、そうしない方が安全だろうと思っていた。

「あ〜あ、こうやってコソコソ帰るの、いつまで続けりゃいいのかな」宏樹が言った。

「たしかに、そろそろ察してほしいよな。俺たちが避けてるってこと」修馬も笑う。

「だいたい虎次郎って、兄貴の威光を借りて威張《いば》ってんだろ。大したことねえよ……」

と、宏樹が軽口を叩いた直後——突然、背後から首に衝撃があった。

「おい、なんだとコラ」

虎次郎が、左腕を修馬、右腕を宏樹の首にかけて、両腕でヘッドロックしてきた。修馬と宏樹の間からぬっと出てきた虎次郎の顔は、鬼の形相だった。二人は揃って「ひっ」と情けない声を上げてしまった。

虎次郎は、修馬と宏樹に避けられているのを察して、わざわざ尾行してきたのだ。体は大きいのに、なんと器が小さいのだろう。ただ、それにしても大ピンチだ。修馬と宏樹という下っ端が、番長への陰口をもろに聞かれてしまったのだ。殴られるのは確定で、下手したら殺されるかも……なんて修馬が恐れていた中、宏樹が驚くべき行動に出た。

「うるせえ、大したことねえって言ってんだよこの野郎！」

宏樹は、首にかかった虎次郎の右腕を払って振り返り、虎次郎の顔面を右手で思い切り殴った。虎次郎もまさか、人形の首を見て倒れてしまうようなビビリに殴られるとは思っていなかったのだろう。しかも左腕を修馬の首にかけたままだったから、一切ガードできず、宏樹のパンチをもろに食らって「ぐうっ」と後ろに倒れてしまった。

「くそっ、この野郎……」

立ち上がろうとした虎次郎の顔を、さらに宏樹が長い足で蹴飛ばす。リーチの長さが存分に生きて、虎次郎は「ぎゃうっ」と唸《うな》ってまたアスファルトに仰向《あおむ》けに倒れた。

「逃げるぞ！」

宏樹が駆け出した。修馬も後を追って走るしかなかった。一瞬だけ振り返ると、虎次郎は痛打を食らってふらつき、すぐには起き上がれない様子だった。だいぶ走ったところで「こらあっ！」という虎次郎の雄叫《おたけ》びが微《かす》かに聞こえたけど、その時にはもう、知らない住宅街に入って何度も角を曲がり、すぐには追いつけないであろう場所まで逃げていた。

「やべえ、どうしよう」

走りながら、宏樹が今さら後悔を口にした。

「ビックリしたよ。まさか宏樹に、あんな度胸があるなんて」修馬が言う。「なんか、自分でも分かんないけど、やってやろうっていう気持ちが猛烈に湧いてきたんだよ。なんでだろう」宏樹が首を傾げた後、すぐに絶望的な表情になる。「ああ、でも、こんなの仕返しされるに決まってるよな」

そうなのだ。宏樹が思い切って虎次郎を攻撃してくれなかったら、あの場でどれだけの暴力を受けていたか分からないけど、あんな攻撃をしたばっかりに、今後どれだけ仕返しされるか分からない状況になってしまったのだ。要するに、虎次郎に陰口を聞かれた時点で、残念ながら暴力を受けることは確定だったのだ。

その後も、虎次郎と鉢合わせしないように、初めて通る住宅街の奥へと、二十分ぐらい歩いただろうか。ふいに、修馬のスマホが振動した。見ると「こじろう」からのＬＩＮＥ通話だった。

「うわっ、どうしよう……」

修馬がテンパっていると「俺が出る」と宏樹がスマホを奪い取り、応答ボタンを押してしまった。さらに宏樹がスピーカーモードのボタンを押すと、虎次郎の怒声が響いた。

「てめえら覚えてろよ。ボコボコにするからな！」

「うるせえ馬鹿」宏樹が薄く笑みを浮かべながら返した。

「何だとこらっ！」

電話の向こうで虎次郎は激怒している。しかし宏樹は、冷静に返す。

「俺たちをボコボコにする、なんて言った時点で、脅迫《きょうはく》罪が成立してるんだよ。警察呼んでやるよ。そんなことも知らねえ馬鹿が」

クラスが違うからよく知らないけど、宏樹は口ぶりから察して、勉強ができるのかもしれない。しかも虎次郎相手にここまで冷静になれるなんてすごいと、修馬は感心した。

ところが――。その状況が一変する言葉を、虎次郎から返されてしまった。

「は？　馬鹿はてめえの方だよ。警察のこと知りもしねえくせに。言っとくけどな、あいつらは中学生の喧嘩なんか、まともに対応しねえんだよ。お前らの味方してくれると思ったら大間違いだぞ。無視されて終わりだよ」

それを聞いて、さっきの宏樹の笑顔は、あっという間に消えてしまった。

「殺す……って言いたいとこだけど、殺したらさすがに警察が出てくるからな。だから、殺しはしないけど、何百倍にして返してやるよ。ぜってえ許さねえからな！」

虎次郎が怒鳴る。宏樹は絶望的な表情で固まってしまった。――何のことはない。宏樹はただ、警察を呼べば大丈夫だと高《たか》を括《くく》っていただけだったのだ。兄弟とも札付《ふだつ》きの不良という人間の方が、警察の実情に詳しいに決まっている。たぶん宏樹は、実際に警察を呼んだことなど一度もないのだろう。もちろん修馬もない。

「あ、ちょっと待て、電話代わる。サプライズゲストだ」

虎次郎がそう言って、少し間が空いた後、より低い声が聞こえた。

「ああもしもし、お前ら、俺の弟をやってくれたらしいな」

えらいことだ。虎次郎の兄まで出てきてしまった。名前はたしか竜一郎《りゅういちろう》。竜一郎の「りゅう」は、本当は格好いい方の「龍」にしたかったけど、難しくて父親が出生届に書けなかったから、簡単な方の「竜」にした――なんてことまで、前に虎次郎から聞いたことがある。いかにもヤンキー一家らしいエピソードだ。

「お前ら二人なんだろ？　だったら正々堂々、二対二で決着つけようじゃねえか」

竜一郎が、震えるほど迫力のある低い声で言った。

「今から一時間後、五時に真福寺《しんぷくじ》公園に来い。裏の広場がいいな。あそこはあんまり人が来ないから、明るいうちから喧嘩できんだよ。来なかったら、お前らの登下校中を襲ったり、家まで調べて行っちゃうかもしれないから、来た方がいいぞ」

「ああ、望むところだ」

宏樹が即答した。修馬は思わず「えっ⁉」と声を漏らした。いやいや望んではいないだろっ、とツッコミを入れたかったけど、なぜか宏樹の顔には、また笑みが戻っていた。

「へえ、楽しみだな。じゃあ待ってるよ」竜一郎も笑っているようだった。「もう一回言うぞ。五時に真福寺公園の裏の広場だ。すっぽかしたら殺しに行くからな」

すぐに通話が切れた。修馬は、半分呆れながら宏樹に言った。

「おい、どうすんだよ？　無理だろ、あの兄弟に勝つなんて」

だが宏樹は、微笑みを浮かべたまま、覚悟を決めたように答えた。

「まあちょっと、考えがあるんだ。前から検討してたんだけどな」宏樹はスマホを修馬に返すと、震える声で言った。「うちに帰るか……いや、百均でいいか。百均ってどこにあったっけ？」

「え……百円ショップに行きたいの？」

「うん」

「だったら、いつも通る商店街の端にあるよ。あと、駅前にもっとでかいのもあるし」

修馬が答えると、宏樹は「でかい方がいいかな」とつぶやいて歩き出した。

とりあえず、一時間後に真福寺公園に行くまでは、虎次郎たちに捕まることはなさそうなので、逃げ込んでいた住宅街から出て、修馬は宏樹を百円ショップへ案内してやった。

宏樹の「考えがある」というのが具体的に何なのか、修馬は道中で何度か尋ねてみたけど、宏樹は「まあ、ちょっと」と言葉を濁《にご》すばかりだった。

駅前の百円ショップに着くと、宏樹が修馬に言った。

「ちょっと買い物したいだけだから、あっちの本屋でも見てなよ」

意図は分からないけど、宏樹は修馬が離れないと店に入らない様子だったので、修馬はいったん「分かった」とうなずいて、百円ショップから離れた店まで歩いた。

でも、やっぱり気になったので、宏樹に見つからないように大回りして、反対側からまた百円ショップに戻った。

すると、ちょうど宏樹がセルフレジで会計しているところだった。

宏樹が買っていたのは、包丁だった。


「おい、それはさすがにダメだって！」

修馬は必死に止めたけど、宏樹の覚悟は揺るがないようだった。

「これを振り回して、あいつらが逃げれば問題ない。でも、逃げないならマジで刺す」

「いやいや、やめとけって」

「こうでもしなきゃ、あいつらはいつまでも調子に乗る。俺たち以外にも何人も、あいつらの暴力の犠牲《ぎせい》になる。だったら俺が止めてやるよ」

宏樹は決意に満ちた顔で、買った包丁をバッグに入れ、決闘の地である真福寺公園までの道順をスマホに表示させ、ずんずん歩いて行った。これはマジでまずい。

「ちゃんと話してなかったよな。俺が転校してきた理由」宏樹が歩きながら語った。「父さんが病気で死んだんだよ。で、母さんの実家が近いこっちに引っ越したんだけど、母さんは毎日泣いてて、マジでうちの中、毎日葬式みたいな雰囲気なんだ。だったら、ここで俺が事件を起こしても起こさなくても、うちの空気は最悪なんだから一緒だろ？」

「いや、そんな……」

無茶苦茶な、自暴自棄にもほどがある理屈だ。それでも宏樹は足を止めない。

「俺が犠牲になって、修馬も、この先あいつらのせいで不幸になるかもしれない人たちもみんな助かるなら、俺は全然ＯＫだよ。そのために少年法ってあるんだろ？　熊井兄弟のどっちかを殺したとしても、俺は何年かで出てこれるんだよ」

「いやいや……ダメだって」

絶対そんなことをしちゃいけない。それは分かりきっている。でも、なぜか修馬の口からは、止める言葉がちゃんと出てこなかった。説得できるほどの語彙力《ごいりょく》がないせいでもあるだろうけど、なぜか「止めたくない」「凶行に及んでほしい」という気持ちが、理性と裏腹にどんどん膨れ上がっていた。心のどこかで、宏樹が熊井兄弟を殺すか、重傷を負わせることを期待しているというのか。そんなの卑怯《ひきょう》すぎるけど、「宏樹にやってほしい」という気持ちは大きくなるばかりだった。

宏樹はずんずん進んでしまう。修馬はただ「ダメだよ」「やめようよ」などと、小学生レベルの語彙力で言うことしかできないまま、どんどん公園に近付いてしまった。

＊

よし、これは面白くなりそうだ！　お梅は鞄の中で大興奮していた。

修馬の鞄に首だけで潜り込んで中学校について行くのも、今日で五、六回目なのだが、ついにお梅の「負の感情増幅の術」によって、理想的な展開を作れたのだ。

修馬はここ最近、友人の宏樹と連れ立って帰ることが増えていた。以前、お梅が恐怖心を増幅させたら、怖がりすぎて倒れた男だ。近くにいる人間が二人だけなら、お梅も鞄の中から心を読み取り、こっちが修馬であっちが宏樹だな、というのは判断できた。

だが、今日はそこにもう一人、大きな怒りを抱えながら割って入ってきた人間がいた。お梅も前に一度見た、ひときわ大きな凶暴性を持つ、虎次郎という男だった。

そんな虎次郎が現れた直後、宏樹の方向から、反逆心や暴力衝動が突発的に生じたのが読み取れた。お梅がそれを増幅させてやると、鞄の中からでは直接見ることはできなかったが、まさにお梅の期待通り、宏樹が虎次郎を殴り倒したようだった。――それにしても宏樹という男は、お梅の呪術がかなり効きやすいようだ。初対面の時に恐怖心を増幅させたら倒れたし、暴力衝動を増幅させたら、自分より強いはずの虎次郎を殴り倒したのだ。みんなこれぐらい効きやすかったら楽なのに。

とにかく、その後も宏樹の暴力衝動や攻撃欲求、それに自己破壊衝動を増幅させ続けていたら、宏樹は虎次郎相手に、すまほを通じても悪態をつき、その結果、近所の公園にて決闘が行われることが決まったようだった。

しかも、宏樹は決闘に備えて包丁を買ったらしい。最高の展開だ。修馬は一応止めようとしていたが、宏樹の凶行を無責任に期待する意思もわずかに読み取れたので、それを増幅させてやったら、大した制止はしなかった。あとは、宏樹が包丁で相手を殺すか、または包丁を奪われて殺されるかすればいい。ついでに巻き添えを食らって修馬も殺され、複数人の死体がごろごろ転がったところに、お梅が不気味に佇《たたず》んでやるのだ。そうすれば第一発見者は腰を抜かして驚くとともに「なぜか日本人形が殺戮《さつりく》現場に残されていた」と証言し、それをきっかけに、お梅は現代においても、呪いの人形として伝説を作れるかもしれないぞ……なんて想像を膨らませていた中、お梅はふと気付いた。

あ、そうだ。お梅は今、首だけの状態なのだ。

となると、第一発見者は当然、人間の死体がごろごろ転がっていることにまず驚くわけで、それよりはるかに小さな、ちょっと大きめの石ぐらいしかないお梅の首が転がっていても、気付かない可能性もあるのではないか。

さらに、別の不安もよぎった。お梅の首が公園にいる間に、香取家に残った首から下を彩乃が見つけて、首なし人形を怖がってしまうかもしれない。お梅は一応、彩乃の友人の未央からの貰《もら》い物《もの》なので、常識的に考えたら、すぐ捨てるという判断には至らないだろう。でも彩乃は、どうも見た目以上に幼いというか、常識などを意に介さないように感じられる。だから彩乃が独断で、お梅の首から下を捨ててしまう可能性も否定できない。首だけになった人形は、人間を呪うどころではなく、日々を過ごすだけで精一杯になってしまうというのは、かの次郎丸人形に聞かされている。そうなる事態は避けたい。

となると、お梅はこれから、決闘現場の公園で修馬や宏樹らの負の感情を増幅し、殺し合いを演出しつつも、それが済んだらすぐ香取家に戻り、首から下と合体しなければならない。そしてまた公園に戻り、第一発見者に見つけてもらう必要があるのだ。

えっと、それってたぶん、かなり難しいよな——。お梅は気付いてしまった。

首だけの状態でも、首から下がどの方向にあるかは、漠然《ばくぜん》と感じ取ることができるのだが、言い換えれば、漠然とした方向しか分からない。それを頼りに、戦国時代とは比べものにならないほど多くの人間が住むこの街で、首だけで宙を舞って香取家にたどり着き、首から下と合体した上で、来た道をまた戻ることができるだろうか——。

なんて、尻込みしている場合ではないのだ。せっかく血で血を洗う決闘現場に同行できそうなのに、それよりも我が身を心配して、この絶好の機会を逃してしまうようでは、呪いの人形の名が廃《すた》る。現時点で優先すべきは、決闘現場で双方の敵意や殺意を最大限増幅させ、凄惨《せいさん》な殺人現場を作り上げることだ。

修馬と宏樹のみならず、これはお梅にとっても大勝負になりそうだ。お梅は決闘の時を待った。といっても、今のところはただ、鞄の中で運ばれているだけなのだが。

5

宏樹の後を追いながら、修馬は気が気でなかった。このままでは本当に殺人事件が起きてしまうかもしれない。宏樹が熊井兄弟を殺してしまうかもしれないし、もし包丁を奪われたら、逆に宏樹が、いや修馬も殺されてしまうかもしれないのだ――。

と、そんな心配で頭がいっぱいだったから、修馬と宏樹が今歩いているのが、彩乃と母がよく通る帰り道だということにも、当人たちに会うまで気付かなかった。

「あ、修馬くん！」

彩乃に声をかけられた。母も一緒にいる。

「修馬くんのおともだち、こんにちは！」

彩乃は持ち前の社交性を発揮して、初対面の宏樹にも笑顔で挨拶した。すると宏樹も、束《つか》の間《ま》の笑顔を浮かべた。

「ああ、こんにちは」

そして修馬を振り返り「あれがお姉さんか」と小声で言った。修馬は、できれば見られたくなかったので、気まずくうなずく。——宏樹に姉のことは話していなかったけど、虎次郎が彩乃を揶揄《やゆ》する言葉を、宏樹も聞いていたはずだから、存在は知っていただろう。

「どうも、柴宏樹と申します。よろしくお願いします」

宏樹が、彩乃と母の両方にきちんと頭を下げて挨拶した。

「どうも、修馬がお世話になってます〜」

母も、宏樹に丁寧に挨拶してから、感心したような笑顔で修馬を見た。

「いいお友達だねえ、修馬」

「う……うん」

うるせえババア、といつもの癖で悪態をつきそうになったけど、宏樹がいる前だし、何よりこんな状況だし、言わないでおいた。

「あ、そうだ」宏樹がふと思いついたように言った。「修馬、お二人と一緒に帰ったら？ほら、こっちはもう、一人で片付くし」

「えっ……？」

どうということだ。まさか、宏樹一人で立ち向かうつもりなのか——。修馬が驚いて言葉を返せずにいる間に、宏樹は「それじゃ、また」と公園の方へ駆け出してしまった。

走り去る宏樹の背中が、とてつもなく大きく見えた。

ふと母を見ると、少し困ったような顔をこちらに向けている。どうするつもりなのか、このまま一緒に帰るつもりなのか、様子を見ているのだろう。少し前にも、修馬は彩乃と一緒に歩くのを嫌って悪態をついたのだから、母としては様子見するしかないだろう。

でも、やっぱり宏樹を一人で行かせていいはずがない。殴られるなら、殺されるなら、俺も一緒だ。もしかしたら、もう家には帰れないかもしれない——。そう思った修馬は、母に向かって、ついこんな言葉を発していた。

「母さん、今までごめん、ありがとう」

我ながら恥ずかしかったけど、これが母への最後の言葉になるかもしれないのだ。修馬は遺言のつもりで言い残した後、すぐ宏樹を追って駆け出した。

「どうしたの、急に……」

母の戸惑った声が背後で聞こえたけど、振り向かなかった。彩乃はいつも通り「修馬くん、またね～」と陽気に笑っていた。

「おい、宏樹、格好つけんなよ」

公園の少し手前でようやく宏樹に追いつき、修馬は息を弾ませながら声をかけた。

「なんだ、来ちゃったのか」

宏樹は振り向いて、笑みを浮かべた。余裕があるふりをしているつもりのようだけど、明らかに声が震えている。それでも、もう覚悟を決めたようだった。

「さっき、包丁のケースは開けといた。虎次郎たちが来たら、すぐに取り出す。それでも向かってきたら、マジで刺してやる」

「なあ、やっぱりやめた方が……」

「そう思うなら修馬だけでも帰った方がいい。俺だって巻き込みたくないし」

宏樹は修馬から目をそらし、まっすぐ前を向いて進む。

「自分でも不思議だよ。ビビリのはずなのに、今はもう、あいつらをやってやるっていう気持ちでいっぱいだ」

そのまま宏樹は躊躇《ちゆうちょ》せず歩き、とうとう公園に着いてしまった。

「裏の広場ってのは……あっちか」

園内の案内図を見てから、宏樹はずんずん歩く。遊具があるところは小学生たちが遊んでいたけど、そこを抜けて坂を下ると、人の姿は見えなくなった。

そして、木陰になって薄暗い広場に、学ラン姿でしゃがんで煙草を吸う二人がいた。

その二人——熊井兄弟も、修馬と宏樹を見つけてしまった。

「おお、マジで来たか。褒《ほ》めてやるよ」

煙草を捨てて立ち上がった二人を見て、修馬は思わずぶるっと震え上がった。

虎次郎も一年生の中ではトップクラスの体格だけど、高校生の兄の竜一郎は、さらに頭一つ大きく、体も頑丈そうだ。そして何より、顔がとっても凶悪だ。

喧嘩で勝つなんて無理に決まっている。さっき宏樹の攻撃が当たったのは、虎次郎の片手が塞《ふさ》がっている状態で不意打ちを食らわせたからだ。同じ状況は二度と訪れない。あんな二人に勝つとしたら、本当に包丁で刺すぐらいしか方法がないだろう。

でも宏樹に刺してほしくない。傷害罪、下手したら殺人罪を、あんな奴らのために背負ってほしくない。それどころか、包丁を奪われたら返り討ちにされるかもしれないのだ。

だけど宏樹はやるつもりだ。ちらりと見ると、もう宏樹は目が完全にキマった状態で、熊井兄弟に一歩一歩近付いている。バッグのファスナーを向こうから見えない角度でそっと開けて、中の包丁に手を伸ばしたのが、修馬からは分かった。熊井兄弟はまだ油断しているはずだ――と思いきや。

「それ、何か入れてんのか？」

熊井竜一郎が、宏樹のバッグを指す。宏樹は明らかに動揺し、立ち止まってしまった。

「銃でも入ってたら大したもんだ。そしたらさすがに降参だよ。でも、ナイフぐらいだったら蹴落として返り討ちだぞ」竜一郎が残酷な笑みを浮かべて言った。

「メリケンサックだとしても、もう当たらねえしな」虎次郎は笑顔を消して宏樹を睨む。

「さっきみたいにいくと思うなよ」

まずい。相手はこっちが刃物を持っていることまで想定している。その上で、特に慌てていないのだ。つまり、やっぱり勝ち目はない。

それでも宏樹は、もう後には引けないとばかりに、震える声で熊井兄弟に言った。

「お前ら兄弟のせいで、みんなが迷惑してんだ。二人ともいなくなればいいんだ……」

そして、バッグに手を入れたまま、また熊井兄弟に向かって歩き出した。

まずい、このままじゃ本当に血が流れる。そして高確率で修馬も巻き添えを食らう。その事態が、あと十秒ほどで訪れてしまう。ああ、最悪だ。いよいよマジで終わりだ――。

＊

よし、ついに祭りの始まりだ！　これは期待できるぞ！　お梅は最高に興奮していた。刃傷沙汰《にんじょうざた》になるのは、ほぼ確定と言っていいだろう。お梅は鞄の中に入っているから外の様子は見えないが、鞄の外の四人の感情は読み取れる。

まず、最も近い位置から読み取れるのは、おそらく修馬の、恐怖心や後悔。

次に近い位置から読み取れるのは、おそらく宏樹の、敵意や暴力衝動、そして自暴自棄の意識。これはつまり、自分が殺されてもいいから相手と刺し違えてやる、ぐらいの感情だろう。宏樹はお梅の呪術がとても効きやすいから、さっきからこれらの感情を面白いように増幅できているし、捨て身の凶行に及ぶ意思が完全に固まったようだ。現代人が全員こうだったら本当に楽なのになあ、とお梅は改めて思う。

一方、やや遠い位置の、敵方であろう二人から読み取れるのは、加虐心や暴力衝動だ。特に「相手をいたぶって楽しみたい」という感情が強いようだ。こちらの方が余裕がある。そしてこちらの方が残忍な心の持ち主だ。

まあ、修馬からはもはや、攻撃の意思は感じられず、ただ情けなく怖じ気《おけ》づいてしまっているだけなので、まずは残り三人の暴力衝動や加虐心を思いっ切り増幅させてやろう。そうすれば間違いなく、この場が血みどろの殺し合いに発展するはずだ。

さあ行け！　お梅は、宏樹と相手方、双方の感情を最大限に増幅させてやった。

「おお、やる気かよおい！　来いよ来いよ！」

さっそく、向こうから挑発《ちょうはつ》する声が聞こえた。幸先《さいさき》がいい。さあ殺し合うのだ！

＊

「おお、やる気かよおい！　来いよ来いよ！」竜一郎が、宏樹を見て嬉しそうに叫んだ。

「なんだか、無茶苦茶やってやりてえ気分だよ！　ボッコボコにしてえよ！」

「うるせえこの野郎！　絶対許さねえ！」

宏樹が言い返す。そして二人に向かう足を速める。まずい。どっちも異常なほどハイになっている。修馬はもはや泣きそうだった。惨劇まであと五秒くらいか――。

「アハハ、最高だよ宏樹、興奮して、兄貴みたいに鼻の穴膨らましてよお！」

虎次郎が、宏樹を指差して愉快そうに叫んだ。

――その時だった。

「何だとてめえこの野郎！」

竜一郎が、隣の虎次郎の顔面に、だしぬけに拳を振り下ろした。

「ぐえっ……痛え、何すんだよ！」

虎次郎が、鼻血を一筋垂らしながらも、すかさず兄の竜一郎を殴り返す。拳が顎《あご》をとらえ、竜一郎は痛そうに顔を歪めながらも、今度は虎次郎の胸ぐらをつかんだ。

「わざわざ助けに来てやったのに、何ださっきの、鼻の穴膨らますって言い方！」

「兄貴、興奮したら鼻の穴膨らむだろうがよ！　エロ動画見てる時も！」

「あっ、お前、それ言うなって言ったろコラッ！」また竜一郎が虎次郎の顔を殴る。

「痛えなクソ兄貴！　おらあっ」すぐに虎次郎が殴り返す。

「痛えなちくしょう！　どりゃあっ」

「ぐおらっ」「んぎゃあっ」「ぬおあっ」「ふんぐあっ」

思わぬタイミングで、壮絶な兄弟喧嘩が始まってしまった。まさに虎と竜の死闘。修馬と宏樹を呼び出したというのに、もう熊井兄弟は、こちらなど眼中にない様子だ。敢然《かんぜん》と立ち向かおうとしていた宏樹も、予想外の展開にさすがに立ち止まり、戸惑いに満ちた顔を修馬に向けた。たぶん修馬も、同じ顔で宏樹を見ていた。

「え～っと……逃げよっか」修馬が提案した。

「……だよね」

宏樹もうなずくと、取っ組み合いを続ける熊井兄弟に背を向け、ダッシュで逃げ出した。この兄弟喧嘩にわざわざ割り込んで、包丁で刺しに行く必要はまったくない。

さっき来た道を、宏樹と修馬が走って戻る。宏樹の方が少し足が速いので、だんだん差が開いてしまう。公園の出入口の段差を飛び降りた時、宏樹のバッグから百円ショップの包装入りの包丁が落ちた。しかも宏樹は気付かずにそのまま走り続けてしまった。さすがに物騒なので、修馬はそれを拾って自分のバッグに入れ、すぐ後を追った。

公園から離れて、さすがにもう大丈夫だろうというところで、宏樹が足を緩《ゆる》め、修馬も追いついた。

「ああいうの、よくあるのかな」宏樹が息を弾ませながら言った。「ああいう、喧嘩の前に仲間同士で揉めて殴り合うのって、不良あるあるなのかな」

「う～ん……どうなんだろう」

あんな粗暴な不良兄弟の行動原理など分からないし、分かりたくもなかった。

＊

これはお梅にとっても計算外だった。敵方の、どうやら虎次郎とその兄らしい二人の、暴力衝動や加虐心を最大限に増幅させたら、その感情が先走りすぎて仲間割れを起こし、激しい兄弟喧嘩になってしまい、その間に修馬と宏樹は逃げ出してしまったのだ。修馬の鞄の中のお梅も、当然ながら兄弟大喧嘩の現場から遠ざかってしまった。

くそ、これは失敗か……とお梅は思いかけたが、いやまだそうとは限らないと思い直す。包丁で四人が刺し合う惨劇にまでは至らずとも、仲間割れを起こしたあの兄弟の暴力性は相当高かったから、彼らが相討《あいう》ちになって二人とも死ぬかもしれないのだ。となれば、お梅に暴力衝動を増幅させられた二人が殺し合ったということで、これはこれでお梅の呪いが成功したといえるはずだ。

だが問題は、今のままでは、お梅がその顚末《てんまつ》を見届けることもできないし、それがお梅の成果であることを誰も認識しないということだ。

それではいけない。お梅はさっきの公園に戻って、兄弟の殺し合いを見届けた上で、その現場で「死体の傍らにあった謎の人形」として発見される必要があるのだ。ただ、公園までの道順を、修馬の鞄の中で把握《はあく》するのは至難《しなん》の業《わざ》だった。最初に右に曲がって、そのあと左で、また左で……などと覚えようとはしてみたが、曲がったか曲がってないか微妙な時も何度かあったし、すぐ分からなくなってしまった。

と、そんな時、ぱあぷうぱあぷうと、進行方向と反対側から音が聞こえてきた。そこで修馬と宏樹が言葉を交わした。

「ぱとかあだ」

「誰かが警察呼んだんだな」

そういえば、お梅も以前、てれびの『相棒《あいぼう》』や『科捜研《かそうけん》の女《おんな》』といった芝居番組で見たことがあった。現代で人殺しなどの事件が起きると、警察という組織の人間が「ぱとかあ」なる自動車に乗って現場に行き、犯人探しなどをするのだ。ということは、あの兄弟喧嘩が他の人間によって発見され、警察が呼ばれたということだ。そして『相棒』や『科捜研の女』で見たように、ぱとかあが殺人事件専門で呼ばれるものであるなら、あの兄弟喧嘩によってどちらかが、または両方が命を落としたということだ。

つまりお梅は、ぱとかあの音が鳴っている方へ行けばいいのだ。まあ、すでに警察が呼ばれている以上、第一発見者に見つかることは叶わなくなったが、後から行っても、しれっと佇んでいれば誰かに気付いてもらえるかもしれない。むしろ、「いつから殺人現場にこんな人形があったんだ？」と思わせた方が、より気味悪がられるかもしれない。

よし、そうと決まれば、香取家でいったん首から下と合体した後、こっそり外へ出て、ぱとかあの音が鳴っている方向へ急ごう！　お梅はそう決めた。

＊

「大丈夫かな、俺たち。警察にバレないかな」

公園方向からのパトカーのサイレンを聞きながら、修馬が不安になってつぶやいた。だが宏樹は、冷静に答えた。

「まあ、もし何か聞かれたら、熊井兄弟に呼び出しを食らったけど、二人が勝手に喧嘩を始めたから逃げたって、正直に答えればいいんじゃないか」

「そっか……そうだよな」

たしかに、よく考えたら修馬と宏樹は、特に悪いことはしていないのだ。宏樹が虎次郎を殴ってしまった件はあるけど、その前に何度も強制的に奢らされたりしているわけで、もし警察に話を聞かれても、その事情を話せば罪には問われない気がしてきた。

「まあ、熊井兄弟の仕返しは怖いけど、あいつらだって、パトカー呼ばれて警察にばっちりマークされたわけで、そんなすぐに俺たちに危害を加えたりはできないんじゃないかな。——あとは、二人とも今日の喧嘩で、なるべく大怪我してくれると助かるな」

「マジでそうだよな」

今後の心配はあるけど、それ以上に、無傷で帰れた喜びの方がはるかに大きかった。

やがて修馬と宏樹は、家の近くの、一緒に下校する時いつも別れる交差点まで来た。

「じゃ……また明日」

「うん、じゃあね」

少し前まで死すら覚悟していたとは思えないような、普段通りの挨拶を交わして、修馬と宏樹は別れた。ほどなく家に着き、修馬は玄関を開ける。

「ただいま」

そう言ってから、帰宅時に「ただいま」なんて長らく言っていなかったことに気付いた。無傷で帰れた安堵感で、思わず口をついて出てしまった。

「あ、おかえり……」

母が、目を丸くして修馬を迎えた。久々の「ただいま」に驚いたのだろう。

今日は体育の授業があったので、使った体操服を出そうと、リビングに入ってすぐバッグを開けた。——そこで修馬は、はっと気付いた。

まず、百円ショップの包装がついたままの包丁が入っている。そういえば、走って帰る途中で宏樹が落としたのを拾って、結局返しそびれていたのだ。

それと、その下の方に、あの人形の首がまた入っていた。

「あ、包丁だ！」

リビングで絵本を読んでいた彩乃が、修馬のバッグの中が見えたらしく、声を上げた。それを聞いて、すぐ母もこっちを見た。

「包丁……？」

まずい、どう説明しよう。母を刺すために包丁を買ったのではないかと疑われかねないぐらいの反抗期ライフを、修馬はここ最近送っていたのだ。本当にそんな理由ではないのだから、誤解はされたくない。でも、本当の理由も説明できるはずがない——。数秒考えてから、修馬はとっさに妙案を思いついた。

「ほら、この前、包丁の刃が欠けたとか言ってたから、買ってきたんだ」

朝の台所で、母が「包丁の刃が欠けた」と言って、彩乃が「だったら歯医者さんに行かなきゃ」とか返して、母が笑った。——そんなことがしばらく前にあったのを、修馬は思い出した。それ以外に、新品の包丁を持っている理由なんてこじつけようがなかった。

「え、本当？　あ、ありがとう」母がまた目を丸くした。

「じゃ、一応洗うわ。買ったばっかりだし」修馬は台所へ行く。

百円ショップの包装のまま母に渡してしまうと、宏樹によって一度開けてあることに気付かれて、不審に思われかねない。修馬は包装を開けてすぐにゴミ箱に捨て、台所の水道で包丁を水洗いして、包丁立てに挿《さ》した。これでもう怪しまれないだろう。

「ありがとう……修馬、ありがとうね」

母が声を震わせながら言った。見ると、少し涙ぐんでいる。

「いや……うん……」

反抗期だった修馬が改心して、母にサプライズプレゼントを買ってきたと思われてしまったようだ。「なに泣いてんだババア」なんて悪態をつこうかとも思ったけど、プレゼントからの悪態はさすがに情緒不安定すぎるし、そこから口論になっても面倒だ。修馬は今とにかく疲れている。死を覚悟した極限状態を脱して、夕方なのに眠いぐらいだ。

台所からまたリビングに戻り、バッグを手に取る。すると、さっき入っていた人形の首が、いつの間にかなくなっていることに気付いた。彩乃が取ったのかと思ったけど、彩乃はさっきと同じ姿勢で絵本を読んでいる。それに、人形の首から下も見当たらない。

まあ、どうでもいいか——。それより、自分の部屋で一眠りしたかった。

6

息子の修馬の反抗期が終わった。それも突然だった。こんなにも突然終わるものなのかと、直子は「息子　反抗期　急に終わった」などとネット検索してみたけど、ここまで急に終わる子供は稀《まれ》なようだった。

意外ではあったけど、今は心から安堵している。

思えば、あの日、下校中の修馬にばったり会った時にかけられた「母さん、今までごめん、ありがとう」という言葉が、反抗期終了の合図だったのだろう。その上、包丁の刃が欠けたと直子が言っていたことを覚えていて、わざわざ新しい包丁を買ってきてくれたのだ。そんなに大きく欠けたわけじゃなかったから研《と》いで使い続けていたけど、今は修馬が買ってくれた新品を使っている。百円ショップで買った物でも十分嬉しい。

どうやら、柴宏樹君という友達ができたのが、反抗期終了のきっかけだったようだ。きっと、修馬が家で母親を「ババア」と呼んでいる、なんてことを話したら、「そんなことしちゃダメだ」と宏樹君に諭されたとか、そんなことがあったのだろう。というのも、彼は父親を亡くしたのをきっかけに、小学校卒業後にこの地域に引っ越してきたらしいのだ。そんな境遇だから、修馬の親への反抗を咎《とが》めずにはいられなかったのではないかと、直子は想像している。まあ、全然違うきっかけだったのかもしれないけど。

今は、修馬と宏樹君は毎日一緒に登下校しているらしい。すっかり親友になったようだ。宏樹君は彩乃の障害のことも理解してくれているようだし、言葉遣いも丁寧だし、本当に素晴らしい子だ。修馬は一時期、少し不良っぽい友達と付き合いがあったようだけど、きっと宏樹君は、不良なんかとはまったく無縁で、何があっても決して暴力を振るったりはしない子なのだろう。修馬の友達になってくれて本当によかった。

修馬が穏《おだ》やかになると、彩乃の笑顔も増えた。おかげで毎日がうんと楽になった。少し前まで一家心中すら頭によぎっていたなんて、まるで悪い夢のようだ。

結局、やまない雨はないのだ。どんなにつらいこともいつかは終わるのだ。かつては右から左に抜けていた誰かの格言も、今は真実だったのだと、身に染みて感じている。

ストレスがない学校生活はこんなに楽なのかと、修馬は今、身に染みて感じている。

あの日、まさに熊同士のような猛烈な喧嘩をした熊井兄弟は、二人とも重傷を負い入院したのち、少年院に行ったらしい。兄弟喧嘩とはいえ、公園の看板を引っこ抜いて殴り合ったり、近くの駐車場に場所を移して殴り合ったはずみで車の窓を割ったりもしたため、器物損壊罪が成立し、新聞の地域面で報道までされたらしい。

熊井兄弟が学校から消えると、虎次郎の取り巻きだった豪太や雷斗も、途端におとなしくなり、修馬や宏樹を狙って嫌がらせしてくるようなことはなかった。教師たちの非行の取り締まりが多少強化されたこともあり、それをはね返して悪事を繰り返すほどのメンタリティは、虎次郎にはあっても、豪太や雷斗にはなかったのだ。「あいつらはまさに文字通り、虎の威を借る狐《きつね》だったんだよ。自力で不良を続けるほどの力がないのに、虎次郎と一緒にいて強くなった気でいたんだろ」というのが宏樹の弁だ。

虎次郎は当分は帰ってこないようだし、風の噂で、今回の事態をさすがに重く見た親が、転校させることにしたという噂も聞いた。その噂が本当であってほしい。

ただ、もし虎次郎がまた学校に戻ってきたとしても、今度はいじめられない自信がある。何かを要求されたり、仕返しをされたら、その時こそ本当に警察に言えばいいのだ。前歴のある少年に、法に触れる行為をされたと通報して、さすがに警察が動かないことはないだろう、と宏樹も言っていた。

そんな宏樹が、今では紛れもない親友になったし、それ以外の同級生とも、ちょくちょく喋るようになった。たぶん虎次郎とつるんでいたから、他の同級生から警戒されていたのだろうけど、「あいつ怖かったよな」「いなくなってよかったよな」という共通の話題から、何人かと普通に話せるようになった。

姉の彩乃に障害があるから友達を作りづらいのだと、修馬は決めつけていたけど、実際はたぶんそうじゃなかった。自分から壁を作っていた部分もあったのだろう。

宏樹は、香取家にも時々遊びに来るようになった。修馬と二人で部屋でゲームをしている間も、一階のリビングから、彩乃が「サーブ、レシーブ、アタック！」などと一人遊びしている声はよく聞こえる。膨らませた風船を一人で弾いてバレーボールをするのが、彩乃のお気に入りの遊びだ。

ある日、そんな彩乃の声を聞きながら、宏樹がふと言った。

「修馬の家は明るくていいいな」

「え、明るいかな？」

「うちは、音がないんだ」宏樹は少しうつむいて語った。「父さんが死んでから、母さんは未《いま》だに一人で泣いてたりするんだ。俺も、時々様子を見に来るじいちゃんばあちゃんも、母さんに対して腫《は》れ物《もの》に触るような扱いしかできなくてさ……。だから、家が賑《にぎ》やかなだけで羨ましいよ」

そう言われて思い出した。修馬が、学校でいじめられていた鬱憤《うっぷん》を母にぶつけていた頃、たぶん母が唯一笑えていたのは、彩乃の無邪気な言動を見ていた時だった。

「そっか……。俺も母さんも、彩乃に助けられてたのかな。姉貴が障害者だから損してるって、ずっと思ってたけど」

「障害、なのかな……。修馬の姉ちゃんが持ってるのは、特別な能力なんじゃないかな。家族を笑顔にすることを、うちは誰もできないのに、修馬の姉ちゃんはできるんだから」

そして宏樹は、ぽつりと言った。

「障害者じゃなくて、特別者とか呼べばいいのにな」

「特別者か。いいかもな」修馬はうなずいた。「前から引っかかってたんだ。障害の害だけ平仮名《ひらがな》にするの。だったら障もダメじゃん。目障り、耳障りの『障』なんだから」

「ああ、たしかにな」

「でも……どうせ、障害者を特別者って呼ぶことにしますって、決めたら決めたで、また文句言われちゃうんだろうな。だから結局、いつまでも呼び方が変わらないんだよな」

修馬が言うと、少し間を置いてから、改めて宏樹が言った。

「俺にとっては、修馬の姉ちゃんは、特別者だよ」

「まあ、たしかに特別だよな。近所の保育園児から人形もらったりするんだから……」

と、修馬は笑いながら言いかけて、ふと思い出した。

「あ、そういえばあの人形、最近見てないな。どうしたんだろう」

宏樹がゲームセンターで倒れた日も、そして熊井兄弟の大喧嘩があった日も、あの人形は首だけバッグに入っていたのだが、たしか大喧嘩の日を最後に見ていない。彩乃が一度「バービーなくなっちゃった」と探していたけど、そこまでの思い入れはなかったのか、もう忘れてしまったようだ。あれは結局何だったんだろう。

でも、今思い返せば、あの人形の首がバッグに入っていた日に、宏樹と初めて一緒に帰ったし、虎次郎から逃れることができたのだ。ということは、実はあれは幸運の人形だったのかもな——。修馬はふと、そんな妄想《もうそう》をした。

*

くそっ、なんでこうなってしまったんだ！　お悔は悔やんでも悔やみきれない。

お梅はあの日、兄弟の大喧嘩が繰り広げられた公園に行くために、帰宅した修馬が鞄を開けた隙に、香取家の三人に見られないように低く宙を飛び、首から下と合体した。それから気付かれないように歩き、どうやら「網戸」と呼ぶらしい戸を開けて庭に出た。彩乃は絵入りの書物に熱中していたし、修馬はうっかり持ち帰った包丁を、直子のために買ってきたとか言い訳して、直子もそれを信じていたようだった。親子仲が修復されてしまった様子なのは少々気がかりだったが、あの時はそれよりも公園に急ぐのが最優先だった。お梅は香取家を出てから、歩いたり止まったり宙に浮いたりを、道路状況や通行人の有無によって使い分けながら進み、ぱとかあの音が集まる方向を目指した。

　公園に着くと、あの兄弟が血まみれになっていて、高い屋根に赤い明かりがついた、白い自動車で運び出されようとしていた。どうやらそれは救急車と呼ぶらしく、大怪我をした人間を、病院という治療場所に迅速《じんそく》に運び込んでしまうようだった。

　お梅にとっては計算外だった。すでに虎次郎と兄のどちらか、または両方が死んでいて、その現場にぱとかあが集まっていると思っていたのだ。野外で重傷を負った人間は、基本的には野ざらしのままで、人間に担《かつ》がれて屋内に運ばれても、よほど治療が成功しなければ助からないという、戦国時代の感覚をつい引きずってしまっていた。

　救急車が出発してしまい、もう公園にいても意味がないので、お梅は帰ろうとしたが、今度は帰り道が分からなくなってしまった。あの兄弟の死体を早く見たいと急いだばっかりに、道順をちゃんと覚えずに遠出してしまったのだ。これに関しては、戦国時代と現代の違いうんぬんではなく、単純にお梅が無計画すぎた。

仕方なく周辺を数日間さまよっている間に、公園の近くで中年女同士の会話を聞いた。「そこの公園で大喧嘩あったらしいね」「ああ、なんか、有名なやんきゐの兄弟喧嘩だったとか娘が言ってたわ」「二人とも骨折とかしたんでしょ。にゅふすにもなってたもんね。うちの子の兄弟喧嘩なんてよっぽどましだって思えたわ」――という会話だった。「やんきゐ」などの分からない単語もあったが、要するにあの兄弟の大喧嘩で死者は出ず、二人とも命が助かってしまったということは分かった。

となると、お梅は結局、香取家の親子仲が修復される遠因を作っただけで終わってしまったのではないか。ああ、これまたなんと不愉快な結果だろう。こんなことなら、直子と修馬の母子を殺し合わせることに集中すればよかったのだ。

その失敗を挽回《ばんかい》すべく、お梅はどうにかまた香取家を探し当てようとしているのだが、この辺りには、戦国時代とは全然比較にならないほど凄《すさ》まじい数の家が並んでいて、その中から香取家を見つけようにも、そもそも外観をよく覚えていない。はっきり言って再訪はもはや絶望的だ。

仕方なく住宅街をうろつく。人間が通るたびに道端に立ち止まってみるが、ちらりと見て通り過ぎる者ばかりだ。特に若者連れなどは、お梅を見て「きも」とか「きしょ」とか言ってあざ笑って去って行く。「肝」や「奇書」だろうか。現代では別の意味を持っているのか分からないが、たぶん侮蔑《ぶべつ》されているということはお梅にも伝わってきた。と、後ろから、お梅にとって非常に嫌な声が聞こえた。

「にゃ〜」

ああ、猫だ。今や最大の難敵といっても過言ではない。

振り向くと、その灰色の猫は、やはりお梅に興味を持った様子で近付いてきた。接触を許せば、咬《か》んだり引《ひ》っ掻《か》いたりと、ろくなことをしないのは知っている。

しかし、こんな時にこそ使えるのが、空中浮遊能力だろう。

お梅は宙に浮かんだ。猫の身の丈の何倍もの、傍らの家の塀ほどの高さまで一気に浮いてしまえば、さすがに接触できまい。

――と思っていたら、猫が跳躍《ちょうやく》して、前足でお梅をぺちんと弾き飛ばした。

ええっ！　猫ってこんなに跳躍力がある動物だったのか⁉

まさか、猫に「あたっく」されてしまうとは――。お梅は驚きながらも宙を舞い、猫に弾き飛ばされた勢いのまま家の塀を越え、庭に突っ込んでしまった。

二世帯住宅で呪いたい

1

猫の前足で「あたっく」され、近くの家の庭に突っ込んだお梅。このまま地面に激突したら体が損壊してしまうかもしれない。それを回避すべく、飛ばされながらも空中浮遊の術を使い、勢いを殺すことで、どうにか地面にゆっくり降り立つことに成功した。

だが、そこで悲鳴が上がった。

「いやあああっ！」

たまたまその家の窓際にいた若い娘に、お梅の着地の一部始終を見られてしまったようだ。彼女がお梅を見て、著《いちじる》しく恐怖に怯えている顔が、お梅からも見えた。

「どうしたの？」

「い、今、人形が飛んでたの！」

その娘は、怯えながらも家族の方を振り向き、庭を指差して説明した。恐怖する人間の顔を見られたのは、人間が苦しむ様《さま》を見るのが至上の喜びであるお梅にとって、束の間の快感だったが、こんなところで悦《えつ》に入《い》っている場合ではない。娘が目を離した隙を突き、お梅は庭の隅の木にさっと隠れた。そこから宙に浮いて隣家の庭に移っても、娘がいる窓からは見えない角度だった。

「何なの、人形が飛んでたって」

「今ね、マジで人形が庭に飛んできて……あれ？　あの辺にいたんだけど」

「あんた、学校行かないからおかしくなっちゃったんじゃないの？」

「はあ？　今それ関係ないじゃん！　学校行かないからって幻覚見えるわけないじゃん」

目撃者家族の話題が脱線している間に、彼らから見えないように宙に浮いて塀を越え、お梅は隣家の庭に降りた。しばし佇みながら、さっきの娘の恐怖に歪んだ顔を思い出す。

改めて、あれは愉快だった。まあ本当は、お梅の呪いで苦しみ抜いて死にゆく人間を見たいのだが、それを全然見られていない以上、この程度で憂《う》さを晴らすしかない。

そういえば「恐怖」というのは実際どんな感情なのだろう。よく考えたらお梅は、恐怖という感情を経験したことはない。人間を思い通りに呪えず、苛立ったり悔しがったりする感情は、ここ最近何度も経験しているが、恐怖に関しては、お梅は人間に与えるばかりで、逆に自ら感じたことはないのだ。先ほど猫に遭遇した時に感じたのも「恐怖」というよりは、体が破壊されるかもしれないという「危機感」の方が近かったと思う。

いつかお梅も「恐怖」を経験する時が来るのだろうか——などとぼんやり考えながら、

降り立った家の庭を歩いてみる。こちらの家は、窓から人に見られている様子はない。

ただ、ふと妙なことに気付いた。この家は、玄関の扉が二つあるのだ。

今までも「あぱあと」や「まんしょん」と呼ばれる、集合住宅の住人に拾われたことはあった。でも、ああいった集合住宅は、もっと縦や横に長く、多くの人間を住ませるのに適した形をしていた。一方、この家は、見た目は普通の二階建ての一軒家なのに、玄関だけが二つある。今までお梅が見たことのない形の家だ。

そんな家にお梅が気を取られていると、背後の門扉《もんぴ》が開き、庭に人が入ってきた。お梅は動きを止める。動いたところを見られはしなかったはずだが、お梅が庭の真ん中に堂々と立って人間を迎え入れる形になった。

その人間は「あら?」と小さな声を上げ、お梅を拾い上げた。年配の女だった。老婆《ろうば》と呼ぶには少々若いが、その少し手前ぐらいだろう。左手に袋を提《さ》げ、袋の口からは野菜の葉が見えている。買い物から帰ってきたようだ。

「この人形……なんでこんなところに」

女は、お梅を見て首を傾げながらも、お梅を持ったまま、向かって右側の玄関へと歩いた。お梅を家に入れるつもりのようだ。

よし、次の標的はこの女か。独り言の内容から察して、お梅を元々家にあった人形と勘違いしたのだろうか。詳細はまだ分からないが、とにかく呪ってやろう――。

2

「ただいま〜」

左手に買い物袋を持ち、日本人形はいったん地面に置いてから鍵を開け、また人形を右手で持って、谷元良絵《たにもとよしえ》は玄関に入る。こんな動きをするだけで膝も腰も痛んでしまう。

「ああ重い重い」

わざと少し大きめの声で言ってみる。とりあえず人形は、足が土で汚れていたので中には持ち込まず、玄関の靴箱の上に置き、重い買い物袋を持ってリビングに入る。

だが、夫の卓雄《たくお》も娘の理香《りか》も、手伝ってくれないのはもちろん、こちらを見ようともしない。卓雄は新聞、理香はスマホに目を落としたまま、「おかえり」の一言すらない。

「ねえ理香、お祖母《ばあ》ちゃんからもらった人形、なんで庭に出したの？」

良絵が尋ねると、理香は「えっ？」と怪訝《けげん》そうな表情で、ようやく顔を上げた。

「小学生の頃に理香がもらった、赤い服の女の子の日本人形。庭に出してあったけど」

「そんな、私が庭に出すわけないじゃん。てか、そんな人形もらってなくない？」

「もらったでしょうよ。お祖母ちゃんから、小学生の頃」

「覚えてないし」鼻で笑って、理香はまたスマホに視線を戻してしまった。

「お父さん……じゃないよね？」良絵が念のため尋ねる。

「違うよ」卓雄は新聞に目を落としたまま答える。

「じゃ、何なのあれ……」

まさか人形が勝手に外に出るはずがないし、どちらかが人形を外に出したとしか考えられないけど、こんなことを追及している場合ではない。今はまず、スーパーで買ってきた物のうち、夕飯に使う物と冷蔵庫に入れる物を分けて、それから夕飯の準備をしなくてはいけない。そもそも献立《こんだて》もまだ決めていない。夫も娘も、家事を手伝わないくせに文句は一丁前に言ってくる。卓雄は一生このままなのだろう。でも理香は今後どうするつもりなのか。いずれ結婚だってするだろうけど、家事を全部夫にさせるつもりなのか——なんて疑問を、今二人にぶつけても長くなるだけだ。良絵は一人で作業を始める。

冷蔵庫に入れるべき物を、庫内のポジションを調整しながら入れ終えたところで、良絵は思い出した。そうだ、夕飯の準備の前に様子を見なくては。

玄関を出て、隣の玄関へ入る。二つの玄関の鍵は、同じキーリングに付けてある。


「お母さん、調子はどう？」

「うん、相変わらず、可もなく不可もなく」

介護用ベッドに寝る千寿子《ちずこ》が、良絵に答えた。

「あ、そうだ。さっき妙なことがあってね」良絵が先ほどの出来事を報告する。「ずいぶん前に、お母さんが理香にあげた、女の子の日本人形あったでしょ。あれがなんでか知らないけど庭に出てたの。でも理香に聞いたら『そんな人形知らない』とか言われてね」

「私、理香ちゃんにそんなのあげたっけ」千寿子が首を傾げた。

「ちょっと、覚えてるの私だけ？」良絵は笑った後、ふと心配になった。「え、やだ、私の記憶が間違ってるのかな？」

なんだか自信がなくなってきた。もう母の物忘れを認知症かと心配してばかりいられる年でもない。良絵だって還暦《かんれき》を前に、記憶力は十分怪しくなっている。

でも、千寿子はたしかに、理香が小学二、三年生の時に日本人形をあげていたはずだ。小学校の、国語だったか道徳だったか、何かの授業で日本人形が出てきた際に、理香の方から欲しがったのだ。それで千寿子が「じゃあこれをあげよう」と、千寿子自身も親戚にもらった人形をあげたのだ。その事実は覚えている。でも、それがあの人形だったと言い切れるかというと、もう自信は全然ない。

「まあ、どこか適当な場所にでも置いとけばいいんじゃない？」千寿子が言った。

「うん、そうだよね……」

とはいえ、庭の土が付いていて足袋が汚れていたから、あれだけ洗おうか。下洗いしてから他の物と一緒に洗濯機に入れればいいか。でも人形の足袋って、洗濯機で洗って大丈夫な素材かな……なんて考えている最中に、良絵はふと気付いた。

「あ、お母さん……おむつ、変えた方がいいかな？」

そんな臭いがしていることに、今まで気付かなかった。ゆっくり、でも確実に、この部屋全体に臭いが染みついているので、すぐには気付かなくなってきている。

「ああ……ごめんね」千寿子は申し訳なさそうに声を落とした。

「気を遣《つか》わないでって言ったでしょ。替えてほしかったらいつでも言ってね」

すぐに準備をして、千寿子のおむつを替えて股間《こかん》を拭く。大小ともしっかり出ていたのに、娘に遠慮してしまう母の気持ちは、哀《かな》しいけど理解できてしまう。

「ごめんね。そっちの家のこともあるのに、私が負担かけて」千寿子が謝ってきた。

「ううん、卓雄さんか理香か、どっちかがもう少しやってくれればいいんだけどね」

良絵は愚痴《ぐち》を吐く。それによって千寿子の罪悪感も解消したかった。

「まあ、本当に心配なのは理香だよね。いくら時代が変わったって言っても、さすがに家事を全然やらない女の子じゃ、今後結婚しようにも、どれだけ苦労するか分からないからねえ。卓雄さんはまあ、とっくにあきらめてるけど」

「せめて私が動ければねえ」千寿子がため息まじりに言う。

「気持ちだけで十分よ」

在宅介護は大変じゃないか、とか、無理せずに施設に入れることも考えた方がいいんじゃないか、とか、そんな言葉を今まで何回かけられたか数え切れないほどだ。

でも今の良絵にとっては、唯一の味方が、介護している母親なのだ。テレビのニュースなどでは、親の介護で大変な苦労を強いられ、しまいには介護殺人に至ってしまうようなケースをよく見るけど、今の良絵のような状況の人はどれだけいるのだろう。日本中に一人もいないことはないだろうけど、たぶんレアケースだろうという自覚はある。

もし千寿子が施設に入ったらと、考えるだけで恐ろしくなる。良絵の気持ちを理解してくれる味方が、家に一人もいなくなってしまうのだから。

良絵の父の正一《しょういち》が亡くなったのは、もう二十年ぐらい前だ。腹痛で病院に行ったら末《まっ》期癌《きがん》が見つかって、退院できないまま一ヶ月も経たずに亡くなってしまった。あっけなくて、何もできなくて、良絵も千寿子も後悔した。伴侶《はんりょ》を亡くした千寿子は、それから一年ぐらいふさぎ込んでいた。それもあって二世帯住宅にすることに決めたのだ。

去年、母の千寿子が寝たきりになってからは、今度は後悔したくない、精一杯介護したいと思った。それが今も続いていることは、幸せと言っていいのか分からないけど、少なくとも良絵は、この暮らしが終わるのが怖くて仕方ない。

何よりつらいのは「今のまま長生きしてほしい」と千寿子にどんなに伝えたところで、娘が気を遣って言っているのだと思われてしまうことだ。千寿子は「もう十分生きた」とか「良絵の負担になるぐらいなら、いっそ殺してくれてもいいわ」なんてことを、冗談めかして言ったりもする。「そんなことできるはずないでしょ」と返しても、「うまくやればバレないようにできるでしょ」なんて、さらにきつい冗談をかましてくるのだ。

もっとも良絵は、そんな冗談に紛れた、千寿子の本心も察している。

寝たきりで娘に介護されながら生きることが、徐々につらくなっているのだろう。

良絵だって、いざ寝たきりになったら、同じ気持ちになるのかもしれない。この状態で生きているのがつらいなら、私が楽にしてあげた方がいいんじゃないか――なんて、物騒な衝動に駆られてしまうこともある。

そんな考えを頭に巡らせながら、もう体にすっかり染みついた手順通りに、おむつ交換と後始末を済ませた。また向こうの家に戻る前に、千寿子に一声かける。

「じゃあまた、夕飯できたら運んでくるね」

「少しでいいよ」千寿子が答える。

「うん……分かった」

遠慮ではなく、千寿子は本当に少ししか食べられなくなっている。寝たきりの生活ではお腹が減るはずもない。

良絵はまた、自宅と呼ぶべき家に戻る。名目上はこっちが自宅なのに、むしろ他人の家のような気がしてならない。リビングでは卓雄も理香も、さっきと寸分変わらぬ姿勢で新聞とスマホを見ている。家事を手伝おうという気は少しもないのだ。

そうだ、さっきの人形の、土で汚れた足袋を脱がせて、水に浸《つ》けておこう。良絵は思い立ち、夕飯の仕度の前にその作業を済ませる。

そのさなか、また不穏《ふおん》なことを考えてしまった。

この生活には、いずれ終わりが来る。その終わりというのは千寿子の施設入所なのか、それとも死なのか。もしかしたら本当に、私がとどめを刺すことになるのか。だとしたらどんな方法がお互いにとって楽だろう。——なんて、なぜか今夜はそんな思いがやたらと膨れ上がってしまう。自分でもこんなことを考えているのが嫌になる。

馬鹿なことを考えていないで、早く夕飯の仕度を始めないといけない。この家には良絵以外、誰も食事を作る人がいないのだから。

＊

よし、これは呪いやすそうだ。さすがに次こそは成功させたいぞ——。お梅は谷元良絵の様子を見て、強く思った。

好条件なのは間違いない。お梅を拾った谷元良絵からは、わずかながら殺意が読み取れるのだ。親切にもお梅の足袋を洗った良絵のその感情を、試しに増幅させてやると、良絵は急に膨れ上がった自らの殺意に戸惑っているようだった。その後、お梅を置いた玄関につながる戸を閉じ、台所で料理を始めてしまったので、それ以上は増幅できなかったが、あの殺意を増幅すれば、いずれ人を殺《あや》める可能性は十分にあるだろう。

お梅は前回の香取家でも、家族間の小さな殺意を読み取っていたのに、首だけで外出して修馬の友人に目移りしてしまったばっかりに、最終的には家族関係を修復すらさせてしまったのだ。あんな無様な失敗を繰り返すわけにはいかない。

さて、そんな良絵の殺意の対象は誰なのか――。お梅は、無人の時を見計らい、家の中を探ってみた。その結果、「かれんだあ」と呼ばれる暦《こよみ》に書かれた「母シーツ洗濯」「母訪問診療」といった文字、それに「谷元千寿子様」と記された手紙などから、どうやら良絵がわずかに殺意を抱いている相手は、母親の千寿子のようだと分かった。

千寿子の居場所はおそらく、この家のもう一つの玄関を入ったところなのだろう。良絵は度々、こちらの家の玄関を出て、隣接するあの玄関の中へと入っている。食事も運んでいるようだ。良絵も見たところ、それなりに年を取っているから、その母親の千寿子というのは相当な老人だろう。さらに、こちらの家の居間の書棚には「寝たきり」「介護」といった言葉の書かれた書物が散見される。どうやら千寿子は、隣の家で布団に伏せたきりで、良絵の日常的な世話が必要な状態のようだ。

さらに、書棚の下の方には「二世帯住宅」「二世帯同居」などと書かれた薄い綴《と》じ本《ぼん》もあった。薄いので、お梅の力でも簡単に引っ張り出すことができて、良絵が外出して家が無人の間にざっと目を通すことができた。それによると、この家のような、一見一つの家のようで玄関が二つある家を「二世帯住宅」と呼ぶのだと分かった。お梅が作られた戦国時代には、二世帯どころではない数の世帯が、一つの家に住むことなど当たり前だったのだが、こんな呼び名があるということは、現代の人間はずいぶん小分けに住むようになったのだろう。それだけ小分けに住めば、こんなに家が増えるのも当然だ。

さて、それはそうと、どうすれば良絵に、千寿子の殺害を実行させられるだろう――。お梅は考えた。

良絵が千寿子の世話をしに行くのを追跡し、お梅も隣の家に潜入できれば最高だ。そこで良絵の殺意を増幅させれば、突発的に千寿子を殴る程度のことはさせられるかもしれない。千寿子は相当弱っているだろうから、一発殴っただけで死ぬ可能性は十分にある。

ただ問題は、そんな追跡は相当難しそうだということだ。

まず、玄関の扉を二つ通過しなければいけないのが鬼門だ。しかも良絵は、その時にも律儀《りちぎ》に、こちらの玄関に鍵をかけている。つまりお梅は、「良絵の背後にぴたりと付いて外に出る→良絵が鍵をかけるために振り向くと同時に、素速くその背後に回り込む→良絵が隣の家に入る時もぴたりと背後に付き、扉が閉まる前にお梅も入る→良絵が隣の玄関の鍵も閉める場合、また背後に回り込む」と、相当素速く動き回らなければいけないのだ。これだけちょろちょろ動けば、どこかで良絵の視界に入ってしまいそうだ。

なるべく良絵の視界に入るのを避けるには、宙に浮いた方がいいだろう。良絵の後頭部の上辺りに浮いていれば、そう見られることはないはずだ。

ただ、お梅が宙に浮いていられる時間は十秒ほどだ。宙に浮いて、一緒に玄関を出て、良絵がこちらの家の鍵を閉め、次に隣の玄関を開けている間に、たぶん十秒は経ってしまう。となると一度は着地しなければならない。でも着地したら「上から何か落ちてきた」と良絵に認識され、見つかってしまう危険性がある。

その見つかる危険性を最小限に抑えるには、お梅の全身で追跡するより、首だけで宙に浮いて追跡した方がいいだろう。ただ、これはこれでまた、危険を伴うのだ。

もし首だけで宙に浮き、玄関を出た後で良絵に見つかってしまった場合、良絵は絶叫して驚くだろうし、「きゃああっ、生首！　生首お梅を二度と家に入れようとしないだろう。「まあまあ家にどうぞ」とは絶対にならないはずだ。となると、お梅は首から下と合体できず、それからの人生、もとい人形生を、首だけで送らなければならなくなる。それが非常に過酷で、もはや人間を呪うどころではないというのは、次郎丸人形から聞いている。だったらやはり、首だけでなく全身で追跡しなければいけないか――。

良絵の千寿子への殺意はごく小さいので、こちらの玄関で最大限増幅しても、あちらの家まで保持できてはいないようだ。だから追跡したいのだが、それがなかなか難しそう。この逆境で、どうやって良絵に千寿子を殺させようか――。お梅は引き続き考えた。

3

ある日の朝。たっぷり寝て八時過ぎに起きてきた理香に、良絵は弁当箱を渡した。

「おはよう。今日一限からでしょ？　急がないと遅刻するよ。はいお弁当」

ところが理香は、まるで鳩《はと》が豆鉄砲を食らったような顔になった。

「え、お弁当いらないよ」

「ええっ？　なんで？」

「あ、ごめん。言ってなかったっけ。今日から沖縄旅行って」

「沖縄旅行？」良絵は思わず復唱してしまった。

「大学の友達と行くの。二泊三日。マジ楽しみ～」

よほど楽しみらしく、笑みがこぼれている。しかし良絵としては困る。

「全然聞いてなかった。そういうのは前もって言ってよ。お弁当作っちゃったでしょ」

「ごめんごめ～ん」

口先だけの謝罪の後、理香は「朝も友達と食べるね。じゃ行ってきま～す」と言って、普段より大きなバッグを持って、さっさと家を出ていってしまった。

と、いつの間にか起きてきて、妻と娘の話を聞いていた卓雄が、おずおずと申し出た。

「あの、俺も今日、弁当いらないから」

「えっ、そうなの？」

「さっき連絡があって、今日はお得意さんを乗せた後、ご馳走《ちそう》になることになった」

卓雄はタクシー運転手だ。そんなお得意さんがどれだけいるのかは分からない。もしかして本当は浮気相手と食事にでも行くんじゃないか——なんて嫉妬《しっと》は、頭がすっかり禿《は》げ上《あ》がってお腹もぽっこり出た卓雄に対しては、さすがに湧いてこない。

「あ、そう……分かった」

良絵は結果的に、不要な弁当を二人分、早起きして作ってしまった。弁当が無しでいいなら、あと一時間は長く眠れたのに——。猛烈な徒労感が残った。

結局、弁当は良絵と千寿子の昼食になった。といっても、千寿子が食べる量なんて普通の人の半分以下なので、二人で卓雄の分の弁当を分け合い、理香の分の弁当を良絵の夕食にした。良絵は昼と夜、ほぼ同じメニューを、それも自分のためには作らない高カロリーのメニューを食べることになった。無駄な早起きの産物が、ただでさえ増えている脂肪として、良絵の体に積み増されることになった。

その分、新たに作る夕飯は、千寿子と卓雄の分だけなので、いつもの半分ほどの量だ。ただ、少なく作るから楽かといえば、決してそんなことはない。むしろ量の調整が難しく、結局普段の八割ぐらいの量にまで増えてしまって、余剰分を良絵がまた食べた。今日は無駄ばかり作って、自分の無駄肉を増やしている。そう思うと余計に憂鬱になった。

千寿子の晩ご飯の介助と、おむつ交換や清拭《せいしき》をいつも通り終えた後、夜八時過ぎに卓雄が帰ってきた。いつも通り「いただきます」も「ごちそうさま」も言わずに夕飯を平らげ、発泡酒で晩酌《ばんしゃく》を始めた卓雄に、良絵は何気なく尋ねた。

「理香が今日から沖縄行くって、前から知ってた？」

「ああ。お母さんも知ってると思ってたよ」

理香が家にいなくても、卓雄はもう良絵を「お母さん」としか呼ばない。ただ、卓雄は千寿子のことも「お義母《かあ》さん」と呼ぶので、時々どっちの話か分からなくなる。

「大学生はいいわ。気軽に旅行できて」良絵はしみじみ言った。「あ〜、私もたまには、久しぶりに旅行にでも行ってみたいわ」

卓雄は、あなたは旅行に連れて行ってくれない、と遠回しに責められたとでも思ったのか、不機嫌そうな表情で黙り込んでしまった。良絵は、そういうつもりで言ったわけではなかったので、取り繕うように言葉を継いだ。

「ああ、もしできるなら、お母さんと一緒に二人旅なんていいかな、なんて思ってるんだよね。前ちょっと調べたんだけど、寝たきりでも、介護のスタッフさんを付けて旅行できるプランなんかもあるらしくて……」

そこまで言った時——突然、卓雄が立ち上がり、良絵の両肩をつかんで激高した。

「いい加減にしろ、誰の金だと思ってるんだ！　そんなことに使っていいと思ってるのか！」

「……ええっ？」

突然のことに、良絵は頭が真っ白になった。でもすぐに、涙がぽろぽろ出てきた。

母との二人旅なんて、そこまで具体的に考えていたわけではない。気が向いてスマホで少し調べただけだ。卓雄と行きたいと言わなかったのが気に食わなかったのだろうか。でも理香は好き勝手に沖縄に行けるのに。私が行くのは許せないのか――。

言いたいことは山ほどあったけど、言葉にするのも嫌になった。何より許せないのは「誰の金だと思ってるんだ！」という言葉だ。金を稼ぐ人間だけが偉いという意識。それを支えているのは家事をしている私なのに。その貢献度は眼中にないのか――。

じゃあ家事をやってみろ。良絵の中に、猛烈な怒りがこみ上げた。

「もういい！　そんなに言うなら、家事を全部自分でやって生活してください！」

良絵はそう言い捨て、走って玄関を出て、すぐ隣の玄関に入った。卓雄が追って来て、押し問答を近所に見られたら恥ずかしいと思ったけど、卓雄は全然追ってこなかった。

じゃ、本当にそれで構わないということか。私がいなくても生きていけるというのか。そっちがその気なら、本気でやってやろうじゃないか――。良絵は決心した。

すぐに千寿子のベッドがあるリビングへ行く。普段は、千寿子が寝ていたら悪いと思って、この家に入る際は忍び足を心がけていたけど、この時ばかりは怒りのせいで、足音をドタドタ鳴らしてしまった。

ただ、不幸中の幸いと言うべきか、千寿子はその前から起きていたようだった。

「大丈夫？　大きい声が聞こえたけど、卓雄さんと喧嘩でもした？」

顔を合わせて早々、ベッドの上の千寿子に言い当てられ、また良絵は、ぽろぽろと涙をこぼしてしまった。そんな娘を見て、千寿子は普段通りに微笑んでくれた。

「テレビでも見ようか」

千寿子は、ベッドサイドのリモコンでテレビをつけた。計ったようなタイミングで、『昔のジョーシキ今のヒジョーシキ！』という特番が始まった。昭和から平成初期辺りの、今では考えられない社会風俗の映像を見て、ベテランタレントが笑って懐かしみ、若手タレントが驚くという趣向の、最近増えているバラエティ番組のようだ。

「今日はね、これが九時からやるって楽しみにしてたの」

千寿子は、これまたベッドサイドに置かれた新聞を指して、笑顔を見せた。

「私も、一緒に見ていい？」良絵が涙声で言う。

「ダメって言うわけないでしょ」千寿子が笑った。

母のベッドの隣に椅子を持ってきて座り、二人でテレビを見る。まずは昭和の健康法が間違っていたという内容のVTRが流れる。

『アロエを自宅で育てて、火傷《やけど》をした時などに、葉っぱを切って中のぬるぬるを傷口に塗る。これ、ヒジョーシキ！　効果がないどころか、むしろ逆効果なんです！』

そんなナレーション付きの映像を見て、千寿子が驚いた。

「やだ、アロエってそうだったの？　ごめんね、良絵の肌に何度塗ったことか」

「でも、効いた気がしたけどねえ」

良絵がそう言ったのに答えたかのようなタイミングで『いや私はアロエを塗って治った、という方がいらっしゃるんですけど、そもそも火傷も切り傷も自然治癒《ちゆ》しますから』と医師が解説したのを聞いて、良絵も千寿子も顔を見合わせて笑うしかなかった。

その後も、乾布摩擦《かんぷまさつ》、飲尿健康法など、かつてブームになったことが今では信じられない健康法が紹介され、良絵と千寿子は「あったね～」「よくやってたよね～こんなの」と、アロエの効能を信じていたことは棚に上げて笑い合った。

「今体にいいって言われてることだって、何十年か経ったら、間違いだって言われちゃうのかもねえ」千寿子がCM中に、しみじみと語った。「もしかしたら、水をいちいち飲むのだって……」

「いやいや、お水はちゃんと飲んでください。先生に言われてるんだから」

「はいはい、分かりました」

　そんな会話をしたところでＣＭが明け、今度は昔のヒット曲特集になった。もはや『昔のジョーシキ今のヒジョーシキ！』という番組の趣旨とは違う気もするけど、次々と流れる懐メロと、若かりし頃の歌手の映像を見て、また良絵と千寿子は会話を弾ませた。

「ああ、黒沢年男《くろさわとしお》の『時には娼婦のように』懐かしいねえ」

「こんなスケベな歌詞、直立不動で歌って、なんで大ヒットしたんだろうねえ」

「どうかしてたよね、この時代は。ただ黒沢年男は格好いいねえ」

「あ～、ちあきなおみも懐かしい」

「引退しちゃったんだよね」

「そうそう。スパッと引退して、今はコロッケのモノマネでしか見られないもんね」

　そのうちに、だんだん最近の曲になって、もはや数年前の曲まで流れた。

「ああ、この曲は知ってるわ。『あいしてるの理由』っていうの」

「これはでも、ずいぶん最近じゃない？　ああ、五年前か……。まあでも、この人、この曲以外知らない一発屋だから、懐メロって感じになっちゃってるよね」

「恭也だって。なんか、梅酒みたいな名前だねえ」

「梅酒？　ああ、それチョーヤでしょ」

「あと居酒屋」

「それは庄《しょう》やね」

そんな他愛もない会話をしているうちに、ほどなく番組は終わった。後半は趣旨が変わっていたけど、千寿子とともに笑って、嫌なことを一時的に忘れられたのでよかった。

「あ、そういえば、明日は先生の訪問診療の日か……」現実に戻ってから良絵は考える。

「お水こっちに持ってきた方がいいかな。あと、調味料とかも」

卓雄を放っておいてこっちの家で暮らすなら、料理もこっちの台所ですることになるだろう。未開封の調味料のストックは向こうの家にも買い置きしてあるから、卓雄が本気で自炊するならそれを使えばいい。まあ、できるわけがないけど。

卓雄は夜の十二時には寝ているはずだ。それからこっそり向こうの家に行って、冷蔵庫の中の調味料や、水のペットボトルの移動作戦を始めよう。まあ、夜中になかなかの重労働にはなってしまうけど、それが済めば明日の朝から、こっちで普通の生活ができるはずだ——と考えていた良絵を見て、千寿子がにやりと笑う。

「何か考えてるね。眉間《みけん》に皺《しわ》が寄ってる」

「そう?」良絵も笑う。「でも今考えてるのは、ちょっと楽しい計画だよ。あの人に家事を全部させてやって、私のありがたみを思い知らせるの」

「なるほどね」

「今日からしばらく、こっちで寝ていい?」

「好きにしなさい」

「お母さんは先に寝てね。私は夜中に、必要な物を全部あっちから持ってくるから」

「ハハハ、楽しそうだわ」

千寿子と笑い合った。良絵は間違いなく、こっちの家にいる時が一番笑っている。

＊

夜中、良絵がこちらの家からあちらの家へ、主に飲食物を運び込むのを、玄関に置かれたお梅は見ていた。夫の卓雄との喧嘩の末に、そうすることにしたということだろう。

良絵は、肉や野菜、味噌《みそ》や醤油《しょうゆ》、それに「みりん」「料理酒」と書かれた調味料などを運んでいた。現代の液体調味料は、透明な容器に入っている。どうやらあの容器を「ぺっとぼとる」と呼ぶらしい。たしかに、昔の陶器や瓢箪《ひょうたん》などと違って、透明なので中身が一目で分かるし、細いので場所をとらないし、便利なのは間違いないだろう。

ただ、お梅が解せないのは、ぺっとぼとるに水が入っている場合もあることだ。

現代の台所には必ず、水を自由に出せる便利な道具がある。今までお梅を拾ったどの現代人の家にも、台所と一体化したその道具があり、そのつまみ部分を、下げたり上げたりひねったり、やり方は各々微妙に違ったが、簡単な操作一つで水を出していた。

なのに現代には、ぺっとぼとるに入った水を、わざわざ買っている者がいるらしい。お梅はこの谷元家でも時々、家が無人の間に居間へ行き、てれびを作動させて現代の情報収集に努めているのだが、「しゐえむ」と呼ばれる、世の中で売られている商品の宣伝をする時間に、「いろはす」とか「南あるぷすの天然水」とか、ぺっとぼとる入りの水の宣伝をしているのだ。

いくらなんでも、しゐえむで紹介されている水というのは、普通の無味無臭の水ではないのだろう。家で好きなだけ出せる水を、金を出して買う人間がいるはずがない。きっと甘かったり旨かったりするのだろう。たとえば「いろはす」は、色が少し付いていて蓮根《れんこん》の味がするから「いろはす」なのかもしれない。

谷元家でも、そんな水を買っているようで、良絵が食材や調味料と一緒に運んでいた。谷元家の水は「いろはす」でも「南あるぷすの天然水」でもなく、何やら漢字の多い文言がぺっとぼとるに書かれていたが、お梅はちゃんと判読することまではできなかった。

良絵が夜中にその運搬作業をする間、前のように殺意でも読み取れれば増幅したかったのだが、残念ながら今回は、良絵の心は高揚感や爽快感で満ちてしまっていた。こちらの家から、千寿子がいる方の家に移って暮らすことが、よほど楽しみなのだろう。

良絵が、お梅のこともあちらの家に運んでくれれば、かなり高齢であろう千寿子に瘴気を吸わせて殺すこともできただろうが、お梅はこちらの家に残されてしまったので、それも叶わない。良絵はぜひとも呪いたい逸材なのだが、さて、どうしたものか――。

4

翌朝、良絵が目を覚ますと、ちょうどあっちの家から卓雄が出ていく音が聞こえた。

ドアスコープ越しに見ると、卓雄はどうやら昨日のワイシャツをそのまま着て門を出た後、悲しそうな顔でこちらを振り向いた。一瞬目が合ったような錯覚《さっかく》を覚えたが、すぐに卓雄は歩き去った。

きっと、外で朝食を済ませることにしたのだろう。出費はかさむけど、たしかに食事は全部外でも何とかなる。でも洗濯や掃除はどうかな。本当に一人で全部できるかな——。良絵は笑みを浮かべながら、ドアスコープから目を離した。

あっちには降参する理由がいくつもある。でもこっちにはない。こっちはこの生活を、どれだけ続けてやってもいいのだ。さあ、いつ卓雄が謝りに来るか。あるいは理香が旅行から帰ってきてすぐ来るか。——良絵はその時を想像して、またにやりと笑った。

その後、千寿子のおむつを替えて、簡単な朝食を済ませて歯磨きをして……と、いつも通りの朝の介護を終えたところで、予定通りの時刻に、大泉《おおいずみ》先生が訪問診療に来た。

「どうも先生、今日もお願いします」玄関先で良絵は頭を下げる。

「はいはい、お願いしますね～」

地位におごることなく、少しも偉ぶらないのが、大泉先生の尊敬すべきところだ。もう七十歳を過ぎているのに、スリムな体は背筋がピンと伸びているし、白髪《しらが》を染めていない自然な髪は卓雄の何倍もの量がある。今日もぴしっと白衣を着て、丁寧に靴を揃えて家に上がり、先生はリビングに入った。

「どうもどうも千寿子さん、お元気そうですね」

大泉先生が声をかけると、千寿子も笑顔で返事をした。

「先生のおかげですよ」

「いえいえ、千寿子さんの気力のたまものですよ。私の力じゃありません。人間、気力があれば、いつまでも健康でいられますから」

良絵は、アントニオ猪木《いのき》の「元気があれば何でもできる」をちらっと思い出した。大泉先生は小柄で細身で、かつてのアントニオ猪木とは対照的だけど、周囲の人を元気にしてくれる点は同じかもしれない。良絵も千寿子も、大泉先生に毎回元気をもらっている。

「お水も、ちゃんと飲まれてるみたいですね」

大泉先生が、ペットボトル入りの水を見て笑顔で言った。

「ええ、もちろんです」

良絵も笑顔で答える。先生のアドバイスを忠実に守っているように見せるため、いつもより余分に隣から持ってきたことは内緒にしておく。

「ところで……エアコン、ちょっと温度上げすぎかもしれませんね」大泉先生が遠慮がちに指摘した。「室外機の音も、なんだか前より大きくなってる気がしますし、もしかしたら、ちょっとエアコンの調子が悪いかもしれません」

「あら、そうですか？」

良絵はまったく気付いていなかったが、千寿子を見ると、小さくうなずいていた。

「ごめんお母さん、暑かった？」

「うん、まあ……少しね」千寿子が苦笑した。

「ごめんね気付かなくて」

「ううん、大丈夫よ」

部屋が少し暑いことぐらい、いつでも言ってくれればよかったのに、やはり母は、良絵に少しずつ遠慮してしまっているのだ。その気遣いに申し訳なくなる。でも、いつか自分が介護される側になったら、こんな気遣いができる人間でありたいとも思う。

「室外機は大丈夫かな……。故障だったら大変ですよね」

良絵は心配になったが、大泉先生は朗《ほが》らかに言ってくれた。

「まあ、そんなに気にすることはないと思いますよ。もし良絵さんだけだと大変なら、私も修理の手配とか、手伝えますし」

「え〜そんな、申し訳ないです」

大泉先生はとことん親切だ。良絵と千寿子にとって、まさにカリスマ先生だ。

それから数日後——。

結局、理香が沖縄旅行から帰ってきてすぐ、その時は訪れた。

玄関のチャイムが鳴り、ドアを開けると、理香と卓雄が神妙な顔で立っていた。

「お母さん、今までごめんなさい」

「今まで申し訳なかった」

二人が揃って頭を下げた。

「本当に、良絵のありがたみがつくづく分かった。俺たちだけじゃ何もできない」

「お母さん、今すぐ戻ってきてください」

「まったく……しょうがないねえ」

もう少し渋ってやりたい気持ちもあるけど、二人で悪戦苦闘する時間が長くなって、家の中がもっとめちゃくちゃになったら、最終的に困るのは良絵なのだ。いずれは戻るつもりだったのだから、あまり引き延ばさない方がいいだろう。

「じゃ、理香、もうちょっと家の手伝いをすること。そしてお父さん、あなたの稼ぎは私のサポートがあって成り立ってます。それを忘れないこと。いいね、二人とも」

「はい！」

二人揃っていい返事だった。今後、二人の態度が改まることに期待しよう。もし元通りになりそうだったら「私、またお母さんの家に行くよ」と脅《おど》しをかけてやればいい。

二人が家へ戻り、さて私も、と思ったところで、ふと表の道路から視線を感じた。

門の外に人が立っている。よく見ると、お隣の永見《ながみ》家の娘さんの、杏菜《あんな》ちゃんだ。

「あら、こんにちは」

良絵が声をかけた。赤ちゃんの頃から知っている杏菜ちゃんが、今では高校生だ。

「こんにちは」杏菜ちゃんは頭を下げた後、手に持ったビニール袋を差し出してきた。

「あの、これ、お裾《すそ》分《わ》けです。おばあちゃんの家からいっぱいもらっちゃって」

近寄って中を見ると、たくさんのジャガイモが入っていた。

「あら、ありがとう」良絵は礼を言った後、思い切って言ってみた。「杏菜ちゃん、今、学校行けてないんだっけ？」

「え、ああ……」

杏菜ちゃんが不登校気味だという話は聞いていた。普段はここまで首を突っ込まないけど、今日は思い切って、励ましの言葉をかけてみようと思えた。

「大丈夫よ。今の悩みなんて些細《ささい》なことだったって、後で思えるようになるから」

「ああ……ありがとうございます」

杏菜ちゃんは笑顔でうなずいてから、一礼して去って行った。良絵も笑顔で手を振る。

ここ最近、いろんなことがあったけど、なんだか今日はいい日だ――。良絵は晴れやかな気持ちで、ぐっと伸びをした。

＊

結局、谷元家は平穏を取り戻してしまったらしい。お梅としては残念だった。

良絵が、二世帯住宅のもう片方へ行っている間に一度、「先生」とやらが訪問してきたのは分かった。お梅が玄関で宙に浮き、人間が外を覗《のぞ》くのに使うらしい小さな窓から様子を窺《うかが》ってみると、服も髪も白い老爺《ろうや》が良絵と挨拶を交わし、隣の玄関から中へ入ったのが見えた。だが、ほどなく出てきて、特に問題なく帰ってしまったようだ。

その後、良絵は卓雄や理香とも仲直りしたようで、今ではお梅が来た当初よりも、心穏やかになってしまった。さすがにそれはお梅のせいではないはずだが、当初呪いやすそうだと思っていた相手を全然呪えていないのは、残念でならない。

言い訳になってしまうが、二世帯住宅特有の事情もある。向こうの家に入られてしまっては、お梅は良絵に何もできないし、向こうにいる千寿子にも手出しできない。というか千寿子とは、まだ対面すらできていない。

この家で最も呪い殺しやすいのは、最も老いた千寿子であることは間違いないだろう。

こうなったら、もう最終手段をとるしかない——。お梅は決心した。

多少強引でも、この玄関から外に出て、千寿子がいる家に入り込み、瘴気を吸わせてやるのだ。現代人には効き目が薄い瘴気も、寝たきりの老人にはさすがに効くようだという ことは、以前「老人ほをむ」という施設で確認済みだし、しかもあれからお梅の瘴気は、ぱわあああっぷしているのだ。となれば千寿子にも必ず効くはずだ。

そんなある日の昼間、良絵が「介護用おむつ」と書かれた大きな袋を持って、玄関を出ようとしていた。「おむつ」というのが、自力で厠に行けない人間の糞尿を受け止めるための穿《は》き物《もの》であることも、良絵がそれを持って出るということは、これから千寿子のもとへ行くのだろうということも、お梅はすでに察していた。

もし良絵に見つかってしまったら、ひゅうっと宙を飛んで逃げてしまおう。向こうの家に行くのは危険すぎると思っていたが、その危険を冒《おか》す。そして成功すれば千寿子を殺す。そうと決めれば、思い切って行動するまでだ。

良絵が現代風の草履《ぞうり》を履き、玄関の扉を開けた瞬間、お梅はふわっと宙に浮き、すうっと飛んで良絵の背後にぴたりと付き、良絵とともに外に出た。一度に十秒ほどしか浮いていられないので、力を使い切らないようにいったん地面に降り立つ。あとは、良絵が隣の玄関を開けて中に入るのに合わせて、お梅も一緒に入るのだ。

ところが、良絵が隣の玄関を開閉する動作が、思いのほか速かった。お梅は急いで後を追おうとしたが、扉に挟まれ体を破損してしまいそうだったので、やむなく断念した。

くそ、作戦失敗だ。さてどうしよう――。お梅は思案していたが、ほどなく、家の中から微かに声が聞こえてきた。

「お母さん……どう?」

良絵が千寿子に話しかけている声だろう。お梅はその声が聞こえる方向へと歩き、どうやらこの窓の向こうにいるようだ、という場所を見定めた。さらに、せっかくだから中の様子を見ておこうと思って、窓の高さまで浮いてみた。

その窓の内側には、白っぽい布がかかっていた。かあてんと呼ばれる、昔の御簾《みす》に近い役割の大きな布だ。よく見ると、そのかあてんは、向こう側がうっすら見えそうだった。お梅は、窓の外のわずかな出っぱりに着地し、もう少し角度を変えて中の様子を見られないだろうかと、ゆっくり横移動してみた。

だが、その時だった。「えっ」という声が聞こえ、かあてんが急に開いた。

そして、かあてんを開けた良絵と、ばっちり目が合ってしまった。

「きゃあああっ! に、人形! なんで、なんで!」

良絵はお梅を見て腰を抜かしたようで、お梅の視界からすとんと落ちて消えてしまった。ひょっとすると、このかあてんは、部屋の外側からは見えないけど内側からは見えるという仕組みなのかもしれない。これもまた現代文明の利器だったのか、想像もつかなかった――とお梅は思いかけたが、そういえば昔の御簾にも同様の構造の物があった。それを失念していたお梅の、ただの間抜けな失態だった。

とにかく、動いたところを良絵に目撃されてしまった以上、もはやお梅は退散やむなしだろう……と思いながらも、一応、室内に視線を移して様子を見てみた。

すると、今度はお梅が驚く番だった。

これはいったい、どういうことだ――。

お梅は思わず、窓の縁《へり》で立ち尽くしてしまった。一方、部屋の中の良絵が、腰を抜かした状態からどうにか回復したようで、ゆっくり立ち上がり、窓の錠を中から外した。これ以上ここにいては、良絵から危害を加えられかねない。お梅はそう察して、着地の衝撃を浮遊術で抑《おさ》えながら、ふわりと庭に飛び降りた。

その際に庭の方を振り向いたため、お梅はさらなる事態に気付いた。

隣家の二階の窓から、誰かがこちらを見ている。その人物は、小さな板状の道具、すまほを手にして、こちらに向けていた。よく見るとその人物は、お梅がこの谷元家に来る前に、宙に浮いた姿を見られて恐怖させた、隣家の娘だった。

以前お梅は一度、ゆふちゅうばあという職業の男に、すまほで動画を記録され、それを広められて男を喜ばせてしまった苦い経験がある。またあんなことになったらいけない。隠れなければ――と思ったのも束の間、よく見ると隣家の娘は、すまほをお梅には向けていない様子だった。

彼女も、ついさっきまでお梅が覗いていた窓に、すまほを向けているようだった。

そして、そのことに、今度は良絵も気付いた。

「あれっ、杏菜ちゃん⁉　ああっ、ちょっと、だめっ！」

良絵は、開けた窓をすぐ閉めた後、かあてんも大慌てで閉めた。一方、杏菜と呼ばれた隣家の娘は、良絵に気付かれたことに動揺した様子ながらも、すまほをしばらく操作し、「お母さん！　お母さん！」と叫びながら、窓際から姿を消した。

その後、こちらの家の玄関の扉が開き、良絵が出てきた。良絵は「杏菜ちゃん、永見さん！　杏菜ちゃん、永見さん！」と交互に連呼しながら、門を出て隣家の方へ向かった。

もはや、お梅のことなど眼中にないようだった。

お梅は、戦国時代生まれゆえ現代事情に疎《うと》くても、良絵の今後の行く末は察することができた。きっと良絵はこの後……。

5

『さあ、というわけで驚きましたね、この事件。改めて振り返っていきましょう』

夕方の情報番組『サンセットワイド』で、司会の沖原泰輔が語る。杏菜の母親は、俳優時代の沖原泰輔のファンだったらしいけど、今の彼は司会者のイメージが強い。

アシスタントの高田《たかだ》という女性アナウンサーが、スタジオの画面を指し示しながら原稿を読んでいく。

『まず死亡していたのは、この家に住む谷元千寿子さん。司法解剖《かいぼう》の結果、死後一年以上が経過していたとみられ、ミイラ化していたということで――』

画面に、事件現場の谷元家の外観と、隣にほんの少しだけ、我が永見家の壁も映る。

『死体遺棄の容疑で逮捕されたのが、千寿子さんの長女の谷元良絵容疑者と、近所に住む自称宗教家の大泉覚重《さとしげ》容疑者。良絵容疑者は、母親の千寿子さんと二世帯住宅で暮らしていたんですが、数年前からこの親子が、大泉容疑者が開いた新興宗教団体に入信していたんですね。そして、おそらく去年の間に、千寿子さんが亡くなったと。まあ、その死因は事件性はなく、病死とみられるそうですが、良絵容疑者は千寿子さんの遺体を、二世帯住宅の隣の家のベッドに寝かせ、遺体がミイラ化してもなお、介護のようなことをして生活していたというんですね。良絵容疑者は警察の調べに対し、母は生きていた、と供述し、死体遺棄容疑を否認しているということですが――』

高田アナウンサーが、画面をあっちこっち指して、ずいぶん面白そうに語る。そりゃ、ワイドショーでネタにするのに絶好の事件だろうと、杏菜も思う。

『一方、その谷元家を、訪問診療と称してたびたび訪れ、千寿子さんの遺体が置かれた部屋の温度や湿度をエアコンで管理させていたのが、こちらの教祖、大泉容疑者だったんですね。近所の方によると、この家のエアコンの室外機は、一年中ず～っと回りっぱなしだったということで――』

お隣の谷元家のエアコンの室外機が、夏や冬ならまだしも、春や秋でも回りっぱなしなのを妙だとは思っていた。それに、谷元家のおばあちゃんの姿も長らく見ていなかった。でも、まさかおばあちゃんが家の中で亡くなっていて、エアコンで温度と湿度を管理されてミイラ化しているとまでは、さすがに想像できなかった。――杏菜たち永見家の三人は、警察の調べにもマスコミの取材にも、そのように証言した。たぶん今アナウンサーが言った「近所の方」というのは自分たちのことだろう。

『ただ、実はこの教祖の大泉容疑者なんですが、近所の電器店に、知人の家のエアコンの調子が悪いんだけど、家に入らないで室外機だけ取り替えることは可能か、といった内容の問い合わせをしていたそうなんです。このことから警察は、大泉容疑者が千寿子さんの遺体の発覚を恐れていたのではないかとみているんですね。この教祖の方が、良絵容疑者よりも冷静な部分があったのではないかと――』

谷元家のお母さん、良絵さんは、変な宗教に入ったあげく、最終的にそこの教祖以上におかしくなっちゃったんだ――。杏菜はそう思って、改めて鳥肌が立った。

あの前日にも、親に言われてジャガイモのお裾分けを渡しに行ったら、良絵さんは玄関先でずっと独り言を言っていた。杏菜はお裾分けを渡して少し話して、逃げるように帰った。不登校について何か言われた気がするけど、精一杯笑ってごまかしたことしか覚えていないし、そんな会話の記憶なんて、翌日の事件のショックで全部吹っ飛んだ。

一階の窓の中のベッドの上に、絶対に生きているわけがないと高校生でも分かる、茶色くてシワシワの人が寝かされている姿が見えてしまって、おそるおそるスマホでズームしながら録画していたら、良絵さんがパッとこっちを見てしまった。良絵さんは慌てた様子でこちらに来て「杏菜ちゃん、永見さん！」と大声で叫び出して、杏菜は「お母さん！」と半泣きで母を呼んで事情を説明した後、スマホで一一〇番通報した。「隣の家に死体があるんです。しかも私が気付いたことにお隣さんも気付いちゃって……とにかくすぐ来てください！」と説明して、母は良絵さんが入ってこないようにドアと窓を全部施錠して、通報後は母子二人でガタガタ震えながら警察を待って——あのトラウマ級の恐怖体験は、たぶん一生忘れられない。でも、そんな恐怖体験を経て発覚した事件について、テレビの中のアナウンサーは相変わらず面白そうに説明する。

『良絵容疑者の元夫の男性も、我々の取材に答えてくれました。妻と義母、つまり良絵容疑者と千寿子さんが突然、おかしな宗教に入信してしまって、男性と娘さんが抜けるように説得しても聞く耳を持ってくれなかった。その宗教団体に多額の献金をした上に、こちらの写真の、高気力充塡《じゅうてん》心身復活水という、一本何千円もするペットボトルの水も買うようになってしまって、結局男性はおととし離婚し、娘さんとともに引っ越したそうです。その後まさかこんなことになるとは思わなかったということで——』

谷元さん一家は、杏菜が小さい頃はごく普通の隣人で、娘の理香さんは幼い杏菜と何度か遊んでくれた、優しいお姉さんだった。でも、数年前から谷元家の夫婦喧嘩の声がよく聞こえるようになり、いつの間にか谷元家はお母さんとおばあちゃんだけになっていて、「谷元さんのお母さんとおばあちゃんが変な宗教にはまっちゃったから、夫婦は離婚してお父さんと理香さんが出ていったらしい」という噂を聞いた。

それにしても、こんなことになるなんて……と、『サンセットワイド』を見ながら改めて感慨に浸っていると、「ピンポーン」と永見家の玄関のチャイムが鳴った。

コメンテーターの水戸冴子という女性作家の『私もまさに、こういう新興宗教が出てくる作品を書いたことがあるんですけど……』という、さりげなく自分の本の宣伝をねじ込んだコメントの途中でテレビを消して、杏菜は玄関に行った。

覗き窓を確認し、ドアを開ける。そこには、今日学校で約束した通り、クラスメイトの愛莉《あいり》と沙希《さき》が来ていた。今日は母がパートなので、たぶん夜七時頃まで帰ってこない。父の帰りはもっと遅い。だからあと二時間ぐらい、家の中で好き勝手できる。

「おっつ〜」

「見して見して、事件現場」

杏菜は「うん、上がって～」と二人を出迎えて、自分の部屋まで案内する。少し前まで考えられなかったことだ。

高校入学後、同級生の不良っぽい女の子にいじめられて不登校気味になり、中退まで考えていた時に、隣の谷元家であの事件が起きた。不登校になる前に少し仲良くなって時々LINEしていた愛莉に「実はあの事件の家、うちの隣なんだ」と報告したら「マジで？学校でみんなに話しなよ。超盛り上がるから！」と勧められ、久々に登校したら、まるでヒーローのような扱いを受けた。担任教師まで興味津々で杏菜の話を聞きに来た。あと、久々の登校で、杏菜をいじめたあの女の子が中退していたことも知った。口には出さなかったけど、杏菜はもう気兼《きが》ねなく学校に行けるのだと気付いた。

本来、不登校の子が久々に登校したという状況は、周囲から腫れ物に触るような対応を受けがちで、杏菜もそうなるのが嫌でますます学校から足が遠のいていたけど、これだけ強烈なエピソードの手土産《てみやげ》があれば、ＶＩＰ待遇での登校再開が叶ったのだった。

「ほら、ここから、あの窓見えるでしょ。今はまたカーテン閉まってるけど、あの中に、ばっちりミイラが見えちゃって、マジでビックリしたの～」

杏菜が自室の窓から、今は無人の谷元家を指差す。愛莉と沙希は興味津々だ。

「え～、マジやばい」

「ミイラって、どんな感じだったの？」

「もう真っ茶色でシワシワで、でも服だけ、怪しい宗教っぽい白いの着てたのね。だから一目で、あ〜あれ死体だよな、たぶん谷元さんのおばあちゃんだよなって分かって」

「いや〜、何回聞いても超鳥肌だわ」愛莉が両腕をさすってみせる。「やっぱ本物の現場見ると違うね。いや〜ここから見えたんだねえ」

「でも一応、何かと見間違えたのかもしれないと思って、念のためスマホ出して、ズームで見たのね。そしたらやっぱり、どう見ても死体でさあ。あ〜これ警察に通報しなきゃかな〜って思ってたら、谷元さんのおばさん、まあ今じゃ良絵容疑者って言われちゃってるけど、良絵さんがパッとこっちを見ちゃって」

杏菜が、あの時の良絵の表情まで演じてみせると、沙希が「ギャ〜ッ、マジ怖い！」と叫んだ。体験談を何度も話すうちに、我ながら演技も脚色も上手《うま》くなっている。

「良絵さんも、死体を見られたことに気付いたんだよね。『杏菜ちゃん見たでしょ！』って叫んで、こっちの家まで来ちゃってさあ。慌ててお母さんに全部説明して、まあお母さんも、お隣が変な宗教入ってることは知ってたし、マジ何されるか分かんないから全部の鍵閉めてね。で、私は半泣きで警察に通報して、警察の人に何回『落ち着いてください』って言われたかなあ」

「いや〜、私だったらマジおしっこ漏らす！」

「ギャハハ、ウケる〜」

愛莉と沙希がいいリアクションをくれた後で、ふと愛莉が疑問を呈《てい》した。

「でもさあ、杏菜は元々なんで、お隣の家の窓見てたの？」

「あ、もしかして杏菜、覗きの常習犯なんじゃないの？」沙希が冗談めかして言う。

「いやいや、お隣さんなんて覗かないから。――あ～、でも言われてみれば、なんでだろうね。なんとなく目に入ったとしか言いようがないんだけど、でも今考えたら、虫の知らせってやつだったのかも」

杏菜がとっさに答えると、杏菜よりもさらに勉強が不得意な、沙希と愛莉が返した。

「虫の知らせ？　それって……虫が、この部屋に入ってきたの？」

「違うよ、沙希ウケるんだけど～。虫の知らせってのはあれだよ。あのほら、なんか……まあ、私もうまく説明できないけど～」

そんな、盛り上がっているクラスメイト二人には申し訳ないけど、実は杏菜は、少し嘘をついている。この件に関して、まだ誰にも話していない真相がある。

隣家のあの窓を見たきっかけは、動く日本人形を見たことだったのだ――。

以前、おかっぱ頭で赤い着物を着た日本人形が、宙を飛んで我が家の庭に入ってきたのを、杏菜はたしかに目撃したのだけど、その時は両親にも笑われて終わりだった。でも、それから何週間か経ったあの日、杏菜はこの部屋の窓の外で、何か赤っぽい物が動いたのを視界の端でとらえた。ぱっと見ると、それが間違いなくあの日本人形だったのだ。その人形は、お隣の谷元家の窓を覗き込むように動いていた。

今度こそ、間違いなく人形が動いている！　杏菜は急いで、その人形をスマホで撮ろうとズームした。でも、少しピントがずれてしまって、ちょうどそのタイミングで谷元家の窓のレースのカーテンが開いた。そして、室内のベッドの上の、茶色でシワシワになった、でも元は人間だったことが分かるそれを、偶然にも杏菜のスマホでばっちりとらえてしまった。杏菜はパニックになりながらも、今思えば大した度胸を発揮し、スマホの録画ボタンをタップした。その動画は、のちに駆けつけた警察に証拠として重宝《ちょうほう》されたけど、その前に見た、動く日本人形は、結局撮影できずじまいだったのだ。

あの人形に関しては、今となっては完全に謎だ。ただ、たしかあの時、良絵さんも、杏菜にスマホを向けられていることに気付く前に、まずあの人形に気付いて「きゃあ～っ、人形！」みたいな悲鳴を上げていたと思うのだ。

テレビでもネットニュースでも「良絵容疑者は意味の分からない供述をしており」なんて報じられている。でも、たぶんその「意味の分からない供述」の中には、「動く人形を見た」という内容も含まれているのだと思う。実はそれに関しては、良絵さんの妄想ではなく、杏菜も見ているのだ。とはいえ、杏菜も変な奴だと思われたら嫌だと思って、警察にも親にも、このことは話していないけど。

これは完全に杏菜の想像、というか妄想でしかないけど、動く日本人形に見えたあれは、ミイラ化した谷元家のおばあちゃん、千寿子さんの幽霊の化身だったのかもしれない。亡くなってから、あのインチキ教祖の洗脳が解けて、自分の死体の存在を隣の永見家に知らせるために、あの人形の姿になって現れたのかもしれない――。

「てか、この家の前の道に、テレビのカメラとかもいっぱい来たよね？」

愛莉に質問され、杏菜は回想と妄想から我に返る。

「ああ、うん、一時期めっちゃ来てたよ」

「芸能人とか来た？」

「あ～、それはさすがに来てないね」

「あの人とか来てない？　サンセットワイドの沖原泰輔」

「来てないよ～。ちょうどさっきも見てたけど、あの人はスタジオで仕切る人だから」

「てか、うちのママ、沖原泰輔のファンなんだけど」沙希が言う。

「あ、実はうちもなんだ～」杏菜がうなずく。

「沖原泰輔、イケメンだよね。まあもう年だけど」

「まあ、元々俳優だもんね」

「え、あの人アナウンサーだと思ってた～」

いつしか話題がそれて、他愛もない話で盛り上がりながら、杏菜は改めて思う。

もしあの人形が、谷元千寿子さんの霊の化身だったなら、通報した杏菜はきっと、千寿子さんに感謝されているだろう。でも、逆に杏菜も感謝している。あの一件がきっかけで不登校を脱して、友達とも遊べるようになったのだから。

ありがとう、人形さん……の姿になった谷元千寿子さん。まあ、それも杏菜の想像にすぎないのだけど。

*

くそっ、また失敗だ！　まあ今回に関しては、成功失敗とはまた別次元の問題が起きてしまったわけだが、とにかくお梅はもう、この谷元家にいても仕方ない。それだけは間違いないだろう。

隣家の娘たちの、楽しそうな声も聞こえる。「沖原某《なにがし》がゐけめんだ」みたいな話題で盛り上がっている。どうやら事件現場見たさに友達が集まっているらしい。そういえば前にもお梅は、拾われた家が事件現場になった際にこんな経験をしている。現代の若い人間というのは事件現場が好きらしい。

それにしても、お梅は谷元良絵に拾われた直後は、これは呪いやすそうだと期待していたのだ。だって谷元良絵は、誰もいない空間に向かって、ずっと一人で喋っていたのだから——。良絵の一人喋りの中に登場する「卓雄」と「理香」が、どうやら夫と娘のようだということは、良絵の外出中にお梅が家の中を探索し、二人の名が書かれた紙などを見つけたので分かったのだが、そんな人間は今は家におらず、どう見ても良絵は一人暮らしをしていた。おまけに良絵は、卓雄と喧嘩してしばらく二世帯住宅の隣で生活し、最終的に和解するという筋書きまで、頭の中で作り上げていたようだった。

良絵はおそらく、二世帯住宅の隣に住んでいる、母親の千寿子の介護に参ってしまい、精神に異常をきたしているのだろう。そして、千寿子に対してわずかに殺意を抱いているようだから、これを増幅させれば良絵は千寿子を殺すだろう。――なんて思っていたのだが、まさか千寿子がとっくに死んでいるとは思わなかった。

乾いた枯れ木のような、現代で「みゐら化」と呼ぶらしい状態になった千寿子を窓の外から見つけた時は、さすがにお梅も驚いた。一方、良絵の方もお梅が動いたのを見て驚いていたが、千寿子の遺体を隣家の娘にも発見されたため、警察が呼ばれ、ぱとかあがすぐにやって来て、良絵は「死体遺棄」という罪で警察に連れられていった。せっかくなのでお梅は、しばらく谷元家に残って、あわよくば「この人形のせいでこんな奇怪な事件が起きたんじゃないか」的なことを警察に思ってもらえないかと期待したのだが、そうはならなかった。まあそれもそうだ。本当に違うのだから。

捜査のために谷元家に入った警察は、お梅に対して関心を持つ様子もなく、試しにお梅がちょっと動いてみても「あれ、人形の位置ここだったっけ？　誰か勝手に動かしたか？

ダメだぞ勝手に動かしちゃ」的な注意が交わされただけだった。その後数日にわたって家の中を探ってからは、もう警察は来なくなってしまった。

無人の谷元家にこれ以上いたところで、何も起こるはずがない。お暇《いとま》するとしよう。お梅はその日の夜、決心した。

谷元家の小窓を開けて外に出る。かつては窓の錠まで手が届かなかったが、宙に浮けるようになった今では、窓を開けて外に出るのは簡単だ。というか、千寿子がみゐら化していた方の家にも、一つぐらい無施錠の窓があったかもしれないから、良絵が暮らしていた方の家の窓から外に出て、千寿子の方の家の無施錠の窓を探して中に入る、ぐらいのことはできたのではないか——なんて、今さら気付いたがもう遅い。どちらにせよ、谷元家は呪いようがなかったのだ。最初から呪われていたようなものだったのだから。

外に出て、人通りの少ない夜道を歩きながら、お梅は改めて振り返る。約五百年ぶりに封印を解かれて以来、数々の人間に拾われ、呪おうとしても毎回何かしら想定外のことが起きて呪えなかったお梅だが、今回はその中でも、想定外の度が過ぎていた。

奇天烈《きてれつ》な宗教にのめり込み、いもしない家族と妄想の中で暮らし、死んだ母親を生きていると思い込み介護し続けていたなんて、谷元良絵は想像を絶する人間だった。さすがにお梅も、ここまでの人間には戦国時代を含めて会ったことはない。改めて考えるほどに、お梅の中に、今まで味わったことのない、何とも形容しがたい感情が湧き上がってきた。

常軌を逸した谷元良絵に対する、お梅のこの感情というのは、いったい……。

あ、もしかして、これが「恐怖」なのか？

お梅は、谷元家に来た時点では理解できていなかった、「恐怖」という感情を、初めて理解できた気がした。


お梅はまた、夜道で人間が通りかかるたびに、私を拾えと念じながら立ち止まってみたが、時間が遅すぎたか、人通りは少なく、貴重な通行人もお梅に気付かず通過してしまうばかりだった。気付けば夜が明け、朝になってしまった。お梅は人形だから疲れはしないが、夜通し歩いたのだから、なかなかの距離を進んだはずだ。

と、朝方の人けの少ない道で、ようやく待望の時が訪れた。

通りかかった男が「日本人形だ」とつぶやき、お梅を拾い上げた。ちょうどごみ置き場の近くに立っていたのも幸いしたようだ。誰かが捨てたごみだと思われたのだろう。

大人の男に拾われるのは久しぶりだ。よし、次こそこの男を呪ってやろう。まあ、今のところ負の感情は特に読み取れないが、最初に呪いやすそうだと思った相手でも結局失敗しているのだから、案外こんな男の方がいいかもしれないぞ——。

恋患《こいわずら》いで呪いたい

1

スマホでつい見てしまう「今日の占い」で、天秤座《てんびん》が一位だったけど、ラッキーアイテムが「日本人形」だったのを見た時は、そんなの持ってないよ、と裕太《ゆうた》は苦笑した。でも、朝のウォーキングに出て早々、日本人形がゴミ置き場に捨ててあったのだ。思わず二度見して、首を振った勢いで眼鏡《めがね》がずり落ちそうになってしまった。裕太は即決で家に持ち帰った。足袋が汚れていたので洗濯までしてやった。

ただ、とりあえず壁際のチェストの上に人形を置いて、改めて見てみると、なかなか不気味だった。おかっぱ頭で薄笑いを浮かべた、呪いでもかけてきそうな古びた日本人形。これからしばらく、目が合うたびにゾクッと寒気を覚えてしまいそうだ。

それでも、今日の運勢一位のラッキーアイテムなら、ぜひその効力を発揮してほしい。拾い物の人形にも願を懸けたくなってしまうほど、今の裕太は思い悩んでいる。

なぜなら、裕太は恋をしているのだ。行きつけの『レストランまるこ』の店員に。

これほど人を好きになったのは何年ぶりだろう。彼女のことを考えるだけで、胸が苦しくなる。

でも、彼女はきっと、裕太のことなど気にかけていない。ただの客の一人でしかない。料理を運んでくる時や、お会計の時、素敵な笑顔をくれるのも、客全員にやっていることだ。そこまで分かった上で、やっぱり彼女の笑顔が見たくて、昼食代が多少かさんでも、家から多少遠くても『レストランまるこ』に足を運んでしまうのだ。

そんな昼食代を確保するため、朝食はスーパーの見切り品だった惣菜《そうざい》パンだけで済ませながら、パソコンでＹｏｕＴｕｂｅを見る。人気ユーチューバーのマッチューの動画だ。この坊主《ぼうず》頭の男性ユーチューバーに裕太は親近感を抱いてよく見ているのだが、今回は女性ユーチューバーとコラボして「気になる異性をデートに誘う方法」を紹介していた。

でも、その方法は、どれも裕太が使うのは無理そうだった。

まず「好みの映画に誘う」という方法が紹介されていたけど、彼女の映画の好みまでは知らないので却下《きやっか》。次に「食事に誘う。特に初デートはランチに誘う方が気軽でいい」と紹介されていたけど、彼女はランチタイムのレストランの従業員なのだ。まさか職場のレストランで食事というわけにもいかないだろうし、他の店に誘ったら、それはそれでライバル店の偵察みたいになってしまいそうだ。

しまいには「デートしてください、とストレートに誘うのが一番」だなんて、さすがに苦笑してしまった。その勇気がある人間は、そもそもこんな動画は見ないだろうに。

結局、何の参考にもならないまま朝食を終え、軽く歯磨きを済ませる。そして、ワイヤレスイヤホンを挿し、お気に入りの音声コンテンツを聴きながら、ノートパソコンを開いて仕事開始だ。在宅でもパソコン一つで仕事ができるのは、眼鏡を片時も手放せず、眼鏡がないとスマホも見られないほど下がった視力と引き換えではあるが、気楽でいいものだ。テレビも去年故障したきり買っていない。今やテレビも、ネットの見逃し配信で大半の番組が見られる時代だ。

午前中の仕事を終え、裕太は昼食をとりに、いつもの『レストランまるこ』へ行った。

今日も彼女はいる。少なくとも平日は毎日勤務のはずだ。

彼女をいつも目で追ってしまう。でも忙しい彼女は、裕太を認識してもいないだろう。

彼女を見るだけで胸がいっぱい、ついでにお腹もいっぱいになってしまいそうだけど、ここはレストランなので、Bランチを注文し、少しでも彼女へのアピールになればと、嫌いな野菜まできれいに食べ切った。そんなこと彼女は何とも思わないだろうけど。

結局、今日も裕太は、彼女に声もかけられないまま、注文時と会計時になるべく彼女の目を見るのが精一杯で、店を出て帰宅した。そして、またワイヤレスイヤホンを挿して、在宅ワーク再開だ。

「ああ、恋患《こいわずら》いだな」

思わず独り言を漏らしてしまう。そこでふと、朝拾った日本人形と目が合って、裕太は他人に独り言を聞かれたような恥ずかしさを覚えた。

ああ、この恋を、いったいどうすればいいのだろう――。

お客さんの男性を、好きになってもいいのだろうか――。

店長にも同僚にも、決して多くない友達にも、このことは相談できずにいる。

彼は、勤務先の『レストランまるこ』の、ランチタイムの常連客だ。彼が以前、友達か仕事仲間か、別の男性と一緒にランチに来た時に、その人から「ユウタ」と呼ばれてるのは聞いたことがある。だから下の名前だけは分かる。

とはいえ、感じがよくて優しそうな、素敵な男性だな、と思っているだけだ。それ以上のことは何も分からない。

彼に対して、特に好印象を持ったきっかけが、アヤノちゃんとのやりとりだった。アヤノちゃんは知的障害のある女の子で、たまに家族で『レストランまるこ』に来るお客さんだ。誰にでも気さくに話しかけるアヤノちゃんは、店員とは仲良しだけど、周りのお客さんの中には、急に話しかけられて戸惑ってしまう人もいる。

でも、ユウタさんは違った。たしか、隣の席になったアヤノちゃんに「それ美味しい？」と聞かれて、ユウタさんはすぐに「うん、美味しいよ」と答えて、その後もニコニコして会話に応じていた。その出来事もまた、ユウタさんの好印象につながった。

そんなユウタさんと接客中にやけに目が合うから、ひょっとして彼もこちらを意識してくれてるのかな、なんて思うこともあるけど、妄想でしかない可能性も十分ある。

妄想なんて、そんな悲しいことはない。

自分まで妄想をしてしまっては、ますます世間からあざ笑われるだろう。

たとえ好きになった人がいても、近付くのは躊躇せざるをえない。新しく知り合う人は、どんな間柄でも予防線を何重にも張るしかない。

今の理香は、どうしてもそんな気持ちになってしまう。

＊

お梅が、新たな拾い主である裕太の中の、負の感情を読み取ってみたところ、今までに読み取ったことのない感情が、かなりの割合を占めていた。「恋心」という正の感情に、「苦しみ」「病み」に似た負の感情が結びついているような感じなのだ。

この感情は、いったい何だろう——。お梅は疑問に思っていたのだが、裕太の独り言がきっかけで、その正体を知ることになった。彼は家でよく、どうやら音が出るらしい、茸《きのこ》のような形の物を耳に突っ込みながら、折り畳み式の「ぱそこん」なる道具を操作しているのだが、その際に「ああ、恋患いだな」とつぶやいたのだ。

恋患いとは何か——。お梅が気になっていたある日、裕太が書き物をする機会があり、その際に「国語辞典」という厚い書物を読んでいた。その側面に「あ」「か」「さ」「た」「な」……と書かれているのも、現代風の箪笥《たんす》の上に置かれたお梅から見えた。

ひょっとすると、あの国語辞典という書物には、あらゆる言葉の意味が書いてあるのではないか。現代では「いろはにほへと」を改め「あいうえおかきくけこ」という、母音と子音を規則的に並べた仮名文字の順番を採用していることは、いゐてれの番組を見てお梅も知っていたので、側面が「あ」の範囲には「あいうえお」で始まる言葉の意味、「か」の範囲には「かきくけこ」で始まる言葉の意味が、あの分厚さになるぐらい網羅《もうら》されているのではないか——と推理したのだった。

お梅は「恋患い」の意味を調べるべく、裕太が外出したのを見計らって、現代風箪笥から床に下り、国語辞典を読むことにした。本棚から引っ張り出すだけでもお梅にとっては大変で、そこからさらに、うっかり潰《つぶ》されないように注意しながら国語辞典をばたんと寝かせ、「こ」で始まる言葉にたどり着くのも一苦労だったのだが、ついに見つけた「恋患い・恋煩い」の意味は、こう書いてあった。

『片思いがつのったあまり、食欲がなくなったり、病気にかかったようになること』

まさに裕太と同じ症状だ。まあ、だから裕太も「恋患いだ」とつぶやいたのだろうし、さんざん苦労してその確認をしただけだと考えると、徒労感も否《いな》めないのだが、ともあれ裕太が抱える「恋患い」の正体が、正式に判明した。

恋患いだけで裕太が死ぬのなら楽で助かるが、瘴気も効かなくなっていて、病院という治療場所もある現代人は、さすがに「食欲がなくなったり、病気にかかったようになる」程度では死なないのだろう。

しかし、恋患いで心がひどく落ち込めば、自害をする可能性はあるのではないか――。

というのも、お梅はてれびの「にゅふす」で何度か見たのだが、現代人は、学校でいじめられたとか、仕事場で上役に面罵《めんば》されたとかいう理由で、国内で年間二万人以上が自害しているらしいのだ。二万人といえば、戦国時代だったら相当大きな軍勢だ。そんな人数が一年のうちに自害するなんて、下克上《げこくじょう》文化の戦国時代に作られたお梅にとっては驚くべき時代だ。いじめられたり面罵されたりして許せない相手がいたら、さっさと殺してしまえばいいのに、現代人は相手ではなく自分を殺してしまうらしい。

つまり現代人は、戦国時代の人間と比べて、病気や怪我では死にづらくなったが、精神的苦痛を受けた時は、むしろ簡単に自害を選ぶ傾向があるようなのだ。

となれば、恋患いの悪化で自害することも全然ありえるのではないか。あるいは、自害まで行かなくても、恋患いで心身とも衰弱《すいじゃく》すれば、裕太ほどの年代の男でも瘴気が効き、死に至らしめられるのではないか――。お梅はそう考えた。

もっとも、お梅はそもそも「恋」がよく分かっていないので、恋患いを悪化させる方法などまだ見当も付かない。とはいえ、焦る必要はない。まずは恋患いにかかった裕太を、じっくり観察してみよう——。

2

三日連続で在宅ワークが続いたので、久々の出社で調子が狂ったのかもしれない。職場の昼休みがもうすぐ終わるという時に、裕太は気付いた。

「あれ、スマホがない！」

裕太は思わず、頭をかいて髪をくしゃくしゃにした。ピンチの時にやってしまう癖だ。そしてすぐに、隣のデスクの同期入社の栗山《くりやま》に頼んだ。

「ごめん、スマホ貸してくれない？」

「なんで？」栗山が怪訝な顔をする。

「スマホなくしちゃって」

「マジかよ。GPSで探せんじゃないの？」

「あ、オフにしてると思う。電池の持ちが悪くなるから」

「あれって実際そんな変わらねえだろ」

「え、そうなの？」

ＩＴ企業勤務の割に、裕太はこういう知識にはあまり自信がない。まあ、栗山の認識が間違っているのかもしれないけど。

「しょうがねえな……はい」

栗山が少し操作をしてから、スマホを渡してきた。ぶっきらぼうな渡し方だったけど、あとワンタッチで裕太にＬＩＮＥ通話をかけられる画面にしてくれていた。

「ありがとう。近くだったらいいんだけどな……」

裕太は、栗山のスマホから自分のスマホにＬＩＮＥ通話をかけた。周りから着信音は聞こえないので、あいにく近くにはないようだ。十コール鳴らして出なければ切ろうと思っていたら、九コール目で「はい、もしもし」と女性の声で応答があった。

「あっ、すみません。あの、僕、そのスマホの持ち主なんですけど……」

裕太が丁重にそこまで言ったところで、女性はすぐ返事をしてくれた。

「あ、こちら『レストランまるこ』です。このスマホ、落とし物として預かってます」

「ああ、そうでしたか。それはありがとうございます！」

さっきの昼食の時に落としていたのだ。誰かに盗まれていたら本当に面倒だったので、とりあえず助かった——と思ったところで、急激に裕太の胸が高鳴った。

『レストランまるこ』の女性店員。そしてこの声。

もしかして、今話している相手は、密かに思いを寄せてきた、彼女じゃないか――。

ランチタイムの客足が落ち着いたところで、理香がテーブルを片付けていたら、ソファの隅にスマホが落ちていた。

その席は今日、ユウタさんが座っていた席だ。理香ははっきり覚えていた。彼が注文したBランチを運んだのは理香だった。もしかして、彼のスマホだろうか――。

なんて思いかけて、理香はすぐ冷静になった。いやいや、妄想が過ぎる。ユウタさんの前後にも、この席には何人もお客さんが座ったはずだし、スマホの持ち主が彼である確率なんて微々たるものだ。

あ、でも、微々たるものというほどでもないか。今日の開店以降、この席に座ったお客さんはたぶん四、五人だろうから、四分の一か五分の一ぐらいか。いや、早い時間にスマホを忘れたお客さんほど、忘れ物に気付いてすでに取りに来ている可能性が高いから、となるともっと高いか……なんて考えたところで、変な期待をしてどうするんだと、理香はまた自戒《じかい》した。とりあえず、そのスマホを持ってキッチンの店長に報告に行く。

「店長、スマホの忘れ物がありました」

「ああ、スマホか。じゃ、今日中に持ち主が来なかったら、警察行かなきゃな」

店名の『レストランまるこ』から、てっきり『ちびまる子ちゃん』を彷彿《ほうふつ》とさせる女性かと思いきや、今年初孫が生まれた恰幅《かっぷく》のいい五十代男性である丸子《まるこ》大吾郎《だいごろう》店長が、手を拭いてから、理香の持ったスマホをいったん受け取った。

「ロックはかかってるかな……うん、かかってるね」

店長は側面のボタンを押して、画面に鍵のマークと「指紋を認識できませんでした」という文が表示されたのを確認すると、そのスマホを再び理香に渡して、指示を出した。

「じゃ、レジの下の忘れ物箱に入れといて。で、それ指紋認証みたいだから、今日のうちに持ち主だっていう人が取りに来て、指紋でロック外せたら、その人に返していいや」

「はい、分かりました」

忘れ物箱とは、お客さんの忘れ物を一時保管しておくプラスチックケースだ。理香は店長の指示通り、忘れ物箱にそのスマホを入れた——まさにその直後だった。

そのスマホに、LINE通話がかかってきた。画面には「栗山」と表示されていた。理香は出ていいだろうか。理香は迷った。落とし主が知人の栗山さんのスマホを借りて、かけてきている可能性もある。一方、栗山さんという人が、このスマホが今落とし物になっていることを知らずにかけている可能性もある。

ただ、いずれにせよ「このスマホは今『レストランまるこ』で保管している」ということは伝えるべきだろう。前者ならもちろん、後者でも、栗山さんが持ち主にその旨《むね》を伝えられるかもしれない。理香はそう思い至って「はい、もしもし」と電話に出た。

「あっ、すみません。あの、僕、そのスマホの持ち主なんですけど……」

おそらく若い男性の声だった。理香が答える。

「あ、こちら『レストランまるこ』です。このスマホ、落とし物として預かってます」

「ああ、そうでしたか。それはありがとうございます！」

そこまで会話して、やっぱり電話の相手が、ユウタさんのような気がしてきた。でも、電話越しだし、断定はできない。

「えっと、じゃ、今から取りに行っても大丈夫ですか？」男性が尋ねてきた。

「はい、大丈夫です。お待ちしております」

ランチタイムがほぼ終わりという時間なので、また忙しくなってから来られるよりは、今から来てもらえるのが店としても望ましい。

「ああよかった。じゃ、すぐ行きます。五分以内には行けると思います。すいません、失礼いたします〜」

男性がそう言って、電話が切れた。

さて、五分以内に来るという彼は、果たしてユウタさんだろうか。期待したのに違って、がっかりしたのが顔に出ても悪いし、他のテーブルを片付けながら平常心を心がけて待つこと三分余り。勢いよく店のドアが開いた。

現れたのは、間違いなく、ユウタさんだった。

「すいません、スマホの……」

ユウタさんが言いかけたところで、すぐに理香は小走りで近寄って応対する。

「はい、お待ちしてました」理香は忘れ物箱からスマホを出し、ユウタさんに見せる。

「では、こちら、指紋認証でロックを外していただければ、本人確認できたということで大丈夫ですので」

「ああ、はい。ありがとうございます」

ユウタさんは一礼して、理香が持つスマホの画面の下端に、右手の親指を当てた――が、「指紋を認識できませんでした」と画面に出てしまった。

「あれ、すみません。ちょっと急いで来たんで、手汗かいちゃったかも」

ユウタさんが照れたように笑って、右手のひらをズボンで拭ってから、また指紋認証にチャレンジする。今度はちゃんとロックが解除されて、スマホがホーム画面になった。

「ああ、よかった……。すいません、ちょっと手間取っちゃって」

ユウタさんが笑顔で、低姿勢に何度も頭を下げる。理香も笑って応じる。

「いえいえ……私も自分のスマホで、一発で指紋読み取れないこと、よくあります」

「ですよね～。風呂上がりとか汗かいてる時とか、何回やってもダメな時ありますよね」

「ああ、分かります～」

密かに思いを寄せてきたユウタさんと、笑い合って会話が弾んでいる。理香は心拍数が急上昇していたが、同時に幸せなときめきを覚えていた。

せっかくだから、「栗山さんっていうのはお友達ですか?」なんてことまで聞いてしまおうかと思ったけど、さっきの着信で表示された名前を覚えているのは、さすがに気持ち悪がられるかも……なんて、理香が考えていた時だった。

「すいませ～ん」

不機嫌そうな男性の声が聞こえた。残り数人しかいないテーブルの方を見ると、男性客が一人、明らかに理香を見て手を挙げている。

「あ、はい、今まいりま～す」

理香はその男性客に返事をした。こうなっては仕方ない。

「すいません、ありがとうございました。助かりました」

ユウタさんが頭を下げて、店を出ようとする。理香は最後に言った。

「いえ、とんでもないです。またのお越しをお待ちしてます」

「はい、絶対また来ます」

ユウタさんが言ってくれた。絶対また来ます——とても嬉しい言葉だった。

ユウタさんと笑顔で会釈《えしゃく》を交わす。彼が店を出て行く後ろ姿まで、しっかり見届けた。

でも、甘い気分に浸っている場合ではない。すぐにさっきの男性客の席へ向かう。頭が禿げ上がって眼鏡をかけた、たぶん五十代ぐらいの男性客だ。

「ちょっと、髪の毛入ってたんだけど」

彼のオムライスの皿の端に、髪の毛が一本へばりついている。

「ああ、僕のではないよ、僕のはここにこれだけしか生えてないんだから、普通に食べても入りようがないからね。こうやって、わざと抜いて入れない限り」

彼が、後頭部の絶滅危惧毛髪を指し示して、ジェスチャーをつけながら主張した。

「すみません、失礼しました。すぐに新しい物を……」

理香が言いかけたのを、彼が遮った。

「あ、いや、別にいいんだけど……ただ、気を付けるように、キッチンの人に言ってくればいいから」

「あ、はい、かしこまりました……。大変失礼いたしました」

だったら黙っといてくれればよかったじゃん、というのが理香の正直な気持ちだった。このクレームがなかったら、ユウタさんともっと長時間話せたかもしれないのだ。ただ、この人もたしか常連客だったと思うから、決して邪険にはできない。

彼の仰《おお》せの通り、キッチンの店長に報告すると、「ああ、それは悪かった」と、すぐに謝りに行っていた。さっきの男性客も事を荒立てるつもりはなかったようで「いえいえ、今後気を付けていただければ」なんて店長に対して言っていたし、理香がレジでお会計した時もちゃんと全額支払って「悪かったね、また来るからね」と言い残していた。理香は作り笑顔で「ありがとうございます」と言って送り返したけど、だったら黙っといてよ、と改めて思わずにはいられなかった。

理香も、外食時に髪の毛が料理に入っていたことが、今までの人生で二回ある。でも二回ともクレームなんて言わなかった。そりゃ、ほぼ全員の頭に生えてるんだから、たまには料理にも入るでしょ、と理香は思うけど、そんな話を以前大学の友達にしたら「うそ、私は絶対クレーム言う」と驚かれたので、その辺の感覚は人によって違うのだろう。

ともあれ、今日はユウタさんと、笑顔で何ターンも会話することができた。その後もディナーまで通しの勤務だったけど、特にトラブルもなく無難に終わったので、差し引きでいえば大きくプラスの日だった。理香は、多少ウキウキしながら自宅へ帰った。

なのに――家のポストを見て、ため息が出た。

こんな時に見たくない、「悪い手紙」が入っていた。

ああ、まただ。せっかく今日はいい日だったのに――。


まさかこんな形で、意中の店員さんと長めに会話できるとは思わなかった。裕太は仕事から帰宅した後も、まだ興奮していた。顔が火照《ほて》って、思わず洗面所の水で顔を洗った。そのまま顔を上げると、水を滴《したた》らせながらまだニヤけている自分が鏡の中にいた。

でも、さすがに彼女をデートに誘ったりはできなかった。あと何ターンか会話が弾めば勇気を出して誘うことまでできたかもしれないけど、よりによってそんな大事なタイミングで、ツルッパゲのおっさんの客が、彼女に声をかけてしまったのだ。さすがにその対応が終わるまで待ち続けるのもおかしかったし、裕太も昼休み終了ギリギリで会社を抜け出していたから、あきらめて店を出るしかなかった。

思い返すほどに、彼女との会話を中断させたツルッパゲへの恨みが膨らんできた。髪がない人間に対する怒りの大きさでいえば、延暦寺《えんりやくじ》を焼き討ちにした時の織田信長《おだのぶなが》以来かもしれない。裕太は思わず、また頭をくしゃくしゃにかきむしっていた。「あ〜っ」と声も上げてしまう。

＊

裕太の恋患いの度が増しているようだ。当初から読み取れた、恋患いと思われる感情に加え、苛立ちや怒りも増しているのが読み取れる。お梅が面白半分に増幅してやったら、ますます苛立った様子で「あ〜っ」などと声を上げ始めた。

「病は気から」ということわざもあるようだから、この苛立ちの上に瘴気を吸わせたら、一気に体調を悪化させて死んだりしないかと期待して、お梅は瘴気を最大出力で発散してみた。でも、恋患い以外は特にどこも患っていない様子の裕太は、さすがにそう都合よく体調を崩してはくれなかった。まったく現代人は丈夫でつまらん。戦国時代の人間のように、もっと簡単に死ねば面白いのに。

それはそうと、やはり裕太の恋患いの相手を見つけたいものだ。極端な話、その相手の女を殺してしまえば、裕太は心を痛めて自害でもするかもしれない……と思いかけたが、現代人はそう簡単には死なないのだから、相手の女がよっぽど病弱ならまだしも、健康な若い女だったら、ただちに殺すのは難しいだろう。

ただ、裕太の患うほどに強い恋心が、いったん実りそうになってから、ものの見事に破れてしまえば、裕太は絶望のどん底に叩き落とされ、自害でもするのではないか。それが裕太を死に導く、最良の方法なのではないか——。お梅はそう思い至った。

よし、目指すは裕太の失恋だ。そのためには何でもやってやろう！　お梅は決心した。

3

翌日。裕太は、勇気を振り絞って決断した。なんだか自分でも驚くほど勇気が湧いてきた。これが恋のパワーか。

やるとしたら今日がベストだ。徐々に距離を縮めることも考えたけど、ランチタイムは混むことも多いから、毎回雑談できるとは限らない。実際、昨日だってあの憎きツルッパゲの邪魔が入ったし。混んでいる時に変に話しかけて、もし彼女の仕事の邪魔をしてしまったら、むしろ悪い印象を与えてしまうだろう。

だから昨日の今日で、行動に踏み切ることにした。「鉄は熱いうちに打て」というやつだ。これが失敗したら、今後の昼食を別のレストランかコンビニに変更せざるをえないだろうけど、リスクを負ってでもやらなければいけない時があるのだ。

会社の昼休み。最大の切り札の準備を調《ととの》えてから、いつもの『レストランまるこ』に入る。基本的にホールは二人で回しているようだ。今日もちゃんと、意中の彼女がいる。ただあいにく、裕太が店に入った時に対応したのも、裕太の料理を運んできたのも、彼女ではなく、もう一人の中年女性店員の方だった。

そこで、ふと心配がよぎった。もしかして、避けられてるってことはないよな——。

昨日のやりとりを振り返ってみる。彼女は最後に「またのお越しをお待ちしてます」と言ってくれたのだ。普段はそこまでは言わない。「ありがとうございました」ぐらいだ。それに対して裕太は「はい、絶対また来ます」と返した。

もしかして、あの「絶対また来ます」の言い方が、前のめりすぎて鼻息が荒くなって、彼女が引いてしまったのではないか。裕太はどんどん不安になってきた。注文したAランチの、出来たての豚生姜《ぶたしようが》焼きの湯気を顔に浴びながら、彼女が忙しく働く姿を目で追っていたけど、彼女が裕太を避けようとしているのか、それとも忙しすぎて裕太を認識する余裕もないのか、どちらの理由で一切《いっさい》目が合わないのかの判別はつかなかった。

Aランチを食べ終えて、あとはお会計だけという段になった。するとようやく、意中の彼女がレジに来てくれた。

「昨日はありがとうございました」

裕太が、果たして自分が避けられてしまっているのか、様子をうかがいながら感謝を述べると、彼女はこう返してきた。

「いえいえ、こちらこそ……あ、こちらこそっていうのも、あれですけど」

彼女はそう言って、照れたように笑った。すぐに頬と耳たぶが赤らんだのも分かった。

裕太は、それから数秒のうちに、猛烈に頭脳を回転させた。

今、彼女は「こちらこそ」と言ってしまって、そのことに自分で照れた。その前に裕太が言った「昨日はありがとうございました」は、スマホを忘れて保管してもらったことに対するお礼であり、逆に彼女が裕太に感謝することではない。なのに彼女が「こちらこそ」と言い、直後に照れたということは——つまり、彼女が以前から裕太と話したくて、その念願が昨日叶ったことに対する「こちらこそありがとうございました」だったのではないか。つまり彼女も、元々裕太に対して気があったんじゃないか？

いやいやいや、さすがに自惚《うぬぼ》れすぎか？　でも、もしも本当にそうだった場合、ここで引いてしまっては千載一遇《せんざいいちぐう》のチャンスを逃すことになる。

ならここで、準備してきた最大の切り札を切るべきだ――。裕太は決断した。そして、昼休みに入ってすぐ会社で書いてポケットに入れておいた、メモ帳の一ページを出し、お会計の税込八八〇円ちょうどと一緒に、彼女に渡した。

「よかったら、これ、僕の番号です。気が進まなかったら全然いいんで」

それだけ言って、精一杯の笑顔で会釈して、逃げるように店を後にした。「ありがとうございました」という彼女の声を背中で聞いたけど、普段より小さかった。

困らせてしまったんじゃないか。やっぱり電話番号を渡すのはまだ早かったんじゃないか――。すぐに後悔の念が押し寄せてきたけど、こうしないと気が収まらなかったのだと自分に言い聞かせた。


電話番号を書いたメモを渡されて、ユウタさんも私のことを思ってくれていたのだと、理香は胸が熱くなった。

でも、同時に不安が押し寄せてくる。今の理香が、恋なんてしていいのだろうか。もちろん今日以前もずっと、片思いはしていたのだけど、両思いになんてなっていいのだろうか。恋人なんて作っていいのだろうか――。

とはいえ、このまま電話をかけないのは違う。こちらに全然その気がなかったのなら、かけなくて当然だけど、理香だって元々好意を持っていたのだ。

夜、勤務が終わり、理香は帰宅してポストを見た。今日は「いい手紙」が入っていた。

でも、今は構っている場合ではない。これはさておき、ユウタさんに電話だ。

意を決して、メモの番号に電話をかける。ユウタさんはワンコールですぐに出た。

「はい、もしもし」

「もしもし、私です。『レストランまるこ』の店員の……」

少し迷ったけど、最初は名乗らずにおいた。恋心を抱いているとはいえ、まだ素性の分からない相手に名乗るのは、今の理香には抵抗があった。

「ああ、すいません、急に電話番号を渡したりして。あんなこと、人生で初めてだったんですけど……」ユウタさんは緊張した様子ながらも、とても嬉しいことを言ってくれた。

「実はその……前からずっと、気になってたっていうか……」

理香の心がぱっと明るくなる。そして、理香も思わず正直に返した。

「あの、実は私も、ユウタさんのこと、前から気になってました」

すると、少し間があって、ユウタさんが返してきた。

「あれ？　僕、名前言いましたっけ？」

「あ……」

うっかりユウタさんと言ってしまった。これはもう、正直に言うしかないだろう。

「実は、前にお友達か同僚の方といらした時に、そう呼ばれていたのを覚えてて」

「ああ……そいつは栗山ですかね」

「あ、栗山さん……」

スマホの画面に出た「栗山」という字をすぐ思い出した。あの時、ユウタさんが自分のスマホにかけるために電話を借りた人だろう。

「職場の同僚です。あ、僕は『レストランまるこ』の近くの、IT企業に勤めてるんですけど……たしかに何度か、栗山とお昼を食べに行ってますね」

「ああ、そうなんですね」

「ちなみに、ユウタって漢字で書くと、余裕の裕に太いで裕太です」

「あ……ありがとうございます」

裕太、と理香は心の中で漢字変換した。

「あ、もしできたら、お名前とかって……」

裕太さんに尋ねられたので、一度は名乗らずにおいたけど、結局答えることにした。

「あ、私は、理香といいます。理科の理に……」と言いかけて気付く。「あ、すいません、理科の理って言っちゃうとややこしいですね。名前も理香なんだから」

「あ、いや、分かります。物理の理、理系の理、ですよね」

「ええ、そうです。それと、香り、香水の香で、理香です」

「素敵な名前です」

「あ、ありがとうございます……」

裕太さんに名前を褒められて、また心がぱっと明るくなる。顔も熱くなる。ただ、名付けた親がとんでもないことになってしまったんですけど、なんてことは言えない。

「もしよかったら、今度一回、お食事とか……」

裕太さんは積極的に誘ってくれた。理香はもう、それに乗る以外なかった。

「あ、ありがとうございます。ぜひ行きたいです」

「あ、それじゃ……もしよければ、ＬＩＮＥも交換できた方がいいですよね」

裕太さんが言った。理香はそこで、たぶんあの話になるな、と思って先に切り出した。

「あ、すみません。実は私、格安スマホで、ＬＩＮＥの電話番号検索ができなくて……」

「ああ、僕もです」

「あ、本当ですか？」

スマホ代を節約する必要に迫られ、格安スマホに変えたことに、理香は多少の劣等感を抱いていたけど、裕太さんも同様なら助かる。格安スマホは、経済的に困窮した人しか持っていないわけでは全然ないのだ。そんな当たり前のことも再認識できた。

「じゃあ私が、ショートメールでＬＩＮＥのＱＲコードを送ります」理香が申し出た。

「ありがとうございます。じゃ、もう電話は切って、もしよかったらＬＩＮＥで」

「あ、そうですね。無料通話の方がいいですもんね」

「じゃ、いったん失礼します」裕太さんが電話を切った。

気持ちが高ぶりすぎて、裕太さんの電話番号を登録してショートメールでLINEのQRコードを送信、という一連の操作に少し手間取ってしまったけど、数分かけて完了し、すぐにお互いLINEに登録できた。彼の登録名は「裕太」、こちらも「りか」だ。

そこでまた、裕太さんからLINE通話がかかってきた。

「もしもし、色々ありがとうございます。で、お食事とか……いつ空いてますか？」

「えっと……あさっての土曜日が休みです」

「ああ、僕も休みです。じゃ、昼でも夜でも、都合のいい時間を言ってもらえれば……」

「えっと……あ、そうだ、ちょうど私、靴買いたいなあって思ってて」

理香は思い出した。節約しているとはいえ、さすがにもう履き続けられないほど、スニーカーが傷《いた》んでしまっているのだ。

すると、裕太さんがおずおずと言った。

「えっ……それもご一緒していいんですか？」

「あ……ええ、はい」

そういえば「お食事とか」と言われていたのに、ふいに靴のことを思い出して、結果的に、より長時間のデートに誘う形になってしまった。でも、それで全然いい。

「嬉しいです。じゃ、待ち合わせ場所とかも決めちゃいましょうか」裕太さんが言った。

「はいっ」

理香は電話なのに、思わず大きくうなずいた。そのままトントン拍子で、理香の最寄《もよ》り駅の改札前で次の土曜日の午前十時に待ち合わせすることまで決まってしまった。

「いやあ、すごく楽しみです」

「私もです」

そう言い合って「それじゃまた」と電話を切る。ふっと、笑みまじりのため息が出た。

顔が熱い。あと、どうも目の調子もおかしいと思ったら、緊張のせいか電話中ずっと、部屋の隅のコンセントに挿さった、ガス漏れ警報器の赤い光を凝視《ぎょうし》していたことに気付いた。そのせいで光の残像がしばらく視野に残ってしまった。

もう恋は動き出した。心配事はあるけど、裕太さんがそれを一緒に背負ってくれるかは分からないけど、こうなったら突き進むしかない。理香はそう決めた。


裕太は興奮状態のまま電話を切った。彼女の名前が理香だということも、彼女も裕太のことが気になっていた、つまり両思いだったことも知ることができた。そして、トントン拍子にデートまで決まってしまったのだ。有頂天になるなという方が難しい。

でも、裕太はなんだか、逆に心配になってきた。うまくいきすぎではないか——。

理香さんの中で、裕太のハードルが上がりすぎてはいないだろうか。期待が高まっている分、実際にデートしたら、何か失敗を犯して幻滅されてしまうかもしれない。ああ、考えれば考えるほど不安が増してきた。

電話の内容は、現時点ではベストだったはずなのに、逆に緊張してきてしまって、裕太は気付けばまた、両手で髪をくしゃくしゃにしていた。

*

裕太の恋患いであろう感情が、格段に高まっていた。お梅はそれをさらに思い切り増幅させてやった。もはや恋患いの極致に達しているはずの裕太。両手で頭を抱え、顔を上気させて眼鏡を曇《くも》らせている。その調子で患いすぎて死んでくれれば世話はないのだが、さすがにいくら悩んでも、健康な男が死ぬまでには至らなそうだった。

「でゑとだ、でゑと……」

ふいに裕太がつぶやいた。これまたお梅の知らない単語だ。「でゑと」とは何だろう。

気になったので、翌日また裕太が出かけている間に、お梅は本棚の国語辞典を引っ張り出し、重さに難儀しながらも、どうにか調べてみた。「でゑと」とは、現代の表記だと「デート」のようで、『(恋愛の)相手と日時を定めて会うこと』という意味だった。

つまり、どうやら裕太は、患うほどに恋する相手と会うことになったのだ。

その恋が実ってしまっては、何も面白くない。お梅にとって、人間の恋が成就《じょうじゅ》するところを見せられるのなんて、人間にとっての、学校の黒板を爪でひっかく音を聞かされることぐらい、ただ不快な苦行でしかない。

しかし、裏を返せば、これぞまさに「ぴんちはちゃんす」というやつだ。

お梅が「でゑと」をぶち壊してやればいいのだ。元々患いを起こすほどだった裕太の恋が台無しになれば、自害するか、そこまで至らなくても心身ともに相当弱るはず。その後でぱわあぁっぷした瘴気をお見舞いしてやればいいのだ。ふふふ、これは楽しみだ！

4

ついに、裕太のでゑとの日がやってきた。

お梅はその日の朝から、裕太の「恋患い」や「緊張」といった感情を最大限まで増幅させつつ、仕度をしている彼の隙を突き、さっと鞄の中に入ってやった。好都合なことに、裕太は大きめの鞄を持っていくようで、お梅は全身で入ることができた。

でゑとを台無しにする算段も決まっている。まずは、でゑと中の裕太の負の感情を、とことん増幅させてやる。緊張や不安、それに邪《よこしま》な性欲も、恋する女を前にすれば芽生えるだろう。それらの感情が膨れ上がり、裕太が自滅することを、まずは目指す。

それでも裕太と女がいい雰囲気になってしまったら、最終手段だ。お梅が鞄から出て、女の前で動いたり、宙を舞ったり首を外したり、派手に見せてやればいい。さすがにそんな怪奇現象が目の前で起きたら、女は恐怖で絶叫《ぜっきょう》し、でるところではなくなるはずだ。まあ、その場合はお梅もすぐ逃げなくてはいけないので、捨て身の作戦にはなるが。

とにかく、裕太の恋は今日で終わりだ。失恋で心がずたずたになり、死に至るがいい！

＊

「あ、どうも～」

「よろしくお願いします」

待ち合わせ場所の駅の改札前で、裕太は理香さんと挨拶を交わした。『レストランまるこ』では何度も会っているのに、場所と状況が違うだけで、やけに緊張してしまった。

理香さんの服装は、淡いピンクのブラウスと、それに映える青いジーンズ。当然ながらエプロン姿の仕事中とは印象がガラッと変わる。たぶんメイクも丁寧にしてくれているのだろう。一方、裕太はファッションに疎い上に、職場に着ていく以上の服など持っていないので、普段もざらに着る黒いボタンシャツにベージュのチノパンという服装だ。手抜きをしたと思われないか、少し心配になる。

「あ、なんか、すごい大荷物でいらっしゃったんですか？」

理香さんが尋ねてきた。裕太は、手に持った大きなトートバッグについて説明する。

「あ、いや……すいません、ちょうどいい大きさのバッグがなくて、スカスカのバッグを持ってきちゃいました」

「ああ、そうだったんですね」理香さんが笑った。

実は、理香さんが買った靴が荷物になるようだったら、道中は裕太が持とうと思って、大きめのバッグを持ってきたのだが、さすがに大きすぎたかもしれない。

「あ、で、すいません。調べたら、靴屋さんが十一時開店みたいで」理香さんが言った。

「ああ、そうだったんですか」裕太がうなずく。

「だから、すいません、一時間ぐらい空いちゃうんですけど……」

「じゃ、適当なカフェにでも入りましょうか。――あ、あそこに看板ありますね。そこの駅ビルの四階って」裕太が目についたカフェの看板を指す。

「ああ、じゃ、あそこで」理香さんもうなずいた。

駅の構内からつながる上りエスカレーターに、二人で乗る。ビルの大きな窓の向こうには、広い公園が見える。たしか真福寺公園という名前だ。

「理香さんは、ずっとこの辺にお住まいなんですか？」裕太が話を切り出す。

「はい、そうです。子供の頃から」理香さんは笑顔でうなずいた。

「そうなんですね。じゃ、あの公園もご存じですか?」裕太が窓の向こうを指す。

「ああ、真福寺公園。大きい公園ですよね。時々行きました」

理香さんはそう言った後、ふと思い出したように付け足した。

「なんか、ちょっと前に、喧嘩があって大変だったらしいですけど……」

「ああ、そうそう。僕も同僚から聞いたんですよ。そいつは会社の近くの、この辺に部屋借りて住んでるんですけど……というか、そいつが栗山なんですけど」

「ああ、あの栗山さん」

理香さんがうなずいた。裕太は、栗山から少し前に聞いた話を披露する。

「なんか、あの公園で起きた喧嘩、警察まで出動したらしいんですけど、それが兄弟喧嘩だったんですって。またその兄弟っていうのが、二人ともこの辺じゃ有名な不良で、でも兄弟でそんな騒ぎを起こしたことに親父さんが怒って、その兄弟を二人とも、知り合いの総合格闘技のジムに入れたらしいんです」

「あ、そうなんですか……」

「で、またそのジムっていうのが偶然にも、僕の柔道部時代の先輩と同じところで、その先輩も、今はバイトしながら一応、総合格闘技のプロとしてやってるんですけど、やっぱり柔道から入ると、なかなか打撃を覚えるのが大変らしくて」

「へえ……」

あ、まずい。理香さんの顔が曇ってきてしまった。それもそうだ。よほどの喧嘩好きか格闘技好きの女性でもない限り、こんな血《ち》の気《け》の多い話題に食いつくはずがない。ああ、間違えた。初デートで出す話題ではなかった——。裕太は今さら気付いた。

と、ビルの中で流れている曲を聴いて、理香さんがさりげなく話題を変えた。

「ああ、この曲懐かしい」

「あ……たしかに、懐かしいですね」

あいしてるの理由を探す必要はない——という歌詞のサビで、たしかタイトルもそのまま『あいしてるの理由』だった。裕太の大学時代に流行って、カラオケで大学の同級生が歌っていた記憶もある。そして、たぶんこの歌手は、この曲以来ヒットを出していない。

「歌ってるの誰でしたっけ。たしか、居酒屋みたいな名前の……」裕太が言う。

「え〜っと……あ、恭也さんじゃないですか」理香さんが思い出した。

「ああ、そうだそうだ、恭也。——居酒屋は、庄やですね」

「アハハ、そうですね」

一発屋歌手の名前を思い出す作業で、二人の雰囲気が和《なご》んだ。たぶん明日にはまた忘れてしまっているであろう歌手に、裕太は感謝した。

エスカレーターが四階に着くと、すぐ正面が目当てのカフェだった。「あ、ここですね」と二人で入る。広めの店内に客は五人ほど。裕太たちの後にも男性客が入ってきた。ランチタイムはもっと混むかもしれないが、その前に靴屋に行くだろう。

二人ともホットコーヒーを注文し、間もなく運ばれてきたコーヒーをふうふう冷まして湯気を顔に浴びながら、裕太は理香と目を合わせ、少し前の話の続きをしてみた。

「理香さんは、ずっとこの辺に住んでるってことは、今もご実家ですか?」

「えっと……」理香さんは少し沈黙した後、表情を曇らせて言った。「今は、色々あって実家を出て、父と二人で暮らしてます」

「あ……ああ、すいません」

裕太はすぐに謝った。たぶん、触れてはいけない話題だった。

だが理香さんは、裕太の顔を見つめて、少し困ったような笑みを浮かべて言った。

「色々あって、なんて言われると、気になりますよね?」

「え、あ、いや……」

どう答えていいか迷っているうちに、理香さんは自ら申し出た。

「裕太さんを信頼して、お話しします」

理香は、思い切って打ち明けることにした。

これから親しくなれば、いつか必ず分かることだ。それに、裕太さんはまさか言いふらしたりはしない人だと思う。なんだか、妙な勇気が出てきたような、誰かに操られているような気分ですらあったけど、これでもし「あなたとは付き合えない」なんて言うような相手だったら、理香の見る目がなかったと諦めればいい。そう思って切り出した。

「実はうち、ちょっと有名というか……まあ、悪い意味でなんですけど」

「あ、はあ……」

裕太さんは今、あらゆる可能性を想像しているだろう。でも、たぶんそのどんな想像よりも意外であろう家庭の事情を、理香は打ち明ける。

「ご存じですかね。少し前に、新興宗教にはまっちゃった女性が、ミイラ化した母親の遺体をずっと家に置いてたのが見つかって、死体遺棄で逮捕されたっていう事件」

「ああ～、ありましたね」

裕太さんがうなずく。理香は一呼吸置いてから、ついに告白する。

「あれ、私の母と祖母なんです」

すると裕太さんは、小さく息を呑《の》み、目を見開きながら、言葉を選ぶように言った。

「ああ……それは、大変でしたね……。いや、大変なんて言葉じゃ言い表せないぐらい、本当に、おつらかったと思います……」

今日は元々、このことを打ち明けようとは思っていなかった。だから心の準備もちゃんとできていなくて、たどたどしくなりながらも、理香は語り出した。

「うちは、父が婿《むこ》入りする形で母と結婚して、母の実家の敷地に、二世帯住宅を建てて暮らしてたんです。あと、私が割と遅くできた一人っ子だったんで、親と年が離れてて……でも珍しいのはそれぐらいで、それ以外は普通の家だと思ってたんです。なのに、それが大間違いだったことを、大学に入ってから思い知らされて――」

裕太さんが真剣な顔でうなずく。理香はいよいよ、人生が暗転した日の記憶を語る。

「私は実家から大学に通って、社会科の教師を目指してたんですけど、ゼミの研究で沖縄に行く行事があったんです。もちろん遊びじゃなくて、米軍基地の実態とか沖縄戦の痕跡とかを、現地で見る予定だったんですけど……そのお金を、母が宗教に使っちゃってて、それだけじゃなくて学費まで未納だって分かって、うちは修羅場になったんです」

母が、理香の大学のためのお金を、宗教に使っていたことが分かった晩、普段は温厚な父が激怒し、母の両肩をつかんで「いい加減にしろ、誰の金だと思ってるんだ！　そんなことに使っていいと思ってるのか！」と怒鳴った光景は、一生忘れられないだろう。ただ理香にとっては、お金を使い込まれたこと以上に、ごく普通の優しい母だと思っていた人が、いつの間にか祖母とともに奇妙な宗教に入り、話がまるで通じない、妄想の中で生きる人に変わってしまっていたことが、悲しくてならなかった。

「母と祖母は、親子で宗教にどっぷりはまってしまって、父や私が説得しても抜けさせることはできませんでした。最終的に両親は離婚して、でも住んでたのは母の実家の二世帯住宅だったから、父と私が出て行くしかありませんでした。しかも父も私も、母にお金を使われちゃってたから、貯金もほとんどない状態で暮らすしかなくて、弁護士さんに相談したんですけど、その宗教団体からお金を取り戻すのは大変そうだって言われて、裁判費用もなかったから泣き寝入りするしかなくて……」

　理香は包み隠さず語る。裕太さんは泣きそうな表情になって聞いてくれている。

「大学も、通いながら学費を稼ごうとしたんだけど、ちょっと厳しくて、結局今は休学して『レストランまるこ』で働いて、なんとか復学を目指してお金を貯めてるんです」

「そんなに大変な状況だったんですね……」裕太さんが眉根《まゆね》を寄せてうなずいた。

「すいません、急にこんな話をしてしまって。驚きましたよね？」

「もちろん驚きましたけど……でも、話してくれてありがとうございます。僕も、何かできることがあったら、何でもさせてほしいです」裕太さんが言ってくれた。

「いえいえ、そんな……」

　そんな重い女無理だわ、なんて言う人ではないと信じていたけど、裕太さんは予想以上に誠実に受け止めてくれたようだった。理香はとりあえず安心した。

　ただ、まだこれで終わりではないのだ。どうせなら全て話してしまおう――。理香の気持ちは、不思議と加速してしまった。

「で、実は、話はそれだけじゃないんです」

「……えっ？」

ここから、また毛色の違う不幸話になる。裕太さんもさすがに引いてしまうのではないか。そんな心配もよぎったけど、これも話すしかない。

＊

う〜ん。これが、でゑとなのか……。お梅は戸惑っていた。

男女が愛を育《はぐく》む感じではない。裕太は今、聞き役のような状況で座っているだけだ。一応、お梅に読み取れた「不用意なことを言ってしまいたい」という感情を増幅させてはみたが、女の口数が増えただけで状況は変わらなかったし、その話の内容も、鞄の中のお梅にはほとんど聞き取れなかった。

なんだか、思っていたのと違う展開だ。でも仕方ない。今は事態を静観するしかないだろう——。お梅は引き続き、鞄の中で待機することにした。

＊

「実は、ストーカーっぽい人にも狙われちゃってて」

「ええっ？」

急展開の第二幕の冒頭で、やはり裕太さんは驚いた。それでも、もう幕を開けてしまったのだから、理香はすべてを話すしかない。

「本当に、なんでこんなことばっかり起こるんだって嫌になっちゃいますけど……まあ、ニュースで大きく報じられた事件の関係者って、大変だっていいますもんね。うちもそうだったんです。私も父も、無言電話とかありましたし……ただそれは、割とすぐ止んだんです。だけどその後で、アパートのポストにこんな手紙が届くようになって」

理香はスマホを操作して、保存してある画像を裕太さんに見せた。母が逮捕されてしばらく経ってから、父と理香が暮らすアパートの部屋に届き始めた、何通もの手紙の画像だ。おそらく定規を使って、赤いボールペンで、大学ノートの破ったページに書かれた、不気味な文面の数々。撮影するだけでも気分が悪かったし、改めて見るのも不快だ。

『お前たち家族の正体は知ってる。母親がイカれた宗教。お前らもそうだろ？』

『ババアがミイラ化した気分はどうだ？』

『お前らみたいな激ヤバ家族が引っ越してきて、近所はみんな困ってるんだよ馬鹿』

裕太さんは眉間に皺を寄せてスマホを見た。理香は説明を続ける。

「警察にも相談したんです。でも、うちのアパートは防犯カメラがないから、ポストに入れた人は特定できなくて、あと手紙から指紋も出なかったらしくて……。そしたら、さらに最近、また別の手紙も来るようになって」

理香がまたスマホを操作し、別のフォルダの画像を表示させる。ここ最近届くようになった、もう一種類の手紙だ。

『はじめまして。お二人の大変な状況を、とあることで知った者です』

『落ち度のない家族にまで誹謗中傷《ひぼうちゅうしょう》が及んでいるのなら、私は必ず力になります』

『私が力になれることがあれば、少しでも困ったことがあれば、何でも言ってください』

こちらは、黒のペンで丁寧な字で、きれいな便箋《びんせん》に書いてある。

「一応、手紙の画像は全部、こうやってスマホに撮ってあるんです。この赤ペンの不気味な方を『悪い手紙』、黒ペンのきれいな方を『いい手紙』って呼んでるんですけど……。でもまさか、うちの住所を突き止めて手紙を送ってくる人が、二人も現れるとは思わなくて、私も父も戸惑ってて……」

理香がそう言いかけたところで、スマホをじっと見ていた裕太さんが口を挟んだ。

「二人、ですかね？　これ、同一人物じゃないですかね」

「えっ……？」

理香が聞き返すと、裕太さんが説明した。

「まず卑劣な手紙を書いて、そのあと味方を装ってまともな手紙を書いて、後者を信用させて、最終的に後者として名乗り出て恩を売る――みたいな、一人二役の、マッチポンプ的な手口なんじゃないかと思ったんですけど」

「ああ、私も父も、最初はそれを少し考えたんです」理香は答えた。「でも、筆跡も言葉遣いも、それに書いてる紙の種類も全然違うし、やっぱり別人なのかなって……」

「筆跡も言葉遣いも紙も、もし僕が犯人だったら絶対変えます」

裕太さんは冷静に言うと、理香のスマホの画像を見て、ふいに「ん?」と声を上げた。

「ちょっと、この手紙、もう一回よく見せてもらっていいですか?」

「ああ、はい……。こうやって、いい方と悪い方で、フォルダに分けてあるんで」

理香がスマホを操作してみせると、裕太さんは「ああ、だいたい分かります」とうなずいて、スマホを受け取った。そして、険しい顔で画面を見ながら、何度もスワイプした後、また画面を理香に向けた。

「うん……間違いないです。これを書いたのは同一人物です。見てください、この字」

裕太さんが『お前らみたいな激ヤバ家族が引っ越してきて、近所はみんな困ってるんだよ馬鹿』という悪い手紙の「因」を指差した。それを見て、理香も気付いた。

「あっ……間違えてる。『困る』っていう漢字を、原因の『因』に!」

「そうです。で、今度は、いい手紙の方なんですけど……」

裕太さんが、またスマホを操作した後、「あ、これですね」と、画面を理香に向けた。

『私が力になれることがあれば、少しでも因ったことがあれば、何でも言ってください』

それを見て、理香は思わずつぶやいた。

「ああ……なんで今まで気付かなかったんだろう」

どちらも「困」を「因」と書き間違えているのだ。——特に「悪い手紙」は目を背《そむ》けたくなるような内容だったし、どちらの手紙も、手書きで字がかすれたり滲《にじ》んだりしていたこともあり、細部まできちんと読めていなかったのだ。だから、共通する漢字の間違いを見逃してしまっていたのだ。

「もう決まりですね。同じ時期に手紙を出してきた二人が、どっちも『困る』を『因』と書き間違える人だった——そんな偶然は、さすがに起きないでしょう」

裕太さんが言った。理香もうなずくしかない。

「犯人がこんなことをした理由もたぶん、僕がさっき言った通りだと思います。まともな方の手紙を出したのが自分だって、後で名乗り出るつもりだったとか……まあ、幼稚な手口ですけど」そこで裕太さんが、ふと思いついたように続けた。「あ、もしかしたら犯人は、まともな方の手紙を書く時は、油断して手袋もしてなかったかもしれませんよ。だったら指紋が採れるかもしれません。こっちの手紙は警察には？」

「ああ、持って行ってないです。でも、すぐ持って行きます」理香は答えた。「本当に、裕太さんに相談してよかったです。母があんなことになってから、こういう悩みを誰にも相談できてなかったんで……」

実際は、事件がニュースになった直後、信用していた何人かの大学の友人には相談したけど、その後「谷元良絵容疑者の娘の大学の友人」という人物の、虚実ない交ぜの証言が週刊誌のネット記事に載り、誰が週刊誌に売ったのか分からず人間不信になり、しかもその後休学して大学の友人と疎遠《そえん》になってしまったので、それ以降は誰にも相談できていない――という詳細までは、長くなるし思い出したくないので言わないでおく。

ともあれ、結果的に裕太さんに相談したのは大正解だった。

「明日にでも警察に行こうと思います。まあ、こっちの『いい手紙』の方も、これはこれで気持ち悪いとは思ってたんで」

理香が言うと、裕太さんが真剣な顔で提案してきた。

「ていうか、このあと警察署に行きませんか？　早い方がいいでしょう」

「ああ……そっか。そうですよね。明日じゃなくて、今日の方がもっといいですよね」

「僕も一緒に行きます」

「あ、でも……裕太さんには、余計なご足労をかけてしまいますけど」

理香は申し訳なく思ったが、裕太さんの決意は固いようだった。

「お供させてください。あ、もちろん、嫌だったら無理にとは言いませんが」

「あ、いえ、全然嫌とかではなくて、むしろ裕太さんが一緒なら心強いんですが……」

と、理香が言いかけた時だった。

突然、地の底から響くような、とても不吉な男の声が、理香の耳に届いた。

「ひどいよ……さすがに、許せないよ。理香さん」

理香は思わず、彼を見上げた。

席を立った彼は、おもむろに、大きめのバッグの中に手を突っ込んだ。

さすがに許せなかった。裕太はもう、すべてを終わらせることにした。

今まで裕太がどれだけ理香のことを思ってきたか、理香はまるで分かっていない。そして、誰が理香に最もふさわしい男性かということも、少しも分かっていない。

最初は一目惚《ひとめぼ》れだった。『レストランまるこ』で働く姿に、心惹《こころひ》かれ、退勤後の彼女を尾行して家を突き止め、後日、裕太の得意技を使って盗聴器を仕掛けた。電源をとり続け、疑われなければそのままずっと聞き続けられる、我ながらベストの盗聴方法だ。理香以外にも今までに二人の女性にやったことがあるし、一度もバレたことはない。もっともその二人にはのちに振られてしまったのだが。

それから裕太は、理香の声や生活音という最高の音声コンテンツを、ワイヤレスイヤホンで聴くのが日課になった。まあ裕太は一人暮らしなので、普通にスピーカーで聴くこともできるのだが、壁の薄いアパートで万が一にも隣人に勘付かれたくないし、やはり盗聴はイヤホンの方が気分が高まって興奮できる。スピーカーから普通に流してしまうと趣《おもむき》がないのだ。この気持ちは、盗聴を愛する同志には分かってもらえるだろう。

その盗聴音声を通じて、理香の苦境も知ることができた。「拘置所《こうちしょ》の面会をお母さんに断られた」とか「この辺で谷元って苗字《みようじ》だと気付かれないか不安」なんて会話を、同居する父親としていたから、何のことかと思って調べてみたら、一時期ニュースで報じられた新興宗教信者のミイラ化事件で逮捕されたのが、理香の母親だったというのだ。理香は事件当時すでに母親と別居していたから、事件とは無関係なのに、母親のせいで大学も休学に追い込まれたらしく、とても気の毒な女性なのだと分かった。

裕太は、そんな理香の力になりたい、命をかけても理香を守りたいと思った。まあ、弱った女性が狙い目だというのは恋愛マニュアルのセオリーの一つなので、それが頭によぎったのは否定できないが、とはいえ裕太にとっては純愛に違いなかった。

ただ、「盗聴を通じてあなたの苦境を知ったので助けたい」なんて言えるはずがない。理香を守るには、理香の恋人になるのが一番の近道だ。

裕太はそれまで以上に、理香の勧める『レストランまるこ』に通い詰めた。裕太はアダルトサイトのアフィリエイトとネット転売で稼ぐ、自称フリーランスITワーカー、すなわち世間的には無職なのだが、安アパートに住んで家賃を抑えていることもあり、週に四、五日ランチを外食にできるぐらいの収入はあるのだ。

でも、ただ客として通い詰めるだけで交際に至るのは難しいということは、裕太も過去の経験から知っているので、考えた末に、彼女の苦境も少々利用した作戦を立てた。

まずは脅迫状めいた手紙を書き、理香のアパートの部屋のポストに投函《とうかん》した。理香と父親に再度引っ越す余裕なんてないことは、盗聴した二人の会話を聞いて知っていたから、あの手紙で不安にさせてから、善良な手紙を書いて救世主到来を演出。信頼させたところで、なるべく自然な形で、裕太が善良な手紙の差出人だったのだと名乗り出る——という計算だったのだ。のちに理香と会話できるようになったら、理香の住所をなぜ知ったのか説明が必要になるが、「友達の家に遊びに行った帰りに、たまたまこの部屋に理香が入るのが見えたから」とか言えばいいし、理香の家族の件を知った理由は「噂で聞いた」とか言えば、ギリギリ怪しまれることはないと踏んでいた。

ところが、そんな緻密《ちみつ》な作戦を踏みにじる、邪魔者が現れるとは——。

まさかこんな形で、善悪手紙作戦を見抜かれてしまうとは思わなかった。裕太は子供の頃から国語が苦手だったので、辞書で漢字や言葉遣いを調べながら手紙を書いていたのだが、両方で「困」を「因」と間違えていたのは痛恨のミスだった。裕太は長年ずっとあの二つの漢字を混同していたし、簡単な漢字だから調べていなかったのが仇となった。

そして、今から警察に行かれたら、本当に困るのだ。お察しの通り、善良な方の手紙は手袋をせずに書いてしまったからだ。裕太は過去に二回、惚れた女性に対するストーカー行為で、逮捕こそ免れたが警告を受け、指紋も採られている。「次やったら逮捕だぞ」とまで言われているのだ。

そんな立場の裕太でも、理香とあいつがデートの約束をしたのを盗聴してしまった以上は、監視のために尾行するしかなかった。待ち合わせの場所も時間も聴いていたから、そこから尾《つ》ければいいだけだった。もちろん普段と違うデザインの眼鏡をかけ、帽子もウィッグもかぶって、しっかり変装した。決してモテる頭髪の量でないことは自覚している。だから坊主頭のユーチューバーのマッチューには親近感を抱いているが、悲しいかな禿げと坊主は世間的評価が違うのだ。裕太だってモテればこんなことをする必要はない。

それにしてもあの野郎、前から危ないとは思っていたのだ。奴が『レストランまるこ』に来店した時、どうも理香が、ちらちらと目で追っているようだった。嫌な予感は的中してしまった。奴は、わざとなのか偶然なのか分からないが、スマホを席に忘れたらしく、それをきっかけに理香と親睦《しんぼく》を深めてしまった。あんな奴に理香を盗《と》られてたまるかと、貴重な髪を抜いてオムライスに入っていたことにして、理香を呼び寄せたというのに。あの時だって紳士的に振る舞って好印象を残したはずなのに。それでも理香は奴を選んで、翌日の夜にデートの約束をしてしまったのだ。

しかし理香のさっきの言葉は何だ。「こっちの『いい手紙』の方も、これはこれで気持ち悪いとは思ってた」だなんて。まったく女というのはどいつもこいつも、裕太が恋患いにかかるほどの想いを伝えても気味悪がって、ストーカーだと誤認してしまうのだ。

もうだめだ。理香にもうんざりだ。何もかも終わりにしてやる――。

これはもう、三人とも全滅するしかない。命をかけても理香を守りたいと決めていたのだから、ある意味その通りの結末かもしれない。裏切り者の理香と、相手の男を始末し、これ以上生きていても仕方ない自分の人生も終わらせるのだ。

「ひどいよ……さすがに、許せないよ。理香さん」

裕太は思わず口にしながら、バッグを開けた。理香や相手の男を拘束する可能性もあると思って、ロープやガムテープも入れてきたので、やけに大きなバッグを持ってきてしまったけど、結局使うことになったのは、ポケットでも事足りたこれだけだった。

裕太は、バッグからナイフを取り出した。

そして、理香に向かって一直線に刺しに行……こうとした時だった。

裕太の正面に、何かがふわふわと浮かんでいた。

それは、人形の顔だった。占いのラッキーアイテムだったから拾った、あの人形だ。

なぜ人形の顔が、宙に浮いているんだ――。人生を捨てようとした瞬間に、人生最大の超常現象に遭遇してしまい、裕太はわけが分からず、ぽかんとフリーズしてしまった。

それがいけなかった。

気付いた時には、裕太は床に投げ落とされていた。よりによって、最も憎むべき男に。

「裕太さん！」

理香が叫んだ。自分の名前を呼んでくれたのなら嬉しいけど、残念ながらそうではないことは知っている。

皮肉にも、この憎き男は、自分と同じ名前らしいのだ。

抑え込まれ、気付けばナイフも取り上げられていた。そういえばこの男は柔道経験者だとも言っていた。裕太は、憎き裕太によって、ただ床に押しつけられるしかなかった。

5

日下部《くさかべ》裕太は、晴れて交際を始めた谷元理香と、マンションの自室でテレビを見ていた。夕方の情報番組『サンセットワイド』で、高田という女性アナウンサーが語る。

『ということで、こちらのストーカー事件、あわや大惨事というところでしたが、犯人を取り押さえた男性が、ナイフで手を切る軽傷を負っただけで済んだということで……改めて状況を整理します。まず逮捕されたのは、こちらの尾島《おじま》裕太容疑者、無職の四十八歳。被害女性の勤務先のレストランの常連客で、退勤後の女性を尾行して住居を突き止めた上に、なんと部屋に盗聴器まで仕掛けていたというんですね。ガス会社の社員になりすまして女性の家を訪れ、コンセントに挿しっぱなしにしておくタイプの、このようなガス漏れ警報器の中に盗聴器を仕込んで、堂々と設置していたと――』

理香の部屋に設置されていた本物ではないけど、同型の物の写真が画面に映る。理香も父親の卓雄も、長年一戸建てで暮らしてきたため、ちゃんと作業服まで着て訪問してきたあいつの説明を鵜呑《うの》みにしてしまったらしい。

『このようなガス漏れ警報器は、プロパンガスを使う賃貸《ちんたい》住宅だと設置義務があるんですが、被害女性が住んでいたのは都市ガスの賃貸住宅で、設置義務はなかったんですね。しかし、尾島容疑者が作業服などを身につけ、言葉巧みにガス会社を装って侵入してきたため、女性もまさかストーカーに盗聴器を仕掛けられたとは思いもしなかったと』

『いや〜これ、非常に悪質な犯罪ですよねえ』

司会の沖原泰輔が顔をしかめる。俳優出身だけあって表情が豊かだ。すると、コメンテーターの女性作家の水戸冴子が言った。

『私もまさに、こういったストーカーを描いた作品を書いたことがあるんですけど、これはきわめて悪質な手口ですよね』

それを見て、日下部裕太は苦笑しながら言った。

「今この人、しれっと自分の小説の宣伝したよな」

隣で理香も「たしかに」と笑う。少しずつ笑顔が見られるようになって、裕太はほっとしている。もちろん、裕太の前で気丈に振る舞っている面もあるのだろうが。

テレビ画面では、高田アナウンサーがなおも、いきいきと語っている。

『尾島容疑者は、女性がこの日デートに行くことも盗聴で知っていたんですね。そして、女性に危害を加えるためにナイフを持って行き、さらに変装して、現場となったカフェで女性の隣に座ったんです。女性の勤務先の常連客なので、バレないように帽子と、男性にしては長めの髪のカツラまでかぶって、髪の薄いこの頭を隠していたと』

尾島裕太の顔写真が再び映ったテレビを見ながら、日下部裕太が回想する。

「俺も前にあいつを見てたけど、あのハゲ頭を隠されちゃうと気付かなかったな〜」

ふと見ると、理香が少しつらそうな表情になっていた。裕太が声をかける。

「大丈夫？　俺だけでチェックしようか？」

「ううん……ちゃんと最後まで確認したい」

理香はそう答えてテレビを見る。画面の中では、水色の男二人とピンク色の女一人の、ダミー人形のようなCG画像が動くのとともに、事件の説明が続けられている。

『そして、尾島容疑者は女性に襲いかかったんですが、このデートの相手の男性が柔道の有段者だったのが幸いしたんですね。尾島容疑者のナイフを叩き落として、尾島容疑者を投げ飛ばして床に組み伏せ、見事に女性を守ったんです。その際に男性は軽傷を負ったものの、かすり傷程度だったということです』

『いや〜、これは不幸中の幸いというか、もしこの方に柔道の心得がなかったら、刺されてしまったかもしれませんもんね』司会の沖原泰輔が言った。『まあ、ストーカーに狙われてしまって、災難ではありましたけど、どうかこのカップルの幸せを祈りたいですよね。――さあ、そんな話題に続いて、このニュースをお伝えするのもどうかというところですが、こちら人気お笑い芸人の、なんと四股《よんまた》疑惑が発覚したということで……』

話題がガラッと変わった。もう自分たちのニュースは終わりだろう。裕太はリモコンでテレビを消した。

「光栄だね。あの沖原泰輔に幸せを祈ってもらえて」

裕太が苦笑する。理香も「うん」と笑った。

「でも、理香ちゃんの家族の件は、やっぱり何も言ってなかったな。大丈夫、ちゃんと秘密を守ってもらえてるよ」

事情聴取をした警察官は、理香の母親の件を知った上で「その件は今回の事件とは無関係なので、警察から発表することはありません」と約束してくれた。それをしっかり守ってくれているようだ。まあ守秘義務があるから当然なのかもしれないけど。

「お母さんの事件と、今回のストーカー被害と、理香ちゃんはどっちも何一つ悪くないんだから。ただ運が悪かっただけだからね」

「うん……ありがとう」理香はうなずいた。

「にしても、犯人と漢字まで同じ名前だったとは、気分が悪いよ。まあ多い名前だからしようがないけど」日下部裕太は笑った。「裕太が裕太に刺されるところだったもんな」

「本当にごめんね、怪我までさせちゃって」理香が悲しげな笑みで言う。

「いやいや、謝らないで。理香ちゃんはマジで何も悪くないんだから。――ほら、本当に小さいかすり傷だし、もうほとんど消えてるし」

　裕太が右手を見せる。ナイフを叩き落とす際に刃に触れてしまった右手の甲は、痛みはもちろん、傷跡もほぼ消えている。

「ところでさあ……信じてもらえないかもしれないけど、変な話していい？」

　裕太が切り出した。理香に言おうと思っていたけど、まだ打ち明けていなかった話だ。

「あの時、あいつが立ち上がって、ナイフを取り出した瞬間なんだけどさ……。なんか、あいつのバッグから、人形の首みたいなのが出てきたんだよね」

　何を言い出すのかと困惑される……と思いきや、意外にも理香は、大きくうなずいた。

「あっ、それ、私も見た！　あの時あったよね、人形の顔」

「マジか、理香ちゃんも見てたのか！」裕太は興奮して、さらにあの瞬間を振り返る。

「でさあ、その人形の首が、なんというか……宙に浮いてた気がするんだよね」

「だよね、やっぱりそうだったよね！」

　理香も興奮気味に大きくうなずく。なんと、二人とも同じ怪現象を見ていたのだ。

「そうそう！　あれ、日本人形の首だったよね、女の子の」裕太が言う。

「で、空中にぴたっと止まってたよね。いや～、あれ見えてたの、私だけだと思ってた」

「一緒一緒！　俺だけ変な物が見えてたと思ってたから、警察でも言えなかったんだよ」

「うんうん！　この話をすると、話題がぶれるっていうか、たぶん警察の人も変な感じになっちゃうよな〜と思って、結局話せなかったよね」

「そうそう！　こっちも変な奴なのかと思われたら、ややこしくなるもんね」

まさかの共通の話題でひとしきり盛り上がった後、裕太は少し冷静になって言った。

「でもまあ……さすがに空中に止まって見えたのは、何かの見間違いだったんだろうな」

「だよね、まさか本当に止まってたわけないもんね」

「たぶん、野球選手がゾーンに入って、ボールが止まって見える、的なあれだよな。いきなり目の前でナイフ出されて、アドレナリン的なのが出て、あいつのバッグから人形の首が飛び出た一瞬が、異様に長く感じた──みたいなことなんだろうな」

「でも、なんで人形の首をバッグに入れてたんだろうね」理香が疑問を呈する。

「まあ、あんなストーカーが考えてたことは、俺たちには分かんないよな」

部屋に盗聴器を仕掛け、一人二役であんな手紙を書き……そんな方法で、最終的に理香と恋仲になれると妄想していたような奴なのだ。人形の首を持参した理由を聞いたところで、こちらが理解できるような説明など返ってこないだろう。

「でもあいつも、ナイフと一緒に人形の首が出てきたのに驚いたみたいで、あれに見入っちゃったから隙ができたんだよな。おかげで俺も、あいつを取り押さえられたんだ」

日下部裕太の人生において、本当に命懸けで行動したのは、後にも先にもあの瞬間だけだ。改めてしみじみ振り返りながら、裕太は言った。

「あいつの持ち物だったんだろうけど、あれが俺たちにとっては結果的に、幸運の人形になってくれたよな」

＊

くそっ、また取り返しのつかない失敗をしてしまった！　お梅は歯噛《はが》みして悔しがりたい気分だったが、歯がないので、心の中だけで猛烈に悔しがった。

あの日、お梅を拾った尾島裕太という男は、人を殺すつもりだったのだ。結果的に、その惨劇をお梅が防いでしまったのだ。被害者になるはずだったあの男女にとっては、お梅がまるで幸運の人形のようになってしまったではないか！　ああ悔しい！

そもそも、尾島裕太が「恋患い」と自称していたあの感情は、国語辞典に書いてあったのとはだいぶ違ったようだ。尾島裕太は、現代では「すとをかあ」と呼ばれる人間だったらしい。恋するあまり、相手の女が嫌がっているにもかかわらず文を届けたあげく、女に意中の男がいると分かったら二人とも殺そうとしたのだ。彼は犯行に及ぶ直前まで、殺意が負の感情としてではなく「やるべきこと」として整然と心の中に収まっていたので、お梅には読み取れなかったのだろう。母親の死体を介護していた谷元良絵と同様、尾島裕太もまた、常人の精神状態と大きく異なっていたようだ。

それと、尾島裕太が相手の男に取り押さえられた際、傍らの女が、取り押さえた方の男に「裕太さん！」と声をかけていたが、彼もまた裕太という名だったのだろうか。現代には比較的多い名前なのかもしれないが、ややこしいこともあったものだ。——尾島裕太は頭が禿げていて眼鏡、日下部裕太は髪がフサフサで裸眼。つまり眼鏡の描写が出てくる「裕太」がストーカーの尾島裕太で、自分の髪をくしゃくしゃにする描写が出てくる「裕太」が善良な日下部裕太。もちろんお梅が見ていたのはずっと尾島裕太の方で、実は尾島裕太の視点のシーンは、この回の冒頭と、カフェで取り押さえられる前後だけなのだ。それを踏まえてこの回を読み直すと、196ページに「眼鏡を片時も手放せず、眼鏡がないとスマホも見られない」と書かれている裕太が、209ページで顔を洗った直後に自分の顔を鏡で視認できていたり、212ページや226ページで「湯気を顔に浴びながら」理香を見ていたりと、眼鏡へビーユーザーには不可能なことができているので、「裕太」が二人いるのだと分かる——なんてことはお梅は知るよしもない。

まあお梅も、あの日の尾島裕太の行動は妙だと思っていたのだ。彼があの何日か前に「でゐとだ、でゐと」と独り言を言っていたから、てっきり彼が意中の女と会いに行くのだと思っていた。なのに当日、尾島裕太は、お梅が全身で入れるほど大きな鞄を持って家を出て、女はおろか誰とも会話することなく、ただ一度「何名様ですか」「一人」「空いてるお席にどうぞ」という会話を男と交わした後は、じっと座って、どうやら近くの席の女の話を聞いているだけだった。そこでふいに尾島裕太の中に「敵意」や「殺意」が生じ、お梅が増幅する必要もないほど膨らんでいき、何事かとお梅が驚く中、お梅が潜んでいた鞄がいきなり開いた。そして、尾島裕太の手が勢いよく入ってきた。

もう少し慎重にしてくれれば、お梅もよける暇があったのだが、彼が鞄の中身を乱暴に取り出したものだから、その手がお梅も巻き込んでしまった。その結果、勢いで首がぽんと取れて、彼が取り出した何かと一緒に、お梅は首だけ外に出てしまった。

その「何か」が、現代では「なゐふ」と呼ばれるらしい短刀だと分かったのは、お梅が落下して破損してしまったさなかだった。

あそこでお梅が尾島裕太を驚かせなければ、彼はあの男女を刺し殺すという凶行、いやお梅にとっては吉行《きっこう》に及んでくれたはずなのだ。でも、とっさに宙に浮いてしまったばっかりに、尾島裕太を驚かせ、なゐふを持ったまま隙だらけの状態にしてしまい、彼がもう一人の裕太に取り押さえられる結果につながってしまったのだ。つまりお梅は、男女二人の命を救ってしまったのだ。呪いどころか人命救助だ。ああ、人命救助。なんという不快な響きだろう。お梅にとって「人命救助」というのは、人間にとっての「下痢嘔吐《げりおうと》」「財布紛失」「自宅全焼」ぐらい嫌な四字熟語なのだ。

まったく、いつになったら現代人を呪い殺せるんだ――。お梅は、尾島裕太が警察に捕らえられた結果、また宿なしの身となり、次の拾い主を求めて街を歩くしかなかった。

そんな夕暮れ時の住宅街で、お梅の背後から「にゃあ〜」と不吉な声が聞こえた。

出た、野良猫《のらねこ》だ。もはや振り向かずとも分かってしまう。

また跳躍され「あたっく」されて吹っ飛ばされないよう、お梅は今度は、前よりも高めに一気に浮上した。近付いてきた白い猫は、一度ぴょんと跳び上がり、お梅を叩こうとしたが、お梅はすでに、それが届かない高さまで浮上することに成功していた。猫は浮上していくお梅を見上げながら悔しそうに「にゃあ〜」と鳴いていた。いい気味だ。

さて、どこに着地しよう、とりあえず近くの家の屋根か……と思っていた時だった。

「かあ〜」

そんな鳴き声とともに、宙に浮いたお梅の体が、意図せぬ方向へ飛んでいった。

しまった、今度はカラスに捕まってしまった！

くちばしでお梅を背後からくわえ、飛んでいくカラス。巣にでも運ばれたら大変だ。慌てて瘴気を発してみたが、奴は臭いは特に感じないのか、平然と飛び続けている。

しかし、お梅はそこで、さらなる奥の手を思いついた。

カラスにくわえられながら、お梅は首だけ体から離れて、カラスの目を狙って頭突きをしてやった。お梅流の、頭での「あたっく」だ。さすがに不測の事態だったようで、奴は

「くわっかっか〜」と裏返った声を発し、お梅の胴体を離して飛び去っていった。

そのまま落下したら致命的な破損をしてしまう。しかし、まだ浮遊に使える力は残っていた。首から下も、分離してカラスに頭突きした首も、地面に叩きつけられる手前で浮いて衝撃を回避し、ふわっと地面に降り立ってから、元通り合体した。

ふう、我ながら大立ち回り、いや大飛び回りだった。それはそうと、カラスに予期せず運ばれたせいで、お梅はさっきより太い道に降り立った。自動車が三列ずつ通れるようになっていて、両脇に人間が通る道もある。その人間の道の端をとりあえず歩き始めたお梅に、思わぬ僥倖が訪れた。

「死にたい」という、強烈な欲求が読み取れたのだ。

それが感じられた方向をお梅が振り向くと、若い男がふらふらと歩いていた。髪は現代の男にしては長めで、痩せている。そして何より、強く自害したがっている。

あいつの自害欲求を増幅させてやれば、すぐにでも道路に飛び出し、自動車にはね飛ばされて死ぬのではないか――。お梅は即座に考えた。

もっとも、すぐにでも死にそうな奴を死なせるなんて、もはや呪いといえないのではないか、呪いの人形としての誇りはないのか……と自問しなかったわけではない。でも今のお梅は、相手を選べる身分ではない。現代に復活して以来、何も成果を上げられず、先日はとうとう人命救助などという大不祥事まで犯してしまったのだ。ここは贅沢《ぜいたく》を言わず、あの自害志願者をさっさと死なせよう。お梅は決意して、彼の自害欲求を増幅させた。

と、それとほぼ同時に、男がぱっとこちらを向いた。何かを感じ取ったのか、それとも単なる偶然かは分からない。

男は、お梅をまっすぐ見つめたまま歩いてきて、躊躇なく拾い上げた。その瞬間だけ「死にたい」という欲求が薄れて、好奇心が読み取れた。

だが、お梅を持ったまま、すぐにまた死への欲求がぶり返したようで、自動車がびゅんびゅん走る道路の方に向き直った。そして、そのまま歩き出した。

あっ、これはまずいぞ――。お梅は焦った。

お梅を持ったまま自動車にはねられてしまうと、お梅も無事では済まないだろう。木と紙でできたこの体は、自動車の衝突でばらばらに破壊されてしまう可能性が高い。

おい、やめろ、中止だ中止！　いったん生きてくれ！　もしくは私を手放してから死んでくれ！　お梅は、男の自害欲求の増幅をやめて、懸命に念じた。

すると、これまたお梅の思いを感じ取ったのか、ただの偶然かは分からないが、男は車が走りゆく道の数歩手前で立ち止まり、また方向を変えて歩き出した。

ふう、助かった――。お梅は安堵した。そこで気付いたが、どうやら男は酒を飲んでいるようだ。酒特有の臭いがぷんと漂っている。

しばらくして、お梅を持った男は、若い娘の三人組とすれ違った。日本人形を抱えた男が印象的だったのだろう。すれ違ってから、彼女たちが話すのが聞こえた。

「今の人、なんで人形持ってたの？　うけるんだけど」

「てか、芸能人じゃなかった？」

「え、まじで？」

「あれだよほら、歌手の、一発矢の……えっと、『ちょをや』じゃなくて……」

「いや、『ちょをや』って梅酒じゃん！」

何を言っているのかはよく分からなかった。「歌手」は、歌を生業《なりわい》にする歌い手だろうか。「一発矢」は前にも聞いた気がする。「梅酒」は梅の実を漬け込んだ酒だろう。てれびのしゐえむで見た記憶がある。でも、断片的に意味を推測できたところで、全体の意味はさっぱり分からない。大半の日本人にとっての英語のりすにんぐと同じだ。

その娘たちの声が、男にも聞こえたのだろうか。男の中で、屈辱感、そして自害欲求がまた大きくなった。さっきのようにお梅を抱えたまま自動車に飛び込もうとされたら困るところだったが、そこまでには至らなかったようだ。

まだ正体は分からないが、この男なら自害に追い込むのは難しくないはずだ。ただし、自害の道連れにされるのだけは防がなければいけないな――。お梅は算段していた。

しんがあそん 某《なにがし》を呪いたい

1

「誰だっけ、梅酒みたいな名前の」

「え〜っと、ほら、居酒屋みたいな名前の」

そんな言葉を今まで何百回聞かされただろう。そして、このまま生きていたらあと何千回聞かされるのだろう。「それチョーヤだろ」「庄やだろ」というツッコミを聞くのも嫌だし、そのツッコミもないまま「恭也」と思い出してもらえないのはもっと嫌だ。

もうたくさんだ。こんな人生は、今日で終わらせたい——。木塚《きづか》恭也は思った。まあ、昨日もおとといも思ったのだが。

好きでもない酒を大量に飲み、泥酔《でいすい》すれば自殺できるのではないかと思って、昼間から飲んでみた。でもやっぱり死ねない。というより泥酔ができない。理性がなくなるより先に頭痛と不快感が限界に達し、それ以上飲めないのだ。酒に弱い人間はこういう理由で、酒を楽しむことも、酒で失敗することもできない。

頭痛とめまいに苦しみながら外に出て、湧き上がる自殺願望に任せ、青梅《おうめ》街道の車道に飛び出そうとしてみたけど、車にぶつかる五歩ぐらい手前で怖くなってしまって、やっぱり死ねずじまいだった。まあいつものことだ。飛び降りにしても飛び込みにしても、自殺できる人というのはどれだけ勇気があるのだろう。みんなパルクールとかボクシングとかの経験者なのだろうか。それとも勇気うんぬんを超越するレベルで「死にたい」という思いを抱くのだろうか。となると恭也の「死にたい」という思いはまだ足りないのか。これでも足りないなんて、本当に自殺するにはどれだけの「死にたさ」が必要なのだろうか。その前途多難さに絶望する。死ねるまでの道のりが厳しすぎて死にたくなる。

こんな行く末が待っていると分かっていれば、音楽なんか絶対やらなかったと、今ではつくづく思う。

これでも、恭也の音楽活動のスタートは順調だった。高校の軽音楽部の同級生と組み、恭也が作詞作曲ボーカルを担当した四人組バンドが、十代の若者向けのコンテストで二年生の時に入賞、三年生の時にグランプリを獲得。高校卒業後にメンバー全員で上京し、そこそこ名の通った事務所に所属し、当初は鳴り物入りでデビューを果たしたのだ。

でも、二十代半《なか》ばになっても売れるには程遠く、やがてメンバーが一人抜け二人抜け、代わりのメンバーを補充するもバンド内の人間関係はぎこちなくなり、とうとうバンドが解散したのが六年前。その頃には恭也への期待もすっかり薄れていた様子の事務所のチーフマネージャーからは「まあ、バンドも解散したことだし……」と、あとは言わなくても分かるよね、的な感じでクビを匂わされていた。

そんな背水の陣といえる状況で、バンドボーカル「KYOYA」ではなくソロシンガー「恭也」としてのデビュー曲を作った。それまでに「このメロディいいな」と思いついてボイスレコーダーやスマホに録音していたけど、前後がうまくつながらず未発表のままだった何小節かの断片が、十年以上のバンド活動歴で結構貯まっていたので、それらを多少強引につなぎ合わせた「ボツメロディオールスター」的な曲を、半ばやけくそで作って『あいしてるの理由』というタイトルを付けた。正直、歌詞やタイトルは適当で、「みんなこんなのが好きなんでしょ?」という当たり障りのないラブソングに仕上げた。

すると、それが見事にヒットしたのだ。

ミュージックビデオは最終的に六千万回再生を超え、テレビの歌番組や有名なフェスにも一通り呼ばれ、街で自分の曲がかかっているのを何度も聴き、元バンドメンバーや友人知人や昔のバイト仲間からも「おめでとう」「すごいな恭也」という連絡がたくさん来た。ついでに「金貸してくれない?」というLINEも来た。とにかく「売れたらこんなことがあるらしい」と聞いていた体験を、一年弱の間に全部できた。

でも、後が続かなかった。

『あいしてるの理由』は、ボツメロディの寄せ集めとはいえ、いわば十数年の音楽活動の集大成だったのだ。それを、その後数ヶ月の作曲期間で超えるのは恭也には無理だった。そんな才能があったら、バンド時代にとっくに売れていたのだ。次の曲も、その次の曲も『あいしてるの理由』と比べると、売り上げも再生回数も話題性も急降下。まさにお手本のような一発屋だった。

しかし、一発屋になってみてつくづく思う。昔の一発屋は恵まれていた。一枚千円のシングルＣＤがミリオンヒットすれば、その栄光だけでうまくすれば一生、そこまでいかなくても何十年も食っていけたのだ。でも『あいしてるの理由』が生んだ稼ぎなんて、ＣＤ全盛時代のミリオンヒット一発に比べれば、一割も行かないのではないか。しかもその稼ぎも、家電を買い替えたり高い部屋に引っ越したりして、かなり使ってしまった。こんなにも一発屋で終わるのだと分かっていたら、もっと節約していたのに。

たぶん『あいしてるの理由』で築いた貯金は、あと数年でゼロになってしまうだろう。ただでさえそんな状況なのに、今の恭也には、守るべき人がいるのだ。

同棲《どうせい》する恋人でありマネージャーであり、一応個人事務所の社長の、藤田亜沙実《ふじたあさみ》だ。

『あいしてるの理由』で得た収入は、結構な割合を、当時の所属事務所に引かれていた。それもあって、恭也は独立を考え、最終的に担当マネージャーだった亜沙実と独立した。まあ、その頃にはすでに歌手とマネージャーの関係を超えていたのだけど。

で、独立して四年ほどが経ち、仕事は今やゼロだ。これが「元の事務所の圧力で干された」とかなら、まだ格好もついたけど、残念ながら恭也は、干されてもいないのに勝手にカラッカラに干上《ひあ》がって消えてしまった。実際、すでに恭也が落ち目ゾーンに入っていたのを察していた様子の事務所からは、特に独立を引き留められなかったし。

――と、今まで何百回も回想した栄光と挫折《ざせつ》をまた振り返りながら、恭也はマンションの部屋に戻る。『あいしてるの理由』のヒット後に引っ越した目黒《めぐろ》区のマンションから、また引っ越したマンション。目黒時代の半分の家賃で、三分の二ほどの面積を確保できたのは、ここが東京二十三区の西端、杉並《すぎなみ》区の外れだからだ。東京は眠らない街とか言われるけど、この辺は毎晩たっぷり眠っている。夜が暗いから星もよく見える。

左手に何か抱えているなと思って見たら、日本人形を持っていた。ああそうだ、道で拾ったんだと思い出し、とりあえずリビングの隅に置いた。そこには他にも、誰からどこのお土産でもらったかも覚えていない木製の民芸品とか、ブレイクしていた時期に何かの打ち上げのビンゴ大会でもらった、何が入っているかも思い出せない段ボールとか、そんな物が雑然と置いてある。不気味な日本人形が加わっても目立たないぐらいだ。

それにしても頭が痛い。久々の無理な飲酒は、ただ頭痛だけを残し、死ぬ決意を固めるには到底《とうてい》至らなかった。失意と徒労感のうちに、ソファに倒れ込んだ。

そのままウトウトしていたところに、ガチャッと玄関の鍵が開く音がした。

「ただいま～」

亜沙実がパートの仕事から帰ってきた。恭也のマネージャーとしての仕事など何もないから、去年からパートで働くようになったのだ。

もし恭也が、いつか死ぬことができたら、唯一の心残りは、亜沙実を悲しませてしまうことだろう。

亜沙実の前では、自殺願望は隠している。「死にたい」なんて一度も言ったことはない。言えば止められてしまうに決まっているからだ。亜沙実には、「もし音楽を辞めたら雄吾《ゆうご》の世話になるよ」と説明している。かつてのバンドメンバーで高校の同級生の雄吾は、バンドを脱退したのは一番早かったけど、その後実家の農業を継いで、今は農業法人とやらを率いて、人を何人も雇ってるらしい。

でも、恭也は本当は、音楽を辞めても雄吾の下で働くつもりはない。

実は恭也は、メンバーの中でも雄吾がちょっと苦手だったのだ。他にもメンバーが二人いたから平気だったけど、たまに雄吾と二人きりになると話題に困る感じだった。たぶん雄吾の方はそう思っていないのがまたキツかった。よくいえば豪快、悪くいえばガサツ、その上ドラムの腕もイマイチだった雄吾が最初に抜けて、別のドラマーが入って、バンドのクオリティは正直上がったのだ。

そんな雄吾の下で働くなんて、想像するだけで嫌だ。たぶん仕事の指図とかもされるのだろうし、下手したらバンド時代に雄吾が下の立場だった分の鬱憤《うっぷん》も、多少ぶつけてくるかもしれない。そんな日々に耐えられるわけがない。でも亜沙実は、バンドを最初に辞めた雄吾との面識はないから、この嘘はバレようがないのだ。

「もし音楽を辞めても恭也は大丈夫」と思わせておいての自殺。さすがに申し訳なさすぎる。でも、極論だけど、死んでしまえば申し訳なさを感じることもないのだ。死ねば全てから逃げられるのだ。今の恭也には、それが最も魅力的な結末に思えてならない。

ただ、痛いのと怖いのがどうしても乗り越えられず、自殺を実行できない。要するに、恭也は地道に働く意欲も、死ぬ勇気もない臆病者。情けないダメ人間だ。それを自覚しているからこそ、こんなダメ人間であることを早くやめてしまいたいのだ。

「えっ、何この人形？」

リビングに入ってきた亜沙実の声が聞こえてきた。なんか思いつきで拾っちゃった、と答える前に、恭也の意識は急激な眠気で包み込まれてしまった。

2

藤田亜沙実がパート勤務から帰宅すると、見覚えのない日本人形がリビングの隅に置かれていて、恭也がソファの上で赤い顔で寝ていた。そして酒臭い。

台所を見ると、亜沙実が買ったチューハイの空き缶が洗って逆さにしてあった。ちゃんと片付けるところは恭也らしいけど、そもそもお酒を飲むなんて恭也らしくない。

そろそろ限界かもな——。亜沙実は恭也の寝顔を見下ろし、改めて思った。

前の事務所から、マネージャーとタレントで独立した直後は、個人事務所の社長兼妻として、恭也を売れっ子にする気満々だった。一流芸能人の個人事務所の社長が配偶者というパターンは、意外に多いのだ。

でも、亜沙実の思い通りにはいかなかった。亜沙実は独立の前から、幾度となく恭也に結婚を持ちかけたものの、「もし俺がこのままダメになったら申し訳ないから、結婚はしない方がいいと思う」と断られ続けたのだ。まさか目標としては一番手前の、妻になるという段階すらクリアできないとは思っていなかった。

でも、今となっては、あの頃の恭也の判断は正しかったのだと思える。

はっきり言って、今の恭也は、完全に亜沙実のヒモになってしまっている。毎日曲作りをしている、ということになっているけど、何もできていないことは知っている。恭也に対して「曲できた?」と聞いて「お願いだからプレッシャーをかけないでくれ」と泣きそうな顔で言われてからは、もう直接確認できてはいないけど、かれこれ一年ぐらいずっとこの状況ということは、ずっと曲ができていないということだ。正直、これからもできないんじゃないかと思うし、恭也もそう自覚している気がする。

恭也は素晴らしい才能を持っていると、亜沙実は今も思っている。恭也のバンド時代の終盤に、前の事務所のマネージャーとして付いてから、それ以前の曲も含めて恭也の作品は全て聴いているけど、超一流のシンガーソングライターであることは疑ったことがない。世間的には『あいしてるの理由』だけの一発屋のように言われているけど、過小評価も甚《はなは》だしい。あれぐらいヒットするのが当たり前であり、あれ以外にも名曲はたくさんあるのだ。恭也がいずれまた曲を作れるようになるなら、まだまだヒモ生活を続けてくれて全然構わない。何年でも支えていくつもりだ。

でも、もう恭也が復活できない、するつもりもないのなら、話は変わってくる。だったら、こんな生活を続けることは、もう三十代に突入してしまった二人にとって損でしかないと思う。恭也の引退、そして二人の別れを真剣に考えるべきだ。

もし別れることになっても、恭也はきっと大丈夫だろう。亜沙実がマネージャーに付く前に脱退していたから面識はないけど、バンド時代の初期のドラムで高校時代からの親友でもあるYUGOさんが、今は実家を継いで農場を経営していて、もし恭也が音楽を辞めたら雇ってくれるという約束もしているらしい。

もちろん亜沙実も、生活には困らない。元々、芸能事務所のマネージャーとしてバリバリ働いていただけあって、今のパート先のラジオ局でも「正社員になりたかったら、藤田さんならいつでも歓迎だからね」と上司から言われているほどだ。

そして、それ以上に「もし恭也と別れても生活は大丈夫」な要素が、亜沙実にはある。

でも、こればっかりは、まだ恭也に気付かれるわけにはいかない。仮にその時が来たとして、後になって知られても気まずい。

ただ、恭也だって最終的には、その決断を尊重してくれるだろう。こう言ってはなんだけど、反対する資格はないと、さすがに自覚してくれるだろう。

決断の時は、案外近いのかもしれない。

＊

一緒に住んでいる、木塚恭也と藤田亜沙実。正式に夫婦なのかどうかは、お梅には分からない。ただ、恭也は毎日死にたがっていて、そのことを亜沙実に隠している。

一方、亜沙実の方も、恭也に対して何か隠し事をしているようで、それに対する後ろめたさのような感情が読み取れるのだが、その具体的な内容までは、恭也の自害願望のように明確には読み取れない。

お梅が見た限り、働きに出ているのは亜沙実だけで、恭也は何もしていない。時々琵琶《びわ》のような楽器を奏でたり、すまほや、もっと小さな機械に向かって、節を付けた声を出したりしているが、要するに働きもせず遊んで暮らしているだけのようだ。なのに、楽しめているわけでは全然なく、死にたがっているのだから不思議だ。

ともあれ、お互いに相手を大切に思ってはいるようだから、恭也の自害が実現すれば、亜沙実はさぞ悲しむことだろう。後追いで亜沙実も自害してくれたら最高だ。お梅が目指すべきはそこだ。そのためにはまず、恭也を確実に自害させることだ。

3

朝ご飯。今日も一日働きに出る亜沙実にとっては大事な栄養源で、恭也にとっては別に抜いてもいいぐらいの食事。それでも、食卓を共にするのは貴重なコミュニケーションの機会だ。だから恭也は今日も、亜沙実と一緒に朝ご飯を食べる。

「今日はたぶん、帰り早いと思う」亜沙実が言った。

「うん」恭也は味噌汁をすすりながらうなずく。

「夕飯何にしようかな~。何がいい？」

「何でもいい……だと困るんだよね？」言いかけて恭也が気付く。

「そうだよ」亜沙実が笑う。

「でも……もう俺、腹も減らないしな」

つい本音が出てしまった。今の恭也の生活では、腹がほとんど減らないのだ。

「もっと食べた方がいいよ、ほらこれ」

亜沙実が、恭也の好物の『辛そうで辛くない少し辛いラー油』を差し出してきた。これがあるとたしかにご飯が進む。恭也は「ありがとう」と少量をご飯に載せた。

「あと運動もしてさ、ムキムキになったら？」亜沙実が冗談めかして言った。

「この年になったら、無理して怪我する方が怖いよ」恭也は苦笑する。

「だったら毎日ウォーキングとか……は、嫌だよね、ごめん」

外を歩いていて通行人に気付かれて「誰だっけ」「ほらあの一発屋の」などと囁かれるのがつらい、というのは亜沙実にも話してある。恭也は全然美形ではないけど、目鼻も耳も変に鋭角なのが特徴的で、マスクなどで多少顔を隠しても、やたら気付かれてしまうのだ。その結果、二、三回外出するごとに一回は傷付いている。

「何がいいかな～、夕飯」

恭也の表情が少し曇ってしまったのを察したのか、亜沙実がまた話題を戻した。

「俺が何か作ろうか」恭也が申し出る。

「いい、美味しくないから」亜沙実が苦笑する。「恭ちゃんは音楽しかできないもん」

「今は、音楽もできてないよ」

恭也がつい自虐的に応じて、また嫌な沈黙が訪れてしまう。

「大丈夫、恭ちゃんには才能がある。日本一のシンガーソングライターだよ。今はちょっと休んでるだけ」

亜沙実はそう言って、わざわざ立ち上がって、恭也をぎゅっと抱きしめてくれた。

「……ありがとう」

それしか返せない。これ以上、亜沙実に感謝や愛情を伝えたら、いずれ自殺した時に、もっと悲しませてしまうと思った。

「ごちそうさま～」

亜沙実は笑顔で食事を終え、素速く歯磨きをして「じゃ、行ってくるね」と出かけていく。それとは対照的に、何も急ぐ必要のない恭也は、ゆっくり食べてゆっくり片付けと歯磨きをして、二人分の食器を洗う。料理はどう頑張っても亜沙実に勝てないけど、それ以外の家事はなるべく恭也が担当している。たっぷり家事に時間を使っても、まだたっぷり時間が余ってしまう。この日も、床とトイレの掃除までしたのに、昼前には何もすることがなくなってしまった。もちろん、本当は作詞作曲こそ「すること」なんだけど。

腹が減らないので、昼食も抜いている。昼過ぎにふとメロディを思いついた。食卓にスマホ、ローテーブルにボイスレコーダーが置いてあり、近くにあったボイスレコーダーの電源ボタンと録音ボタンを押して、思いついたメロディを「ラララ」で吹き込んでみた。

ただ、その途中に、なんだか嫌な予感がした。恭也は録音を止めて、前にスマホに録音した音声ファイルを聴いてみる。

案の定だった。さっき思いついた、と自分では思っていたメロディと、ほぼ寸分変わらぬメロディを、先週すでに録音していた。先週も、この前後につなげられそうなメロディを考えてみたけど、結局うまくいかなかったのだ。

今日もまた、同じように考えてみる。でも、結局思いつかず、二十分ほどでやめた。練れば練るほど、このメロディはそこまで大したことはない、どこかで聴いたような凡《ぼん》庸《よう》な音色だという現実に気付かされてしまった。ああ、やっぱり俺には才能がない――。

恭也は失望のあまり、深いため息をついた。そして、このボイスレコーダーを買ってくれた元バンドメンバーたちにも、申し訳ない気持ちでいっぱいになった。

恭也は、実家があまり裕福でなかったこともあり、軽音楽部に所属していた高校時代、当時としても旧式で格安のガラケーを使っていた。その機種は、録音機能が一応あったけど、なぜかファイルを五つしか保存できず、立て続けにメロディを思いついて録音したら六つ前のものを消さなければいけなかった。「俺のケータイ、作曲する時不便なんだよ」と軽音楽部の部室で何気なく話したら、なんと恭也の誕生日に「うちのバンドの頭脳なんだから、これで万全の態勢で作曲してくれ」と、他のメンバーが金を出し合って、当時としては最高性能のボイスレコーダーをプレゼントしてくれたのだ。

今ではスマホの録音機能の方が使い勝手がいいぐらいだけど、『あいしてるの理由』の素材となったメロディも、ほとんどこっちのボイスレコーダーに録音したし、これを使えばまたヒット曲を作れるのではないかという験担《げんかつ》ぎのような気持ちもあり、未《いま》だに使い続けている。時々別の場所に置くこともあるけど、基本的にはスマホを食卓、ボイスレコーダーをソファの前のローテーブルに置き、メロディを思いついた時に一秒でも早く、近い方に録音できるようにしているのだ。

でも、そんな万全の態勢を整えたところで、同じメロディしか思いつかなくなっているのでは意味がない。無力感を覚えて、恭也は床に寝転んだ。さっき掃除をしたから、思う存分寝転んでも服は汚れない。

その後は、節電のために普段は主電源を切っているテレビをつけ、見たくもない番組をただ流した。自殺願望は常にあるが、自殺に向けて計画的に準備できるぐらいなら、恭也はとっくに死んでいる。まだ死ねていない恭也は、今日も怠惰《たいだ》にテレビを見る。

ドラマの再放送を見ていたはずなのに、いつの間にかうたた寝してしまい、目覚めた時には夕方だった。『サンセットワイド』というワイドショーをやっている。

司会者は沖原泰輔。元々は俳優だが、今は司会者のイメージの方が強い。彼がカメラに向かって爽やかに語る。

「さあ、続いては『知りタイスケ』のコーナーです。今日の特集は、最新ロボット最前線ということで、まずはこちら。お子さんが喜びそうなロボットが走ってきましたが……。なんと、この頭のところに、カメラが内蔵されてるんです」

スタジオに登場した、丸みを帯びた人型のフォルムの上半身に、ラジコンカーのようなタイヤが付いた下半身のロボットを指し示しながら、沖原泰輔が流暢《りゅうちょう》に説明する。『知りタイスケ』というコーナータイトルのダサさはさておき、もはや本職の名司会者だ。

「こちらのロボット、自律走行といって、人間が操作しなくても動くことができて、カメラの撮影もできるんですね。今日は専門家の方にもお越しいただいてます——」

四角い眼鏡で四角い顔の、この人も実はロボットなんじゃないかと思えるようなロボット専門家がスタジオに登場し、自律走行ロボットの説明をする。

「このロボットは、お子様やお年寄りの見守りや、トンネル工事などの作業現場、さらに地震や土砂崩れなどの被災地での活用も、幅広く期待されています」

やや緊張気味の専門家の言葉を聞いて、コメンテーターの、第一線のお笑い番組で見ることはめっきりなくなったベテラン芸人が茶々を入れる。

「でも、それって頭にカメラ付いてるんですよね。じゃ、そのロボットが写真週刊誌にでも使われて、自動で走ってきて写真撮られたら、僕らはたまったもんじゃないですよね」

「あ、ええ……こちらはすでに実用化されているので、技術的には可能ですね」ロボット顔の専門家が答える。

「というわけで、やましいところのある芸能人の方にとっては、これが悲劇の始まりにもなってしまうかもしれませんが、それ以外の多くの方にとっては、今後さらに活躍してくれそうな、最新ロボットのＶＴＲをご覧ください――」

沖原泰輔が、おそらくアドリブであろう軽いジョークも交えながら、ＶＴＲを振った。恭也が子供の頃から俳優として活躍していて、今なお仕事の幅を広げながら、芸能界の第一線に君臨し続けている。一発屋の恭也とは天と地の差だ。

そんな一流芸能人なのに、人当たりがよくて好感が持てたのを、恭也はよく覚えている。あれは恭也の『あいしてるの理由』がヒットし、今思えば一発屋としてピークを迎えていた時期。もう終わってしまったけど、沖原泰輔が司会を務める『オキハラミュージック』という音楽番組のゲストに、恭也が呼ばれたのだ。

沖原泰輔は、本番前から恭也に気さくに話しかけてくれて、もちろん本番では軽妙なトークで、打ち合わせ通りのエピソードを披露するだけで精一杯の恭也の話を、大いに盛り上げてくれた。しかも、たいていの音楽番組は『あいしてるの理由』と、せいぜいその次の曲までで恭也をゲストに呼ばなくなったけど、『オキハラミュージック』は恭也の独立後も三曲、スタジオで歌わせてくれたのだ。

もっとも、番組での扱いは、最初はトークありのメインゲストだったのが、トークなしで歌だけのゲストになり、最終的には曲のサビだけを紹介されるゲストと、だんだん格を下げられてしまったのだが、それでもキー局の音楽番組の中で『オキハラミュージック』だけは、恭也に期待をかけ続けてくれていたのだ。

でも、恭也は結局、そんな期待も裏切ってしまった。何一つ恩返しできなかった——。

そう思うと、ふいに涙が出てきた。

衝動的に立ち上がり、小走りして窓を開ける。そして窓の下の道路を見つめる。

ここから飛び降りて死んでしまえれば、どんなに楽だろう。

でも、それはできない。

飛び降りる勇気が出ない……というわけではない。勇気は全然出る。

この部屋は、よりによってマンションの二階なのだ。

この高さでは、さすがに死ねない。足から落ちれば、たぶん怪我すらしない。上手に頭から落ちれば死ねるかもしれないけど、空中でうまく体を半回転させる自信もない。最悪の場合、首の骨が折れたけど死にきれず、首から下が一生動かないまま、もう自殺もできない体になってしまうかもしれない。実際にそんな飛び降り自殺の失敗例もあるらしい、といった情報に触れるたびに、恭也はますます自殺が怖くなってしまう。

ここ最近、死にたい気持ちはいっそう強まっているけど、やっぱり死ねない。恭也は、結局ふて寝した。死ぬことも新曲を作ることもできない自分にふてくされて寝た。ソファではなく硬い床で寝ることが、せめてもの自分への戒《いまし》めだった。でも、つけっぱなしのテレビを面倒臭がって消しもしない自分が、ますます情けないのだが。

＊

お梅は、恭也の自害欲求を継続的に増幅しているのだが、それでも恭也は死なない。どうも恭也は「死にたい自分」に慣れっこになっているような感がある。「辛そうで辛くない少し辛いラー油」という小瓶が、どうやら恭也の好物らしいが、恭也こそが「死にそうで死なない相当死にたがりの男」のようだ。

亜沙実いわく、恭也は「日本一のしんがあそん某」らしい。「しんがあそん」の後にも何か言葉が続いていたが、長すぎてお梅には聞き取れなかった。ただ、恭也の日常を観察する限り、恭也は昔でいう歌人と琵琶法師を合わせたような仕事で、それを「しんがあそん某」と呼ぶのかもしれない。それで食《く》い扶持《ぶち》を稼げるのかは分からないが。

恭也はたびたび、すまほと、それよりさらに小さな機械に向かって、節や音の高低をつけた声を記録している。すまほというのは他にもあらゆることができる道具だというのは前から知っているが、もう一方のさらに小さな道具は、お梅は初めて見た。恭也が使っているのを遠目に見た後、恭也が床で寝ている間にさらに近寄って観察したが、どうやらその機械は、側面の「電源」という部分を押した後、正面の赤丸が描かれた「録音」という部分を押すと、音声を記録できるようだ。

現代人がみな持っている様子の、すまほで同じことができるのなら、この小さな機械は不要なのではないか、とお梅には思えるのだが、恭也がこの小さな機械を持った際、一時的に「懐古」「親しみ」のような感情が生じたのが読み取れた。もしかすると恭也にとって思い入れのある機械なのかもしれない。だったら放り投げて破壊でもしてやれば、恭也は深く悲しんで、はずみで自害でもするだろうか――なんてお梅が考えていたところに、亜沙実が帰ってきてしまったので、とりあえずその思いつきは保留する。

帰宅した亜沙実からは、また「後ろめたさ」が読み取れた。「ただゐま〜」と、どうやら現代人が帰宅した際に発する挨拶を口にした後、居間に入ってきて、床で寝た恭也と、作動したままのてれびを見て、亜沙実のその感情がさらに強まった。やはり亜沙実には、恭也に隠している重要な秘密があるのだ。

恭也は、死にたいと思い続けている割には全然死なないので、下手したらこのまま生き続けてしまうのかもしれない。そんなのはお梅としては全然面白くない。

でも、もしかすると、亜沙実の隠し事が役立つかもしれないぞ――。お梅は思った。

亜沙実の隠し事は、恭也が知れば深く傷付き、迷わず自害するような内容かもしれない。お梅としては、ぜひそうであってほしい。恭也も亜沙実も、居間の隅に置かれたお梅にはもう関心もないようだから、例によって首だけで亜沙実の鞄に入り、首から下は近くのだんぼをる箱の陰にでも隠れておけば、二人とも気付かないのではないか。

よし、恭也の様子も見つつ、亜沙実のことも調べてやろう――。お梅は決めた。

4

「じゃ、行ってきま～す」

「行ってらっしゃい」

恭也と笑顔で挨拶を交わし、亜沙実はマンションを出る。

土曜日の今日もパート出勤。土日は時給アップになるから、土日でも関係なく出られる亜沙実にとってはありがたい稼ぎ時――と、恭也には伝えてある。

でも、実は今日は、仕事ではないのだ。

いつもと違う駅で乗り換える。前に住んでいた目黒区のマンションからは三十分かからないけど、今のマンションからだと一時間近くかかる。つまり、都内でも家賃相場の高い中心部、その中でも屈指の高級マンションが、今日の亜沙実の本当の行き先だ。

二億円台のローンはとっくに払い終わったらしい。それでも「俺は家にはあんまりこだわらない方だから」と言っているのだから、成功者はレベルが違う。

部屋番号を押すと、「はいはい」と低く優しい声がして、オートロックが解錠され、亜沙実はエントランスへ入る。エレベーターに乗るのにもカードキーが必要だけど、それは高級マンションに似つかわしくない安物のバッグに入れてある。

エレベーターを降り、最上階の玄関のチャイムを鳴らす。すぐにドアが開いた。荻原《おぎわら》太郎《たろう》が、いつも通り笑顔で迎えてくれた。亜沙実を招き入れ、ドアを閉める。

「待ってたよ。会いたかった」

太郎が強く抱き締めてきた。亜沙実も「うん」とうなずき、太郎を抱き締め返す。そして、熱い口づけを交わした。

浮気だと思えば罪悪感が芽生えてしまう。でも亜沙実にとってこれは、まあ浮気といえば浮気なんだけど、それ以上に「乗り換え準備」なのだ。

たぶん恭也との関係は、もう長くは持たない。彼はきっと近いうちに、音楽を辞める。亜沙実は彼の才能を信じていたし、恭也の曲が個人的に大好きだけど、残酷な客観的事実として、恭也ぐらいの才能があるシンガーソングライターは他にもいるのだ。その人たち以上に頑張れないなら、恭也がこれから這《は》い上《あ》がるのは難しい。

一方、太郎は何年も前からずっと、亜沙実にアプローチをかけてくれていた。一目惚れだったらしい。実は亜沙実は、元々アイドルグループのメンバーだったものの大成せず、所属事務所の裏方に回ったという経歴があるので、世間的には美人とされる容姿《ようし》であることは自負している。それによって結果的に、セレブの一本釣りに成功してしまったのだ。

もし太郎と結婚することになれば、お手本のような玉《たま》の輿《こし》といえるだろう。

でも、お金で気持ちを買われたわけじゃないと、亜沙実は自分に言い聞かせている。もし恭也がまだ音楽に情熱を持っていたら、こんな決断はしなかっただろう。だけど恭也が事実上のヒモになってしまって、しかも結婚を拒み続けている以上、太郎をパートナーの候補にすらしないのは、それはそれで不平等だと思うのだ。

太郎は恭也より一回り以上年上だけど、若々しくて容姿も整っている。ほぼ引きこもりで不健康そうな恭也と、見た目年齢はそう変わらないようにすら思える。

そして、太郎は情熱的だ。まるで二十代の若者のように、亜沙実を求めてくる。

「一緒にシャワー浴びよう」

さっそく鼻息荒くささやいてきた太郎に、亜沙実は「うん」とうなずく。

その後、いつものように、たっぷり四時間以上も情熱的に愛し合った。恭也には仕事だと言ってあるから、これだけ長時間の浮気もバレることはない。

「今日もありがとう。じゃあこれ」

亜沙実の体を堪能《たんのう》し尽くし、ようやく服を着た太郎が、財布から三万円を差し出してきた。すでに服を着終えた亜沙実は「ありがとう」とベッドの上でそれを受け取る。

太郎の部屋に来るたびに、亜沙実は毎回三万円の「交通費」を受け取っている。ここだけ切り取ると売春のようでもあるけど、亜沙実は決してそんなつもりではない。

「そろそろ決心はついた？」太郎が尋ねてくる。

「うん……どうかな」亜沙実は、曖昧な笑みで答える。

「俺はいつでも待ってるよ。本気で亜沙実を愛してる」太郎がベッドの隣に座り、亜沙実を抱き締めてきた。「俺と一緒になれば一生幸せにする。約束するよ」

太郎は亜沙実との将来を本気で考えてくれている。今の言葉も実質プロポーズだろう。好きでもない中年男に、金をもらって抱かれているわけではない。太郎は若々しくて、抱かれてもまったく不快ではなく、むしろ亜沙実に快楽をもたらしてくれる。

一方、恭也とは同棲していながら、もう何ヶ月も体の関係はご無沙汰《ぶさた》だ。どうやら恭也は、スランプに陥《おちい》ってから食欲も性欲も低下してしまったらしい。性の喜びも、ないよりはあった方がいい。求められた方が断然嬉しい。これは亜沙実の偽らざる本音だ。

「あいつも亜沙実に甘えてるんだよ。いつまでもヒモでいさせてくれるって、高を括ってるんだ」太郎が言った。

「そうなのかな……」

「じゃなかったら、さっさと曲ぐらい作るだろ」

そんなに簡単なものじゃないんだよ、という言葉を亜沙実は呑み込んだ。

亜沙実の彼氏が、一発屋歌手の恭也だということを、太郎は知っている。亜沙実がマネージャーで、恋人でもあって、結婚も本当はしたかったけど恭也から断られて……という経緯《けいい》もすべて話してある。その上で太郎は、亜沙実に愛を伝えてくれている。

傍から見たら、もし亜沙実が最終的に太郎との結婚を選んだら、長く付き合った彼氏を捨てて玉の輿に乗ったように思われるだろう。でも、亜沙実は真剣に将来を考えた結果、太郎を選ぼうとしているのだ。これは誰にも非難されるべきではないはずだ。

「あ、次なんだけど、来週の土曜日、また会えるかな」

太郎が言った。必ず次のスケジュールも律儀に立てている。そして、なるべく頻繁《ひんぱん》に亜沙実と会いたがっている。

「うん、今日と同じ感じで大丈夫？」

「もちろん。じゃ、また来週待ってるよ。ありがとう」

太郎はスマホを操作して、おそらくカレンダーに予定を書き込んでから、また嬉しそうに亜沙実にキスをした。

今、最も亜沙実を求めている男は、間違いなく太郎だ。恭也ではない。

「ただいま～」

亜沙実はいつも通り帰宅し、恭也に「おかえり～」といつも通り迎えられ、その後もいつも通り過ごした。太郎との関係が恭也にバレることなど、まずないと思っていた。

それだけに、翌週の土曜日にも同じように太郎に会い、その日の帰宅後に突然、恭也にかけられた言葉は、あまりにも予想外だった。

「別れよう」

恭也があまりにも淡々と言ったので、亜沙実は当然、驚いて聞き返した。

「……えっ、どういうこと？」

「俺以外に、好きな男がいるんだろ」

「え……何言ってんの？」

亜沙実は困惑した。と同時に、もしかして……と嫌な予感を覚えた。

それはすぐに現実となった。

「再生しようか、これ」

恭也は悲しそうに、ポケットから見慣れた小さな機械を出した。

「それ……ボイスレコーダー？」

亜沙実が聞き返すより早く、恭也が再生ボタンを押す。そこから流れてきたのは、太郎と亜沙実の会話だった。

「あいつと早く別れろよ」

「うん……もうそろそろかな」

数時間前、太郎の部屋のベッドで交わした会話だ。亜沙実は頭が真っ白になった。

よし、やったぞ。作戦大成功だ！　いや～、実にうまくいった！

現代に復活してから、これほど計画通りに物事が進んだのは初めてではないか。お梅は小躍《こおど》りしたい気分だった。もちろん、本当に小躍りしたら普通の人形でないことがバレてしまうから、じっとしていたけど。

＊

作戦の発端《ほったん》は、先週の土曜日だった。お梅は、亜沙実の隠し事の真相を探るべく、首だけで亜沙実の鞄に入った。すると、期待以上の隠し事を知ることになった。

亜沙実は、恭也に対して仕事に行くと偽り、太郎という男の家を訪問し、そこで不貞を働いていたのだ。しかもお梅にとって好都合なことに、亜沙実は「ゑれべゑたあ」という建物の上下階を行き来するための機械に乗る際に、鞄から札のような物を取り出すため、太郎の部屋を訪れる直前に鞄が少し開くのだ。おかげで、亜沙実と太郎が部屋で体を求め合いながら、あんあんうふうふと発する声もばっちり聞こえた。

この不貞を恭也に知らしめることができれば、彼は怒りに燃えるはずだ。その怒りをお梅が増幅させれば、恭也は亜沙実を刺すなり殴るなりして殺すのではないか。そうなれば恭也も、亜沙実の死体を前に覚悟を決め、踏み切れずにいた自害をとうとう実行できるのではないか――。お梅はそう考えた。そして、亜沙実と太郎が翌週の土曜日にまた会うと約束した会話も聞こえたので、その日に向けて作戦を立てた。

迎えた翌週の土曜日、つまり今日。お梅は先週と同様、亜沙実の鞄に首だけで潜入して
いた。ただ先週と違ったのは、恭也が歌声を記録するのに使っている、すまほでない方の「ぼゐすれこをだあ」という小型の機械を一緒に持って行ったことだ。

昨日の夜中、恭也も亜沙実も寝静まった後で、お梅はこっそり動き出し、ぼゐすれこをだあを亜沙実の鞄の端っこに入れた。次いで、人形の首がないことに気付かれないよう、元々置かれていた居間の隅のだんぼをる箱の陰に全身で隠れ、それから首だけ宙に浮き、ふわふわ飛んで亜沙実の鞄に入り、これまた見つからないように他の荷物の陰に隠れた。この家の居間は、夜中でも道沿いの明かりが窓から少し入り、真っ暗にはならないので、このような準備も無事に調えられた。

そして今日、亜沙実はまた太郎の家で不貞を働いた。お梅はすぐに鞄の中で動いた。

ぼゐすれこをだあに音声を記録するには、まず側面の「電源」を押し、次に正面の赤丸が描かれた「録音」を押す、というのはすでに学んでいた。その動作は、首だけのお梅でも、鞄の中で浮遊して「電源」と「録音」に頭突きすれば実行できた。ゐれべゐたあに乗る際に開いた亜沙実の鞄の口を、内側からさらに広げれば、亜沙実と太郎が情事の最中にあんあんうふうふ発した声も、その後の「あいつと早く別れろよ」「うん……もうそろそ

ろかな」という二人の会話も、全部ぼゐすれこをだあに記録できたのだ。

その後、夕方過ぎに帰宅した亜沙実が鞄を開けてから、厠にでも行ったのかその場を離れ、恭也も他の部屋にいた時を見計らって、首だけのお梅は鞄から出て、隠れておいた首から下と合体した。それからすぐ亜沙実の鞄に走り、中からぼゐすれこをだあを回収し、あとはそれを「そふあ」と呼ぶらしい長椅子に適当に置いて、お梅が元々置かれていた居間の隅に戻って立っておけば、作戦完了だった。

しばらくして恭也は「あ、あった」と、どうやら紛失したことには気付いていた様子でぼゐすれこをだあを拾い上げ、記録した覚えのない音声の存在にも気付いたらしく、すぐにそれを聞いた。それが亜沙実の、何やら秘密めいた声だということにも気付いたのだろう。恭也はぼゐすれこをだあを持って、いったん部屋の外に出た。おそらく外で、亜沙実と太郎のあんあんうふうふも、その後の会話も一通り聞いたはずだ。

部屋に戻ってきた恭也からは、やはり怒りが読み取れた。お梅はすかさずそれを増幅した。さあ恭也、怒りにまかせて亜沙実を殺してしまえ！　そして殺した後で絶望し、悲願だった自害も完遂《かんすい》するのだ！　恭也は「一発矢のしんがあそん某」という、多少世の中に知られた人間のようだから、二人の死と、その現場から発見されたお梅の存在は、大きく報じられるのではないか。そこから、お梅の現代における呪いの人形としての伝説が、いよいよ始められるのではないか——なんて、期待を高めていたのだが。

恭也の怒りは、なぜかすぐ萎《しぼ》んでしまった。彼は淡々と亜沙実に言った。

「別れよう」

「……えっ、どういうこと？」

「俺以外に、好きな男がいるんだろ」

「え……何言ってんの？」

「再生しようか、これ」

そんなやりとりの後、恭也はぼゐすれこをだあに記録された音声を亜沙実に聞かせた。

太郎と亜沙実の「あいつと早く別れろよ」「うん……もうそろそろかな」という会話だ。

「これ以外も、だいたい聞いたよ。亜沙実がこの男と、何をしてたのかも」

恭也は無表情で言った。それを聞いた亜沙実の心には、まず「混乱」「恐怖」「羞恥《しゅうち》」が生じ、次に「嘘をつきたい」「ごまかしたい」という意思が芽生えたが、そちらはすぐ消えた。不貞の決定的証拠を覆《くつがえ》せるような嘘など、何も思いつかなかったのだろう。

「それで、録音、してたんだ……」

亜沙実は観念した様子で、ぼゐすれこをだあを指し、消え入りそうな声で言った。

「え、亜沙実がしたんじゃないのか？」恭也が聞き返す。

「いやいや、私してないよ。するわけないじゃん」亜沙実が首を振る。

「えっ、そうなのか……」

ぼゐすれこをだあに亜沙実と太郎の声が記録されていた理由は、お互い見当もつかないのだろう。それもそうだ。まさか人形の仕業《しわざ》だなんて想像できるはずがない。

「……まあいいや。とにかく、その男のところに行ったらいいよ」

そう告げた恭也の心の中には、もはや怒りが読み取れなくなってしまった。お梅に読み取れたのは「あきらめ」と、なぜか「安堵」だった。

「怒らないの？」亜沙実が尋ねる。

「怒る資格なんてないよ。むしろ、今までありがとう」

おい恭也、怒れ、怒れったら！　怒りの感情が読み取れたら一気に増幅させて、撲殺《ぼくさつ》でも刺殺でもさせてやろうとお梅は待ち構えていたのだが、恭也が怒ったのは、ぼゐすれこをだあの音声を聞いた直後の一瞬だけだったようだ。

「とりあえず、出て行ってほしい。必要な荷物があったら、後で送るから」

恭也はまた淡々と言う。――くそっ、現代の男というのは、女の不貞に対して怒りもしないのか。戦国時代だったらとっくに叩き斬っていてもおかしくないのに。

「怒ってよ。……私が浮気したこと、怒ってよ」

逆に亜沙実が、目に涙を溜めながら言った。――おっ、思わぬところから同志が現れた。そうだ、怒れ怒れ！　お梅は密かに亜沙実を応援する。まあ、その亜沙実が恭也に殺されるのを期待しているのだが。

すると、恭也が突然、大声を張り上げた。

「とっとと出ていて……けよ！」

でも、すぐに笑ってしまった。

「ああ、ごめん。怒り慣れてないから噛んじゃった」

大声を出しても、相変わらず恭也の中に怒りは生じなかった。

亜沙実は、少しだけ笑って、でもすぐ涙をこぼして、「悲しみ」「あきらめ」「寂しさ」といった感情で心を満たし、先ほどまでお梅が潜り込んでいた鞄に荷物を簡単に詰めた後、涙ぐんだまま小走りで部屋を出て行った。

その後ろ姿を見送ってから、恭也は小さな声で、微笑みを浮かべてつぶやいた。

「今までありがとう。さようなら……。これでやっと終われるよ」

そして恭也の心の中に、安堵感と自害願望が、一気に広がった。

なるほど、そういうことか――。お梅にもやっと、恭也の魂胆《こんたん》が分かった。

恭也が、自害願望を抱えつつも死ねなかったのは、恋人の亜沙実の存在が大きな原因だったのだろう。その亜沙実が不貞を働いていると知って、彼女が自分を捨てて不貞相手の男を選んでくれれば、心おきなく自害できると考えたのだろう。

そして、思惑通り亜沙実が出て行った。つまり、恭也は間もなく自害するのだ。

うん、なるほど……まあ、これも悪くないだろう。もちろんお梅としては、まず亜沙実を殺してから自害してもらえるのが最高だったのだが、これも次善の結末といっていい。百点満点ではないが、六、七十点ぐらいの結末だ。

恭也は、押し入れから現代風の白く細い縄を取り出して、その先端で輪を作り始めた。それをどう使うのかは分からないが、恭也の自害願望は、これ以上増幅しようもないほど膨らみ、それ以外の感情は読み取れない。つまり恭也が今、自害という一点のみに向かって突き進んでいるのは間違いない。さすがにこれなら死んでくれそうだ。

さあ、いよいよ待望の瞬間を迎えられそうだ。自害した恭也の死体は、亜沙実か、それ以外の誰かにかもしれないが、いずれ発見され、その傍らにあった謎の人形として、お梅の現代における呪いの人形伝説の第一歩も始まるのだ。ああ、楽しみだなあ。

それはそうと、縄で輪を作ってどうするのだろう。それは本当に自害に使うんだよな？ そこだけがお梅にとって気がかりだった。

5

『今からそっち行ってもいい？』

亜沙実がマンションを出てすぐ太郎にＬＩＮＥすると、駅に着いてから返信が来た。

『いいよ。忘れ物？』

亜沙実は、電車を待ちながら少し考えて、最もシンプルな理由を返信した。

『恭也と別れた』

恭也に浮気がバレたことは、今は端折《はしょ》っておく。ほどなく、また太郎から返信が来た。

『ということは、俺を選んでくれたんだね。嬉しいよ。いつでも大歓迎だよ』

これでよかったんだ。恭也には申し訳ないけど、これでお互い新しい道を歩いていけるはずだ——。亜沙実はそう自分に言い聞かせた。

今日の昼間と同様に、太郎のマンションの部屋を訪れる。太郎は玄関のドアを開けて、いつも以上に嬉しそうに、亜沙実を迎え入れてくれた。

「やあ。ようやく一発屋歌手に勝てて光栄だよ」

太郎の第一声の、恭也を蔑《さげす》む言い方が少し嫌だったけど、まあ仕方ない。太郎にしてみれば、憎きライバルだったのだろうから。

「今日、泊まってもいい？」亜沙実が尋ねる。

「もちろんだ。今日と言わず、これからずっとでもいい」太郎が笑顔で答える。

「ありがとう」

今日から太郎と一緒になるのだ。荻原亜沙実になる日も近いのかもしれない。

「せっかくだから、一緒にシャワー浴びようか……」

「あ……うん」

今日も三回したというのに、太郎はまだできるようだった。彼はいつだって情熱的だ。まあ、悪く言えばスケベだけど、求められるのは幸せなことだ。

太郎に肩を抱かれ、玄関から上がったところで、LINE通話の着信音が鳴った。一瞬恭也からかと思ったけど、鳴ったのは亜沙実のスマホではなく、太郎のスマホだった。太郎は、着信中のスマホを、ポケットから出して一瞥し、そのまま切ってしまった。

「えっ、切っちゃって大丈夫？　全然出てもらってもいいけど……」

亜沙実が言ったが、太郎は首を振る。

「いいんだ。仕事の電話だよ。こうやって切ることもよくあるから」そして太郎は、さらに体を密着させながら囁いた。「さあ、シャワー行こう」

「……うん」亜沙実はうなずく。

「あ、でも、その前にトイレ行こうかな、悪い」

太郎がぱっと思い立ったように体を離し、トイレに入った。

するとそこで、さっきとは違う着信音が鳴った。今度は固定電話だ。今時、一人暮らしで自宅に固定電話がある人は珍しいだろうけど、まだそれが普通だった時代からずっと成功者で、今さら電話代を安くする必要などない太郎の家にはある。

「ただいま電話に出られません。発信音の後にメッセージをどうぞ」という、おそらく初期設定のままの応答メッセージが流れ、次に聞こえてきたのは女性の声だった。

「もしもし太郎君、ケータイは無理だったみたいだから、こっちに入れとくね。今朝、包丁で親指切っちゃってね、LINE打つの大変なの～」

するると、太郎が入ったばかりのトイレから飛び出してきて、固定電話に向かって猛然とダッシュした。だが、慌てすぎたせいか廊下で滑って派手に転び、その間にも留守電に入る女性の声がはっきり聞こえてきた。

「あのね、次の水曜日に会えることになったの。用事が一個キャンセルになったんだ。だから次の水曜日、午前でも夜でもいいから、またいっぱいエッチしたいな」

太郎は、たぶんわざと足音をドタドタ鳴らして固定電話に駆け寄り、受話器を取ってすぐ置き、電話線まで抜いてしまった。そして、おそるおそる亜沙実を振り向いた。

「ああ……他に女がいるんだね」

亜沙実は淡々と言った。まさか一日のうちに、浮気をした側とされた側の両方を経験するとは思わなかった。

「ん……ああ」太郎は引きつった顔でうなずいた。

「話が違うんじゃない？　私、太郎が言ってたこと覚えてるよ。前も『俺と一緒になれば一生幸せにする』って言ってたよね。あれはプロポーズじゃなかったの？」

亜沙実が言うと、太郎は落ち着いた表情――を作っているのが丸見えの表情で言った。

「まあ、でもほら……言葉の意味をよく考えてくれ。『俺と一緒になれば一生幸せにする』

っていうのは、相手が亜沙実一人だとは、一言も言ってないだろ?」

「はあ?」

「ほら、『一緒になる』っていうのは、結婚するってことじゃなくて……」

「明らかに誤解させようとしてたじゃん。私を恭也と別れさせるために、プロポーズだと思わせる言葉を、後で言い訳できるギリギリの表現で言ってたじゃん!」

亜沙実もさすがに大きな声が出た。

「…………」太郎は完全にフリーズしてしまった。

「言い返せないぐらい図星ってことじゃん!」

亜沙実が言うと、太郎はたどたどしく言い訳を述べた。

「まあ、だから……マジで正直に言わせてもらうと、俺はその、複数の女性を同時進行で幸せにできるぐらいの財力があるからな。それを踏まえて、恭也なんかより俺を選んだ方がいいと思わないか?　あんな三流の一発屋より、一流の俺の方ぐうっ」

最後の「ぐうっ」は、亜沙実に殴られて出たうめき声だった。

浮気の言い訳だけなら、亜沙実も恭也を裏切った立場だし、どうにか我慢しただろう。でも、太郎がこの期《ご》に及んでまだ恭也を侮辱したことに、亜沙実の怒りは沸騰《ふっとう》した。「あんな三流の一発屋」という言葉が出た瞬間に亜沙実はダッシュを開始し、一直線に太郎に駆け寄って、その顔面に、しっかり拳を握って右ストレートを打ち込んでいた。

「いい加減にしろバカ！」亜沙実は叫んだ。

「あいたたた……」

顔を押さえてうずくまる太郎に、亜沙実は捨て台詞を吐く。

「その顔でサンセットワイド出ろ！」

そのまま荻原太郎の部屋を後にした。知り合って五年、関係を持って一年ほどだったが、いともあっさりと別れることになった。

荻原太郎——芸名は、沖原泰輔。俳優としてデビューし、今は司会者として人気者だ。「はぎわら」と誤読されがちな荻原《おぎわら》は「沖原」になり、シンプルすぎる「太郎」は「大輔《だいすけ》」で決まりかけたけど、同じ「だいすけ」と読む俳優が複数いたこともあり「泰輔」になった、という芸名決定の経緯まで、亜沙実は本人から聞いたことがある。

それにしても、自分が浮気しているのに、司会を務める『サンセットワイド』では他の芸能人の浮気を批判しているのだから、図太いにもほどがある。こんなことがバレたら大スキャンダルになり、『サンセットワイド』はもちろん、他の仕事もことごとく干されるはずだ。というか、あの調子で浮気を正当化して、他の女性に対しても同様のことを繰り返しているなら、遅かれ早かれバレるのではないか。だいたい芸能人の浮気系スキャンダルというのは、「そんなことしてバレたらどうするの？」と誰もが思うようなことを続けた末に、案の定バレるケースばかりではないか。そんなスキャンダル予備軍の男に今後の人生を預けることなどできない。ああ危ないところだった。

そもそも沖原泰輔は、最初からハラスメントまがいの近付き方をしてきたのだ。彼は、司会を務めていた歌番組『オキハラミュージック』のゲストの恭也のマネージャーである亜沙実を、収録前に見初《みそ》めて、挨拶や雑談もそこそこに「今度食事でもどうですか」と声をかけてきたのだ。亜沙実も、断って恭也が不利益を被《こうむ》ってはいけないと思って誘いに応じた。まあ結局は、その後も時々連絡を取り、何度か食事に行き、恭也の仕事がゼロになった時期から本格的に口説《くど》かれ、関係を持ってしまったのだけど。

沖原泰輔が「恭也君いいよねえ。俺ファンになったよ」などと『オキハラミュージック』のスタッフに言って、恭也を何度もゲストに呼んだのは、実は亜沙実に会うためで、本当は恭也に期待なんて全然していなかった——と、のちに沖原泰輔本人から聞かされた。きっと恭也は、沖原泰輔のことを、一発屋扱いされてからも番組に呼んでくれた恩人だと思っているだろうけど、実際は公私混同も甚だしい女好きタレントなのだ。そういえば沖原泰輔は、亜沙実を口説く少し前あたりに一度離婚していた。特に報じられていなかったけど、あの原因も浮気だったのかもしれないと、今にして思う。

それでも、もはや歌手ではなくヒモに成り下がってしまった恭也と天秤にかけて、沖原泰輔と一緒になった方が幸せな人生を送れるのではないかと判断し、一度は彼を選んでしまった。ところが蓋《ふた》を開けてみれば、その正体はとんだ浮気男だった。今なら分かる。亜沙実は沖原泰輔の財産と安定性に目がくらんでいたのだ。心から愛した相手は、最初から恭也だけだったのだ。亜沙実は迷わず恭也の部屋に向かっていた。許されるならやり直したいと、心から思っていた。

ただ問題は、ほんの小一時間前に、恭也を捨ててしまったことだ。

あの録音音声を聞かれて、恭也に出ていくよう言われても、浮気したことを全力で謝って許しを乞《こ》うべき場面だったのに、亜沙実は出て行ってしまったのだ。この状況で、どの面《つら》下げてマンションに戻ればいいのか。人生最大の難問だ。最寄り駅まで歩きながら、亜沙実はひたすら善後策を考える。

ただ、よく考えたら「恭也と別れたい」とはっきり言ってはいなかったはずだ。正直、部屋を出る間際に何と言ったか、動揺や気持ちの高ぶりもあってよく覚えていないけど、たしか恭也に対して「浮気に怒ってほしかった」的なことしか言わなかったはずだ。

数分歩きながら考えた末に至った結論は、きわめてシンプルだった。

とにかく、ひたすら謝るしかない。

「やっぱり恭也の方が好き。自分の気持ちに気付いた」とか涙ながらに言って、あとは愚直に謝罪。それでいくしかないだろう。間違っても、浮気相手の男を一度は選ぼうとしたけど、そいつが浮気してたからやっぱり恭也に変えた、ということを悟《さと》られてはいけない。相手の男の家に行く途中でやっぱり翻意《ほんい》して帰ってきた、ということにした方がいいかな。でも、そういう嘘は何かの拍子にバレたらまずいかな……。

そんなことを、駅に入ってからもずっと考えながら歩いていたら、目的の電車が目の前で出発してしまった。

まあ、何が何でも急いで帰るという感じでもないか。むしろ、ほどほどの時間を置いて帰った方がいいかもしれない。家を出てからも延々と考え尽くした末に、やっぱり恭也を選んだ、ということにした方が、より説得力が増すかもしれない。

多少時間をかけてもいいから、綿密にプランを練って帰ろう——。亜沙実は決めた。

6

恭也の自害の意思は完全に固まった。お梅の期待は、もはや確信に変わっている。

もし亜沙実の気が変わって、大急ぎで戻ってきたりしたら、引き留められてしまうかもしれないが、恭也の自害の準備もそろそろ終わりそうだ。亜沙実がよっぽど急いでとんぼ返りでもしない限り、間に合うことはあるまい。

縄で輪を作る恭也を見て、これを自害にどう使うのか、お梅には当初は分からなかったが、恭也がその輪に自分の頭を通してみたり、縄の端を結びつける場所を思案する様子を見て、どうやら縄で自分の首を吊り下げることで、自分の体重を利用して首を絞めて自害しようとしているのだと分かった。

なるほどこれは合理的だ、これを恭也が一人で考案したなら相当な知恵者だ、とお梅は思ったが、そうではなさそうだった。恭也はすまほで調べながら自害の準備をしていて、その画面が、部屋の隅に置かれたお梅からも見えたのだが、そこには「首吊り」と書いてあった。どうやら首吊りというのは、現代で広く知られた自害方法らしい。

戦国時代からの約五百年の間に、あらゆる物が進歩したのはお梅も実感していたが、自害の方法まで進歩していたとは驚きだ。たしかに首吊りは、切腹より苦痛が小さいだろうということは、自身の首は簡単にぽんと取れてしまうお梅にも想像できた。もっともお梅としては、ただ首が絞まって死ぬだけであろう首吊りより、血と臓物《ぞうもつ》が華々しく飛び散り、発見者の恐怖心もより高まるであろう切腹の方が好みだが。

とはいえ、お梅を拾った人間が、今まさに死のうとしているのだ。それも、ぼゐすれこをだあを使い、お梅が亜沙実の不貞を記録したことが、自害の決め手となったのだ。これは文句なしで、お梅が恭也を呪い殺したと言っていいだろう。お梅が呪いの人形として、約五百年ぶりに復活してから、ずっと待ち望んでいた瞬間だ。

いや～、ここまで長かった。今まで人間を呪うのに失敗し、それどころか逆に幸せにしてしまうという大失態が続いていたが、現代に復活した呪いの人形お梅の第一章は、やっとここから始まるのだ。恭也は今まさに、かあてんを吊り下げるため窓際に渡された金属の棒に、輪を作った縄を結びつけ、そこに頭を入れるための踏み台として、椅子まで準備した。さあ、いよいよ自害だ。実に楽しみだ。しかと見届けようではないか！

恭也は椅子に乗り、縄の輪をつかみ、顔を入れた。かあてん吊り下げ棒に縄を結んだせいで、顔が窓の方を向いていて、お梅から見えないのは少々残念だが、もしかすると首吊り状態になった後で縄が回転し、こちらを向いてくれるかもしれない。せっかくだから、凄絶《せいぜつ》な死に顔も拝みたいものだ。

と、恭也の動きがぴたりと止まった。しばらくしてお梅は気付いた。どうやら恭也は、がらすの窓に映る背後のお梅を見ているらしい。がらす越しに、お梅と恭也の目が合っている状態だ。

恭也は椅子に乗ったまま、ゆっくりとこちらを振り向いた。目は虚《うつ》ろだ。ただぼおっとお梅を見ているだけだ。そんな恭也の自害欲求を、お梅はまた増幅させてやった。

――のに、なぜか膨らまない。

恭也の心の中が、ほんのわずかな間に、今までお梅が読み取ったことのない謎の感情で満たされた。そのせいで「死にたい」という感情は全然読み取れなくなっている。

いったい何が起きてるんだ――。お梅は戸惑った。ふと、恭也が何か小さな声を発していることに気付いた。どうやら鼻歌を歌っているようだ。お梅の方に視線は向いているが、何も見ていないような目で、ただ無表情で、鼻歌を小声で発している。

と、恭也が椅子からぴょんと降りてしまった。そして、近くに置いてあった、ぼゐすれこをだあを手に取った。

それに向かって、節を付けて「ららら～らららら」と声を出した。

ああ、なるほど、辞世《じせい》の句《く》のようなものか。恭也は、しんがあそん某と呼ばれる歌い手だったようだから、最期《さいご》に歌を一節残してから死ぬつもりなのか。この歌声を記録したらすぐに死ぬのだろう。

……ねえ、そうだよね恭也。お願いだからそうだって言ってよ恭也。なんだか、歌を記録する時間が長くないか？　あと、死にたい欲求が心の中からすっかり消えて、充実感と興奮がどんどん膨れ上がってるのはどういうことだ？

恭也は今度は、部屋の隅の入れ物から現代風琵琶を取り出し、ぼゐすれこをだあに向かって奏でながら歌い始めた。ずっと「ららら」で歌っていたが、恭也は一節だけ「幸運の人形だね～」という歌詞を付けた。

おい、ちょっと待てっ。まさか恭也、今の幸運の人形というのは――。

＊

荷造り用のロープで首吊りの輪を作り、それをカーテンレールに結び、椅子に乗って輪に首を通した恭也が、あと数秒で自殺を完遂しようかという時、その瞬間は訪れた。

メロディが降りてきた、としか言いようがなかった。

たぶんきっかけは、窓に反射した背後の日本人形と目が合ったことだ。そういえば少し前に道端で拾って、もはや拾ったことも忘れていた人形だ。ただでさえ不気味な人形が窓に映った姿はいっそう不気味で、「俺よくあんな不気味な人形拾ったな」なんて思って、死に直行していた感情が薄れて、恭也の心に妙な空白が生じたのだ。

「あと数秒で死ぬという極限状態から、突然訪れた心の空白」——そんな、人生で一度も経験したことのなかった状況が、奇跡を生んだのかもしれない。

ふいに、恭也の頭の中にメロディが流れた。思わず振り返り、人形をしばらく見つめてしまったのは、その人形がテレパシーで恭也の脳にメロディを送ってきたのではないか、みたいな妙な妄想をしてしまったからだ。

そのメロディは、とてもよかった。ただ、今は正常な精神状態じゃないから、変によく感じられるだけかも、と思い直して、鼻歌で声に出してみた。でも、やっぱり素晴らしいメロディとしか思えなかった。

とりあえず自殺はいったん中断して、近くにあったボイスレコーダーに録音してみた。少し時間を置いて聴いて、やっぱりよくなかったら、その時に自殺すればいい。

録音しているうちに、最初に思いついた、サビになるであろう部分の前後のメロディもどんどん思いついた。そのたびに細切れに録音していたら、ファイルが増えてややこしくなったので、過去の録音ファイルはいったん全部消した。その際に、そういえばどうやって録音されたのか結局謎だった、亜沙実と浮気相手の男の声が入ったファイルも消してしまったけど、まあ二度と聞くことはないので構わない。

その後も恭也は曲を口ずさみ、録音しているうちに、気付けばほぼ丸々一曲が完成してしまった。所要時間はたぶん十分程度だっただろう。この感覚は何年ぶりだろう。いや、こんなに一気に曲ができたのは人生初ではないか。

改めて聴いてみて、やっぱりものすごい曲ができたとしか思えなかった。恭也はギターを取り出し、奏でながら歌ってみた。とりあえず歌詞は無しの「ラララ」で歌いながら、サビの最後の一節だけ「幸運の人形だね〜」と歌ってみた。あの人形を見た時に降りてきたメロディだ。その歌詞がふさわしいと思った。

正直言って、歌詞はもはや重要ではない。この曲の力がすでに圧倒的なはずだ。ぶっちゃけた話、時代を彩った名曲の多くがそうだろう。メロディがとても素晴らしければ、詞は多少変だったり、意味不明なところがあったりしてもOKなのだ。

その後も、録音を聴いては修正を重ね、曲をブラッシュアップする作業に没頭した。

――と、そんな時に、ガチャッと玄関の鍵が開く音がした。

えっ、亜沙実が帰ってきたのか?

恭也は焦った。とっさに、カーテンレールからぶら下がった首吊り用のロープだけ、急いでハサミで切ってゴミ箱に捨てて、すぐハサミを元の場所に置いた。

亜沙実の足音が近付いてくる。これは今後についての話し合いとかで、色々長くなるパターンか？　それはちょっと困る。今はこの曲を一気に磨き上げる時だ。

「ごめん、恭也、私やっぱり……」

リビングのドアを開けて言いかけた亜沙実を、恭也は片手で制した。

「悪い、しばらく待って！」

それだけ言って、またギター片手に録音を再開した。

亜沙実は、それだけで分かってくれたようだ。まあ、食事や会話の途中で「ごめんちょっと録音する」と中座したことは、過去に何度もあったことだ。

恭也はまた作業に没頭した。亜沙実はずっと部屋の隅で立って、恭也の曲を聴いているようだったけど、正直ほとんど亜沙実のことは見ていなかった。それほど集中していた。

一区切り付いたところで、亜沙実が、かすれた声でぽつりと言った。

「すごい……ものすごい曲、できたね」

見ると、亜沙実は小刻みに震えながら、両目から涙を流していた。

「うん……できた」

恭也はうなずいた後、数年ぶりの思いを、亜沙実に告げた。

「長く待たせちゃって、ごめん」

亜沙実は、首を横に振った後、駆け寄って抱きついてきた。

亜沙実が、さてどう謝罪しようかと頭の中で色々シミュレーションしながら、マンションの部屋に戻ったら、恭也の才能が覚醒《かくせい》していた。

用意した謝罪を切り出そうとした亜沙実を、恭也は「悪い、しばらく待って！」と制して、ボイスレコーダーに向かって「ラララ」と歌って録音していた。しばらく前からその作業を続けていたようで、ほぼ完成した曲をブラッシュアップする段階に入っていた。

少し聴くだけで、それがとてつもない曲だということは分かった。

唯一のヒット曲『あいしてるの理由』どころではない。震えるほどいいメロディだ。この瞬間を待っていたのだ。恭也ならいつか、こんな凄まじい曲を作れるのではないかと、ずっと信じていたのだ――。

それがよりによって、一度は別れを決意した今日訪れるとは思わなかったけど、とにかく亜沙実は嬉しくて、いやそれ以上に曲が素晴らしすぎて、気付けば涙を流していた。

恭也は、脇目も振らず曲作りに没頭していた。そんな中、ゴミ箱から見慣れない細長い物が出ていることに気付いたので、亜沙実は忍び足でゴミ箱に近付き、中を見た。

そこには、首吊り用としか思えない、輪っかを作ったロープが入っていた。

寒気が走った。まさか、恭也は自殺しようとしていたのか——。

でも、今の恭也は曲を作っている。間違いなく今までのキャリアでベストの名曲を。

ということは……一度は死のうとしたけど、やっぱりやめた、でいいのかな？

とりあえず、ロープは見なかったことにした。その後も、邪魔したら悪いと思って声をかけずにいたけど、少し間が空いたところで、一声だけかけた。

「すごい……ものすごい曲、できたね」

涙で声がかすれた。恭也は亜沙実を見て、微笑んでうなずいた。

「うん……できた」

そして、恭也は少し間を空けてから、一言付け足した。

「長く待たせちゃって、ごめん」

亜沙実は、首を横に振った後、恭也に駆け寄って抱きついた。

もう一生離れない。亜沙実はそう確信した。

7

いやいやいや、こんなのはさすがに予測不可能だって！　お梅にとっては理《り》不《ふ》尽《じん》としか言いようがなかった。

今まさに死のうとしていた恭也が、お梅を見て急に曲を思いつき、その曲に『幸運の人形』という題名を付けて売り出し、それが「一億回再生を驚異的すぴゐどで達成」とか、お梅にとっては何がすごいのか分からないが、とにかく日本中で大流行する――なんてことは、お梅に予想できるわけがなかったのだ。それにしても、呪いの人形であるお梅を見て作られた曲が、『幸運の人形』という題名で大流行してしまうなんて、お梅にとっては最悪の屈辱だ。ああ腹が立つ！　ああ悔しいったらありゃしない！

『幸運の人形』は、現代人にとってすごく良いと感じられる曲らしいが、お梅はそんなの知ったこっちゃないのだ。お梅が生まれた時代に奏でられていた音楽なんて、能とかだったし、その良し悪しもお梅は当時から全然分かっていなかった。でも、とにかく『幸運の人形』の大好評により、恭也は「奇跡の復活」「再ぶれゐく」などと言われているらしい。まったく、何が奇跡の復活だ。たかだか数年くすぶっていた程度で。お梅なんて五百年も封印されていたんだぞ。

また、恭也はかつて一つだけ流行曲を作り、その後は人気が出なかったので「一発屋」と呼ばれていたらしく、「一発矢」ではなかったのだが、『幸運の人形』を作った後の恭也は、今度は一発屋では終わらず、次の曲もその次の曲も流行させてしまったのだ。

それに関して、恭也は亜沙実に、自宅でこんな話をしていた。

「さかあがりにたとえるとさ、俺は『あいしてるの理由』の時、さかあがりがまぐれで一回できたんだけど、すぐできなくなっちゃったんだよ。でもほら、さかあがりを補助するあの反り上がってる道具、小学校の鉄棒にあるじゃん。あの日、亜沙実が出て行っちゃったこととか、その後でしょっくを受けてる時にあの人形と目が合ったこととか、全部が合わさって、さかあがりの補助のあれみたいな役割をしてくれたんだよ。それがきっかけで、今度こそ本当に、さかあがりができる感覚を覚えたから、今はさかあがりが何回でもできるようになった……そんな感覚なんだ」

「なるほど……」

と、話を聞いていた亜沙実も、あまり理解できていないような微妙な反応だったし、そもそもお梅には「さかあがり」が何のことか分からないから、その後の比喩《ひゆ》も分かるはずがなかったのだが、要は恭也は、流行曲を作るコツをつかんでしまったらしい。

「まあ、いつかまたダメになっちゃうかもしれないけどな」

恭也が冗談めかして言ったが、亜沙実は笑って首を振った。

「もしそうなっても大丈夫。私はもう絶対離れない」

そして二人は口づけを交わし、その勢いで男女の営みに突入してしまった。お梅が来た当初は、男女で住んでいる割にそういうことがないなと思っていたが、恭也が調子を取り戻してからは、むしろ割と頻繁に、あんあんうふうふと快楽を求め合っているのだ。今や恭也と亜沙実の心は、互いへの愛でいっぱいだ。ああ不愉快だ。お梅にとって、愛がいっぱいの男女を目にすることは、人間でいうところの、出先で入ったトイレの便器が大便でいっぱいだったのと同じぐらい、不快で逃げ出したいことなのだ。

もちろん、この家にいる間ずっと瘴気も発しているが、結局ぱわああっぷした瘴気も、現代の健康な大人には効かないようで、恭也も亜沙実も健康そのものだし、増幅させられるほどの負の感情は、今やどちらからも読み取れなくなってしまった。

くそ、完全に詰んだ！　お梅は己《おのれ》の不運を呪った。もう人間を呪っても全然効かないので、己の不運ぐらいしか呪うものがなかった。

＊

『幸運の人形』に続いて発表した二曲もヒットし、もはや恭也を一発屋と呼ぶ人はいなくなり、「復活の天才シンガー」などと呼ばれるようになった。歌番組やフェスにも頻繁に呼ばれ、単独コンサートも決まった。少し前まで仕事がなかったのが嘘のようだ。

恭也は、また曲を作れるようになったことを、鉄棒の逆上がりにたとえた。亜沙実には正直ピンとこなかったけど、要するに今後も大丈夫そうだということだろう。亜沙実は今では、恭也と愛に満ちた幸せな日々を送っている。亜沙実の浮気なんて、なかったことになってしまった感もある。『幸運の人形』を生み出す直前に自殺を決意させるほど、ひどいことをしてしまったはずなのに、恭也は全然根に持っている様子はない。

これからは恭也のよきマネージャーであり恋人として、二度と裏切らずに生きていく。

亜沙実はそう決めている。

そんなある日、音楽雑誌『ロッキング音《おん》』の取材を受けることになった。これが三度目で、亜沙実が旧知の女性編集者の菊池《きくち》と電話で打ち合わせする中で、こんな話題が出た。

「あ、そういえば『幸運の人形』って、モデルになった人形とかあるんですか?」

「ああ、今も家にありますよ。恭也がその人形と目が合った時に、メロディが降りてきたらしいです」

亜沙実が恭也と同棲していることは、公表していないが、菊池にはすでに伝えてある。

「その人形の写真、撮らせてもらうことってできますかね?」菊池が言った。

「ああ……後で恭也に確認してみますけど、たぶん大丈夫だと思います。次の取材の時に持って行きましょうか」

「よろしいですか? じゃ、ぜひお願いします。『幸運の人形』のモデルの人形、本邦《ほんぽう》初公開——なんて見出しを打てたら、すごい引きがあると思うんで」

と、話がまとまり、取材当日、人形を段ボールに入れて持っていくことになった。

都内の一等地にある『ロッキング音』の出版社のビルの前で、最近はもう躊躇なく乗れるようになったタクシーを降り、亜沙実と恭也が一緒にビルに入る。人形を入れた段ボールは恭也が持っている。「マネージャーなんだから私に持たせて」と亜沙実が言っても、よっぽど軽い荷物以外、恭也は持たせてくれないのだ。そういうところも大好きだ。

ビルの受付の前に、すでに菊池とライターとカメラマンの三人が待ち構えていた。

「どうも、本日はよろしくお願いします。ライターの鈴木《すずき》と申します」

「カメラマンの佐々木《ささき》です」

ともに男性のライターとカメラマンとの名刺交換を済ませると、「それでは取材用のお部屋にご案内します」と、エレベーターに乗って菊池に先導される。書類や本がデスクの周りに積み重なったオフィスを横目に廊下を進むと、そこだけ異様にきれいな、取材やインタビューに使われる部屋がある。そこに入って取材が始まる。

「あ、ところで、その段ボール箱が……」

ライターの鈴木が、恭也の持っている段ボールを指し、興味津々で切り出す。

「ああ、はい。これが『幸運の人形』のモデルになった人形です」

恭也が段ボールの蓋を開けて中を見せる。家にあった物をただ持ってきただけなのに、一同が「お〜っ」と歓声を上げる。

「こちら、写真よろしいですか？」

「ええ、どうぞどうぞ」

カメラマンの佐々木が、色々な角度から人形を撮影する。改めて見るとかなり不気味な日本人形だけど、さすがに「意外と不気味ですね」なんてことは誰も言わない。

「いや〜、『幸運の人形』のモデルを初公開ってことで、『ロッキング音』の売り上げも、いつも以上に伸びるかもしれませんね」

ライターの鈴木がお世辞《せじ》を言った後、恭也に質問した。

「こちらの人形、ずいぶん年代物といった感じですけど、どこかで買ったとか、それとも譲り受けたとか、入手の経緯はどんな感じだったんですか？」

そういえば、亜沙実もちゃんと把握していなかった。初めてこの人形が部屋に置かれた夜、恭也は酔って寝てたんだっけ——と思い出していた中、恭也が答える。

「ああ、これ、たしか拾ったんですよ」

「あ……拾ったんですか」鈴木が目を丸くした。

「酔っ払って外歩いてたら、道端に置いてあって、目が合ってつい拾っちゃったんです」

屈託《くったく》なく話す恭也を見てから、亜沙実と鈴木、それに菊池も目が合った。

たぶん、この三人の大人は、全員同じことを考えている——。

でも、それを最も口に出しやすいのは自分だと判断して、亜沙実は恭也に言った。

「あの、それって……もしかすると、軽犯罪になっちゃうかも」

「えっ、そうなの？」恭也が真顔になる。

「えっと、たしか一応、占有離脱物横領《せんゆうりだつぶつおうりょう》って名前だったと思うんですけど……」

鈴木がおずおずと言う。亜沙実は、もっとはっきりと言う。

「そういうのって、もしかしたら誰かの落とし物かもしれないし、勝手に持って帰っちゃいけないいんだよ。一応、犯罪なの」

「あ、そっか、ごめん」恭也が謝った。「売れてない頃、ゴミ捨て場にあった漫画とか、普通に持って帰ってたから……」

軽犯罪かもしれないって分かったんだから、さらに過去の罪を自白しないでよ、と心の中で思いながらも、亜沙実は菊池に言った。

「すみません、せっかく写真まで撮ってもらったのに申し訳ないですけど、この写真が載って、もし元の持ち主が『私が落としたやつだ』って名乗り出たりしたら、炎上しちゃうかもしれないですよね」

「そうですねえ。炎上も、ない話ではないですよね」菊池も困り顔でうなずく。「それじゃ、えっと……申し訳ないですけど、やっぱり人形の話は、なしでいきましょう」

インタビューの方針転換があっさり決定した。

「ああ、どうもすみません。僕の軽率《けいそつ》な行動のせいで」恭也が謝る。

「まあまあ、財布とかだったら絶対ダメですけど、この人形を誰かが落とした可能性は、正直かなり低いと思うんで、誰かが捨てたのを持って帰っただけだと思いますよ」鈴木がフォローするように言った。「とはいえ一応、炎上防止のために大事を取って、人形の話以外でいきましょう。ちゃんとそっちの質問も用意してるんで、ご安心ください。では、さっそく新曲についてなんですが……」

そこから結局、恭也の普通のインタビューとなった。恭也は、最近多忙なせいか、それとも軽犯罪の可能性を知らされたせいか、変に間が空いたり、上の空になってしまうような場面もあったけど、それでもインタビューは無事に終了した。

「どうも、人形の件はすみませんでした。ありがとうございました」

「いえ、こちらこそありがとうございました。またよろしくお願いします」

挨拶を交わし、恭也とともに出版社のビルを後にする。今日はこの後、テレビの歌番組の打ち合わせも入っているので、またタクシーを拾って、テレビ局に向かう。

「いや～、悪いね。向こうにも申し訳ないことしちゃったな」恭也が車中で謝る。

「まあ、しょうがないよ。あの経緯をちゃんと確認してなかった私も悪いし」

と、亜沙実が返したところで、タクシーの運転手がミラー越しに話しかけてきた。

「あれ、お客さん。ひょっとして、歌手の恭也さんじゃないですか?」

「ああ、そうです」恭也は気さくにうなずく。

「実は、うちの娘が大ファンで、もしできたら、後で写真撮ってもらっていいですか」

「ええ、全然いいですよ」

「わあ、ありがとうございます。娘も喜びます」

と、運転手と恭也が話している間に、亜沙実はふと気付いて、恭也に尋ねた。

「あれっ……あのさあ、人形、トランクに入れてもらったりしてないよね？」

「いや、してないけど……」と答えたところで、恭也も気付いたようだった。「ああっ、人形忘れちゃった！」

あの人形を、段ボール箱に入れたまま、出版社に忘れてきてしまった。

と、そこに電話がかかってきた。

＊

おいっ、この私を置き去りにするとは何事だ！　お前らにとって私は恩人だろうが！

まあ正確には恩人形だけど。――お梅は、だんぼをる箱の中で憤慨《ふんがい》していた。

今日は事情がよく分からないまま、知らない場所に運ばれ、そこでどうやら、恭也の曲『幸運の人形』の元となった人形ということで、お梅を世に広めようとしているようだと分かった。これは不本意だぞ、とお梅が案じていたら、やっぱりお梅を入手した経緯が法に反しているからやめることになったらしく一安心――という、結局外に出された意味もない、実に不毛な時間を過ごした。それはそうと、現代では小さな悪事でも明るみに出ると、家に火を放たれる恐れがあるらしい。亜沙実や他の人間たちも「お梅を拾ったことが知られたら炎上しちゃうかもしれない」といった話をしていた。現代は戦国時代よりだいぶ平和になったのかと思いきや、人の物を拾ったことが知られるだけで放火されるというのか。その点はむしろ戦国時代より殺伐《さつばつ》としているのかもしれない。

そういえば今日の恭也からは、内容こそ分からないが、強い「隠し事」が読み取れた。あれは何だったのだろう。そのせいか会話中も時々、上の空になっていたようだが。

まあ、そんなことはどうでもいい。とにかくお梅は、だんぼをる箱に入れられたまま、出先に放置されてしまった。まったくもう、これからどうしたものか――。お梅はだんぼをる箱をそっと出て、外に出て恭也と亜沙実を追うべきか、などと思案した。

だが、その時、背後に気配を感じた。

振り向くと、先ほどの片付けをしていたのか、菊池という女が一人で部屋にいた。特に物音も立てていなかったのでお梅は気付かなかったのだが、彼女はお梅を見て絶叫した。

「いやあああっ、う、動いたあああっ！　に、人形、動いたああああっ！」

菊池という女は、だんぼをる箱を内側から開けて外に出たお梅の姿を、ばっちり目撃してしまったようだ。これはもう、ごまかしようがない。

「最初から不気味だと思ってたけど、何なの？　呪いの人形なの⁉」菊池はお梅に向かって叫んだ。「来ないで！　私、知り合いに、霊が見えるっていう住職がいるから、そこでお祓《はら》いしてもらうからね！　そのあと、恭也さんたちに返……さない方がいいか。もしかしたら、そのまま処分しちゃった方が……」

　菊池という女が、お梅を睨みつけながらぶつぶつ言っている。さらに、部屋の外から「菊池さん、どうかしました？」と別の男の声も聞こえてきた。

　これは厄介なことになった。ここで菊池に捕まり、知り合いの住職とやらの手に渡ったら、どんな面倒があるか分からない。もちろん、人間のお祓いなどお梅に効くはずがないのだが、お祓いと称して破壊されたり燃やされたりする可能性も否めない。

　仕方ない。こうなったら力業《ちからわざ》だ。さあ菊池よ、極限まで怖がるがいい——。

　お梅は、怯えながらもこちらを見つめる菊池の恐怖心を、最大限増幅させてやった。そして、首をすぽっと外し、首から下と別々で宙に浮いて、菊池にぐ～んと迫ってやった。

「いやあああああっ！　飛んだあああああっ！」

　菊池は叫び声を上げ、腰を抜かして卒倒《そっとう》した。すぐに廊下から「えっ、ゴキブリでも出ました？」という男の声が聞こえて、部屋の扉が開いた。

　お梅は、空中で首と胴体を合体させ、その扉の隙間めがけて一気に滑空《かっくう》した。そして、扉を開けた男が「えっ、何⁉」と驚いている間に、廊下を一気に駆け抜けた。

「ちょっと、何すかあれ？　ろぼっとのおもちゃですか？」

「違う、呪いの人形！」

　そんな声を背中で聞きながら、お梅は駆け足で出口を探す。廊下を何度か曲がり、数人の人間とすれ違って「えっ」「すごい、何あれ！」などと驚かせたのち、「喫煙所」と書かれた場所を見つけた。窓の外で中年男が一人、小さな紙の筒を吸っている。あれはたしか「たばこ」という、体に有害な煙が出るのになぜか一部の人間が吸いたがる筒だ。

その喫煙所は、屋外にせり出していて、外に飛び出せば逃げられそうだった。有害な煙は他人の健康を害さぬように外で吸え、という意図で設けられた場所だろう。

喫煙所に出ていた男が、すまほを見ながら窓を開け、中に入ってきた。入れ違いにお梅が喫煙所に出る。男はそこでお梅に気付いたようで「えっ……ええっ！」と二段階に分けて驚いていたが、構っている暇はない。

お梅は、喫煙所を囲う高い柵を、宙に浮き上がって越え、外へ飛び出し――てみたら、思っていたよりずっと高かった。

十階以上はあったか。そのまま落下したらお梅の体は再起不能の損傷を負っただろう。だが今は空中浮遊能力があるので、一度に十秒ほどしか使えない力を小出しにして、風に乗って緩やかに滑空し、人通りのない脇道を狙って着地する直前に、しっかり浮いて衝撃を避け、無事に地面に降り立った。

ふう、どうにか助かった。しかし、これで恭也と亜沙実ともはぐれてしまった。奴らはお梅の存在によって、幸せになるどころか、時代の寵児《ちょうじ》にまでなってしまったのだ。

ああ悔しい。なんとか次こそは、呪える人間を見つけねば――。

＊

「ああっ、人形忘れちゃった！」

タクシーの中で気付いた直後、藤田亜沙実に電話がかかってきた。スマホの画面を見ると、菊池さんからだった。すぐに亜沙実が「はい、もしもし」と電話に出る。

「もしもし藤田さん。あの、人形が……」

電話口で言いかけた菊池さんに、亜沙実が謝る。

「ああ、すいません。忘れて行っちゃいましたよね。こっちも今気付いて」

「いや、あの人形が、く、首が取れて、わ、私が驚いて、どこかに行っちゃって……」

菊池さんはやけに慌てている。亜沙実はよく分からなかったので聞き返す。

「えっと、人形の首が取れちゃって、行方不明になっちゃった、ってことですかね？」

「ああ、はい、そうです」

菊池さんが答える。亜沙実はスピーカーモードにして、恭也にも聞こえるようにした。

「あの……もしあれだったら、あの人形、そちらで処分していただいて大丈夫ですよ」

亜沙実が小声で「いいよね？」と確認すると、恭也も「うん」と小声でうなずいた。

「正直まあ、拾い物ですし。たぶん元の持ち主も捨てたんでしょうし」

「いや、でも、実は、あの人形が……本当に、すごくびっくりしたんですけど……」

　菊池さんは、ずいぶん慌てながら、電話の向こうで誰かと話している様子だった。

「えっ、喫煙所から飛んだ？　うそ、そんな……。えっと、あの、すみません藤田さん、後でまた連絡します」

「ああ、はい……」

　そのまま電話が切れてしまった。どうやら、あの人形の首が取れるなどのハプニングがあったようだけど、結局何を言っているのかよく分からなかった。

「なんか、慌ててたのかな？　まあ、あっちはあれが大事な物だと思ってたんだろうし、恭也本人が別にいらないと思ってるとは、知らなかったんだろうからね」

「ああ……うん」

　恭也が、妙な間を空けてからうなずいた。亜沙実がその様子を察する。

「ちょっと疲れてる？」

「ああ、ううん、大丈夫」

　恭也は首を振ったが、先ほどの取材中も少し上の空になる時があった。再ブレイク以降ずっと忙しいので、疲れが溜まっているのかもしれない。

「次の打ち合わせが終わったら、今日はもう終わりで、美味しいディナーだからね」

　亜沙実が言った。今日の夕飯は、久しぶりに二人で、割と高級な個室レストランに行って、水入らずでゆっくり食事を楽しむことになっている。

「楽しみだな～」

ただ、気の張った店で、恭也が余計に疲れなければいいけど。それが少し心配だった。

気付かれてはいけない。上の空になっているようではいけない。しっかり気を張らなくては――。恭也は自分に言い聞かせた。

人形のことは別にどうでもいい。それよりもはるかに大事なイベントがあるのだ。

これだけは、その瞬間まで隠し通したい。恭也は今朝からずっとそう思ってきた。

さりげなく、ポケットの中の、触り慣れない感触をまた確かめる。

今日のディナーの最後に亜沙実に渡す、結婚指輪のケースの感触を――。

ゑぴろをぐ

「恭也が結婚するんだって。個人事務所の社長でもある女性と」

池村恵が、車の後部座席でスマホを見ながら言った。運転席の淳平が返す。

「ああ、あの人、個人事務所だったんだ。じゃ、今すごい儲《もう》かってるだろうな」

「キョウヤって誰？」

隣に座る未央が尋ねてきた。恵が説明する。

「ほら、『幸運の人形』っていう歌を歌った人」

「あ〜、あの歌で売れた人ね」

未央は、小学生になって大人びてきた口調であいづちを打った後、笑顔で言った。

「結婚して、お母さんとお父さんみたいに仲良くなれたらいいね」

「そうだね」

淳平がバックミラー越しに笑顔を見せる。恵も笑う。

家の近くの信号で車が停まったところで、未央が窓の外を指差した。

「あ、彩乃ちゃんと、修馬君だ」

すぐそばの歩道で、香取さんの家の姉弟が信号待ちをしていた。苗字まで知ったのは最近のことだ。今日はもう一人、背の高い男の子も一緒のようだ。

「あの人は、彩乃ちゃんか修馬君のお友達かな？」

恵が言うと、すぐに未央から答えが返ってきた。

「あれは宏樹君だよ。修馬君のお友達」

近所のお兄さんお姉さんには、未央の方がよっぽど詳しい。通学路などで顔を合わせるたびに、可愛がってもらっているらしい。

「彩乃ちゃ〜ん」

車の中から未央が手を振ると、彩乃ちゃんが気付いて、手を振り返してきた。

と、彩乃ちゃんが未央を指差して大笑いした。隣で修馬君と宏樹君も笑う。さらに彩乃ちゃんが、両頬《ほお》を引っ張って、こちらに向かって変な顔をする。

何かと思って恵が見ると、未央が車の窓に顔を押しつけて、渾身《こんしん》の変顔をしていた。

「あ〜ほらもう、跡ついちゃうからやめて！」

恵が呆れて制止する。春に入学した公立の小学校で、未央がまず覚えてきたのが変顔だった。今、我が家では空前の変顔ブームが起きている。

でも、お受験をしていた頃の未央より、今の方がずっと表情豊かで楽しそうだ。

信号が青になって車が走り出す。未央は「バイバ〜イ」と彩乃ちゃんたちに手を振る。

「あ〜、やっぱり跡付いた。ほら、自分で拭いて」

恵がハンドタオルを渡すと、未央が「は～い」と素直に窓を拭き始めた。

「もう、お姉ちゃんが変な顔ばっかりして困っちゃうよね～」

恵が、そろそろ目立ち始めた自分のお腹に話しかけた。まだ妊娠中なのに、そのお腹に向かって未央が「いないいない、ば～」とまた変な顔をする。

「生まれたら、ず～っとあやしてくれるだろうな」運転席から淳平が言った。

「そうだね」

恵もうなずく。今から楽しみで仕方ない。


「『幸運の人形』などのヒット曲で知られる、歌手の恭也さんが、結婚を発表しました。お相手は、マネージャーで個人事務所の社長でもある女性で――」

刑務所の雑居房のテレビの芸能ニュースを見ながら、尾島裕太は小声でつぶやいた。

「幸運の人形か……」

人形、という言葉から、またあの瞬間を思い出した。あの時、たしかに人形の首が宙に浮かんでいたのだ。それに見入ってしまったせいで、二人を刺すのに失敗したのだ。今のところ、この話は誰にも信じてもらえないのだけど――。

「あなたは、人形のせいで捕まったんでしたっけね」

ふいに、老いた受刑者に話しかけられた。この人は尾島裕太より少し前に入ったと聞いている。名前はちょっと思い出せない。

「あ、その話、覚えられてましたか、恥ずかしい」

雑居房の先輩たちから、どんな罪を犯したのか聞かれたから、あの日の一部始終を話したのに、「人形の首が宙に浮かんで」というくだりを話した途端《とたん》「何だよそれ」と鼻で笑われ、それっきり仲間外れにされている。まあ、たぶん仲間外れになった一番の原因は、ストーカー行為の末の殺人未遂罪《みすいざい》という、同性からも気味悪がられる罪状だろうけど。

でも、そんな尾島裕太に、老いた受刑者は優しく話しかけてきた。

「私は実は、人形の首が浮いてたっていう話、信じてるんですよ。科学で説明がつかないことっていうのは、起きるものなんです。私も、今はこうして囚《とら》われの身ですが、決して間違ったことはしていません。ただ、一般社会の理解を超えてしまっただけでね」

その受刑者の穏やかな口ぶりに、尾島裕太はなんだか安心感を覚えた。疎外《そがい》されていた雑居房の中で、信頼できる相手を見つけた気がした。

「人間は、気力さえあれば大丈夫なんです。気力を持ちましょう。本当は、私の気力を注入した『高気力充塡心身復活水』も飲ませて差し上げたいんですがね。ここに来る前は、ペットボトルでみなさんにお配りしておりましてね……」

ん、やっぱりこのお爺《じい》さん、変な人かも——。尾島裕太は話を聞くうちに思い直した。自分の異常さは棚に上げて。

一方、他の受刑者たちも、恭也の結婚のニュースを見て話している。

「そういえば、恭也のファンだった奴が、少年院にいたなあ」若い受刑者が語った。「そいつ今、格闘家やってるらしいですよ。全然俺より年下だったけど、俺とタメの喧嘩最強の奴と、教官にバレないように喧嘩して勝っちゃったんですよ」

「へえ、マジかよ」

喧嘩の話は、刑務所内の血の気の多いグループには好評だ。

「もしかしたらすごい格闘家になるのかもしれないですよ。名前何だったかな。熊とか竜とか、なんか強そうな名前だったのは覚えてるんですけど」


「さあ、続いて青コーナー、今日がデビュー戦の熊井竜一郎選手の入場です。入場曲は、熊井選手が昔からファンだという恭也さんの『戦うお前に』。セコンドには、弟の虎次郎選手が入ります。虎次郎選手も来月デビュー戦が決まっています」

総合格闘技の実況中継。まだネットで無料で見られる前座試合だが、会場は十分熱気に包まれている。恭也の大ヒット曲『幸運の人形』の次にリリースされ、こちらもヒットした『戦うお前に』が流れる中、熊井竜一郎がリングに上がる。

「かつては札付きの不良でした。喧嘩に明け暮れ、兄弟揃って少年院に入ったこともありました。しかし格闘技に出会って更生《こうせい》した、人呼んで『令和のあしたのジョー』兄弟。まずは兄、熊井竜一郎のプロデビュー戦です。弟の虎次郎の前で勝利を飾れるでしょうか。対戦相手は、昨年プロデビューし、通算成績一勝一敗の山下《やました》ミツル選手です」

熊井竜一郎が少年院に入った原因が、弟の虎次郎との兄弟喧嘩だったという話は、視聴者が戸惑うだろうから端折ってある――なんてことは、一部のスタッフしか知らない。

「まあ、新人同士の戦いですけど、注目したいですね」

解説者が当たり障りのないコメントをしたところで、試合開始のゴングが鳴る。

「さあ始まりました。いきなり熊井が突っ込……お～っと膝が入った！　熊井ダウン！　立てるか……立てない！　山下選手の勝利！　試合開始からわずか三秒、山下選手のカウンターの膝蹴《ひざげ》りが、熊井選手の顔面をとらえ、鮮烈なKO決着となりました！」

実況アナウンサーが精一杯盛り上げるのと対照的に、解説者は冷静に語る。

「まあ熊井選手ね、あんなにガード下げてそのまま突っ込んでいくっていうのは、正直ちょっとまだプロのレベルではなかったですね。街の喧嘩ではあれで勝てても、プロのリングは全然違うんでね。山下選手もさすがに見逃しませんでしたね。ちょっと熊井選手は、基礎からやり直した方がいいですね」

「あれっ」

日下部裕太がスマホを見て声を上げた。谷元理香が聞き返す。

「ん、どうしたの？」

「なんか前の試合が、開始三秒かな？　めっちゃ早く終わっちゃったみたい。だから先輩の試合が、思ったより早く始まりそう」

「へえ……先輩勝てるといいね」

理香は、裕太と微笑み合ってから、手元の文庫本に目を戻す。裕太は高校時代の柔道部の先輩の格闘技の試合をスマホで見て、理香は読書。こんな感じで、休日は家でまったり過ごしている。

今では二人は、半同棲状態だ。理香の父も認めてくれている。それに、大学も復学できそうな目途《めど》が立った。裕太も足りない分の学費を出すと申し出てくれた。もちろん理香はいずれ必ず返すつもりだけど。

立て続けに不幸が降りかかってきた時は、毎日がつらかったけど、結果的に裕太に出会えたなら、これでもよかったのか――。今では理香はそう思えている。

と、理香のスマホが振動した。見ると、父からのＬＩＮＥだった。裕太の部屋にいることが多いので、父と顔を合わせる日が減った分、近況報告のＬＩＮＥは増えた。

『母さんの面会、また断られた。刑務所で元気にやってることを祈るしかないな』

父からのメッセージを見て、理香は静かにため息をつく。父はまだ、母と面会して正気に戻すことをあきらめ切れていないのだ。理香は、もう縁を切ってもいいんじゃないかと言っているけど、一度は愛した元妻を、父は見捨てられないのだろう。

とはいえ、その次のメッセージは、ガラッと変わった内容だった。

『でも、いいこともあったんだ。この前、歌手の恭也さんと事務所の社長さんを乗せて、娘が大ファンだって言ったら、喜んで写真撮ってくれた。しかもそのあと、恭也さんと社長さんが結婚したってニュースになってたから、この日にプロポーズしたのかも。だとしたら俺がキューピッドかも』

そのメッセージの後、タクシー運転手の父と恭也のツーショット写真が送られてきた。

「なんか、お父さんが、歌手の恭也さんを乗せて、写真撮ってもらったんだって」

まだ試合は始まっていないようなので、裕太に父からのＬＩＮＥの写真を見せる。

「あ、あの『幸運の人形』の人か。一発屋かと思ったら復活した人ね」裕太が画面を見て言った。「へえ、写真撮ってくれて、いい人なんだね」

「娘がファンだって言って、写真撮ってもらったんだって」

「へえ、理香ちゃんファンなんだ」

「いや……そうでもない。お父さんミーハーで、自分のタクシーに有名人を乗せるたびに、そう言って写真撮ってもらってるの」

「アハハ、なるほど」裕太が笑った後、ふと思い出したように言った。「ていうか『幸運の人形』といえば、まさに俺たちにも覚えがあるよな」

「ああ……そうだよね」理香もうなずく。

「今思い出しても、人形の首がふわふわ浮いてたように思えちゃうけど、やっぱり錯覚だったんだろうなあ」

「今もどこかにあるのかな、あの人形」

理香は、人形の首が宙に浮いていた、あの光景を思い出し、小さくつぶやいた。

＊

高い建物の、喫煙所なる場所から脱出し、無事に着地したはいいが、お梅は人間に見向きもされないまま、もう何日もさまよい歩いている。

どうも、この辺には人間があまり住んでいないらしい。何十階にも及ぶ高い建物が林立しているが、その中にあるのは職場や商店ばかりのようだ。人間が居住する建物もところどころにあるようだが、この辺の高い建物に住む人間たちは、服装もいくぶん上等のように見えるので、ひょっとすると金持ちが多いのかもしれない。そして金持ちは、路上に落ちている人形をあまり拾おうと思わないのかもしれない。

さらに雨が降り始めたので、お梅は雨宿りせざるをえなかった。とっさに逃げ込んだ、どうも人間が住んでいるらしい高い建物の下の、雨に濡れない庇《ひさし》の下で、どうせ拾ってもらえないだろうと思いながらも佇んでいるしかなかった。

でも困ったことに、こんな地域にも、カラスや野良猫《のらねこ》はいるのだ。

ここでもまた「かあ〜」と鳴きながら、カラスがお梅に興味を持った様子で滑空してきた。猫もカラスも、どうせ食えないのだから、お梅に興味を持ってくれるなと言いたい。言ったところで通じないのだが。そもそも発声器官のないお梅は言えないのだが。

猫の場合は、奴らが届かない高さまで一気に浮き上がれば逃げられるようになってきたが、カラスは逆だ。奴らの前で浮いてしまうのは逆効果。鮫《さめ》から逃げるのに海に飛び込むようなものだ。カラスは陸を足で進むのが苦手なので、まず走って逃げて、奴らが入れずお梅は入れるような隙間を見つけて潜り込むのがいい。——なんて、人間を呪うより動物から逃げるコツを先につかんでしまうなんて、悲しい限りだが。

お梅は、ぴょんぴょんと小刻みに跳ねて近付いてくるカラスを前に、顔だけ動かして逃げ場を探した。見ると、男が一人、石板のような物に向かって小声で何か話している。

男は、石板状の物に向かって、笑いながら小声で「早く開けてくれ」などと言っていた。その際に彼は周りを見回したが、低い位置にいるお梅やカラスのことは目に入らなかったようだ。まもなく透明の扉が開いた。

お梅は男の後に続いて走り、透明扉の中に入った。カラスは、閉まりゆく透明扉を警戒したのか、入ってこられず、そのまま扉は閉まった。未練がましくカラスが「かあっ」と一鳴きした。ふう、どうにか振り切ることに成功した。

だが、誤算だったのは、扉を開けてくれた功労者の男が、こちらをぱっと振り向いてしまったことだ。カラスの鳴き声のせいだろう。

しまった。動くのを見られてしまったか——。お梅は焦った。

　こちらを向いた男。帽子をかぶり、たしか「ますく」とかいう、顔の下半分を覆う布も装着している。そんな男の心の中で、恐怖や焦りがみるみる膨れ上がっていった。

　そしてすぐに、男の中に破壊衝動が生まれた。それに突き動かされるように、なんと男は、お梅を踏みつぶそうとしてきた。

　これは驚いた。ここまで攻撃的な人間は初めてだ。お梅は男の足をよけて走った。動くところを人間に見られてはいけない、なんて考えている場合ではない。まずは破壊を免れなくては。男はなおも「くそっ」とつぶやきながら、お梅を踏もうとしてきた。その心の中には恐怖が読み取れるから、お梅のことを呪いの人形の類《たぐ》いではないかと怖がっているようでもあるのだが、「呪いの人形にこんなことをしたら呪われるんじゃないか」という想像は働かないのだろうか。なんと短絡的《たんらくてき》な男だろう。

　そして、実際にお梅は、即座に人間を呪い殺せるような力がないから困りものなのだ。

「呪いの人形にこんなことをしたら、後で呪い殺されるかもしれない」と人間が自制し、直接的な危害を加えないでくれたから、今日まで約五百年間、破壊されずにいられたのであって、このように真正面から破壊しようとしてくる人間が、実は一番困るのだ。

男は執拗《しつよう》に、お梅を踏もうとしてくる。こうなったら、宙に浮いて首も外してやれば、さすがに怖がるだろうか……などと思っていた矢先、透明扉が開いた。どうやらこの扉は、外から入るには石板に向けて手続きが必要だが、中からは近付くだけで勝手に開くらしい。男とお梅の追いかけっこが、扉を動かす機械に感知されたのだろう。

お梅は、これ幸いと透明扉から外に出た。だが厄介なことに、さっきのカラスがまだ外にいて、飛び出してきたお梅を見つけて、また「かあっ」と鳴いて近寄ってきた。そして男も「ちくしょう待て」と声を上げて追いかけてくる。

まさか、カラスと人間に同時に追いかけられるとは――。お梅は建物の敷地を飛び出して左へ曲がり、雨が降っているのも構わず外の道路に駆け出す。カラスはもうお梅に夢中のようで、少し飛んでお梅の前に回り込んできた。くそ、厄介な奴め。お梅はとっさに、カラスの着地直前に宙に浮き、カラスの頭を蹴ってさらに浮き上がった。空中で逃げ場を探し、ぱっと見つけた建物と塀の隙間に上から入り込む。

これが功を奏した。その隙間は、お梅だったら通れるが、カラスにとっては翼を広げてしまうと通れない狭さなのだ。つまりカラスは、この隙間に飛び降りてしまっては、もう脱出は不可能。出られないまま餓死《がし》するしかないだろう。鳥類の中では頭がいい方らしいカラスも、それを察したらしく、塀の上からお梅を見下ろし、未練がましく「かあっ、かあっ」と二鳴きした後、飛び去っていった。

その直後、どん、と大きな音が響いた。さらに、しばらくして女の叫び声が響いたが、何と言ったかまでは聞き取れなかった。

塀の外で何が起きたのか気になったが、様子を見ようと宙に浮いて、まだカラスが待っていたら襲われる可能性もある。しかも、この隙間にも雨は少し入ってくる。このまま体が濡れて黴《かび》でも生えてしまえば、ますます人間に拾われづらくなるだろう。

お梅は塀の内側をしばらく歩き、隣の建物との境界の柵の間を抜けたところで、上に庇があって雨をしのげる場所を見つけ、そこで雨宿りすることにした。それにしても、野良猫に追われカラスに追われ、あげく人間にまで破壊する気満々で追われて、逃げるだけで精一杯とは情けない限りだ。お梅は、はあっと深くため息をつき……たい気分だったが、呼吸器官がないのでただうなだれるしかなかった。

＊

沖原泰輔——本名・荻原太郎は、未だにショックを引きずっていた。
女に振られるなんて、たぶん大学時代以来だ。まったく不覚をとってしまった。まさかあんなタイミングで留守電がかかってくるなんて。

でも、たしか大学時代に振られた後にすぐ、今も所属している大手芸能事務所にスカウトされたのだ。そう考えると、そろそろいいことでもあるかもしれない。

デビュー後は二枚目俳優として早々と売れ、仕事は途切れることなく、時々呼ばれたバラエティ番組でも軽妙なトークで盛り上げ、その甲斐《かい》あって司会者のオファーも来るようになった。今では俳優業より拘束時間が短くてギャラが割高な、司会者の仕事がメインになっている。元々芝居が大好きだったわけでもないし、楽に稼げるに越したことはない。今や大半のバラエティ番組の司会はお笑い芸人が務めているが、その分、そこまで笑いを取らなくていい番組は、ちょうど沖原泰輔ぐらいの、見た目がよくて無理に笑いに走らない司会者にオファーをくれるのだ。おかげで泰輔は、ほぼ台本通りの司会をこなすだけで文句なしの富裕層といえる収入を得ている。

ただ、そんな沖原泰輔には、どうしてもやめられないことがある。――女遊びだ。

泰輔自身も分かっている。『サンセットワイド』というワイドショーの司会も務め、他の芸能人の浮気や不倫の報道が出れば、カメラの前で眉をひそめてみせる立場なのだから、こんなことは絶対にすべきではない。バレたら大変なことになる。

でも、やめられないのだ。容姿のよさと軽妙なトークで、合コンで連戦連勝だった大学時代から、芸能界デビュー後はさらにモテるようになり、女遊びはもはやライフワークになっている。四十歳を過ぎ、そろそろ身を固めようかと、好みのタイプだったほぼ無名の後輩女優と結婚したものの、残念ながら彼女は性生活に淡泊《たんぱく》な方で、やむなく浮気をしたらバレて、多額の慰謝料を払って二年で離婚。俳優としてスキャンダルは避けたいという意向はお互い一致したので、円満離婚ということにできたのは不幸中の幸いだった。

それから年を重ねても、性欲はいっこうに衰えない。むしろ強まっているのではないかと自分でも怖くなるほどだ。

それにしても、エースだった藤田亜沙実に振られたショックは大きい。一目見た時からもろに好みだったから、何年も時間をかけて口説き落としたのだ。つくづく、あの留守電が悔やまれる。しかも亜沙実は結局、恭也を選んで最近結婚したのだ。そのニュースを『サンセットワイド』で笑顔で紹介した時は、なかなかの屈辱感を味わった。

こうなった以上は、あの留守電をかけてきて、亜沙実と別れる原因を作ってしまった、水戸冴子で当面は我慢するしかない。作家で『サンセットワイド』のコメンテーターで、隙あらば自分の作品の宣伝を挟もうとする悪癖はあるが、それはさておき、なかなかの美人だ。やや年増《としま》ではあるが、彼女は泰輔の浮気を問い詰めはしないという安心感もある。

なぜなら、冴子も人妻だからだ。

夫とは仮面夫婦状態で子供はおらず、何より彼女は、長年の沖原泰輔ファンなのだ。彼女が『サンセットワイド』のコメンテーターに選ばれ、最初の打ち合わせで挨拶した後、猫撫《ねこな》で声《ごえ》で「沖原さんの大ファンなんです～」と言ってきた時に、これは落とせそうだと長年の女遊びの経験からすぐに判断し、案の定あっさり落とせた。というか、冴子の方から「お食事行きませんか」とアプローチをかけてきたぐらいだった。

及第点の美人であることに加え、数々の受賞歴を持つ作家という肩書きがありながら、ベッドの上では激しく乱れるというギャップがたまらない。それに、ワイドショーの司会者とコメンテーターで、他の芸能人の不倫のニュースでは「許せないですね」なんて言っているのに、二人で不倫しまくっているという背徳感もたまらない。まあ、少し前に落とした若いヘアメイクの女も次に控えているのだが、あの子は若いだけでテクニックの方がイマイチだったから、今後のメインはしばらく冴子になるだろう。

というわけで、マスクと帽子で厳重に顔を隠し、やってきた冴子のマンション。作家は時間の融通《ゆうずう》が利《き》きやすいのも、外資系企業勤務の冴子の夫が海外出張中なのも好都合だ。オートロックの部屋番号を押し、「来たよ」とささやく。

すると、冴子はインターホン越しに悪戯っぽく返した。

「愛してるって言ったら開けてあげる」

「おいおい、早く開けてくれ、バレたらまずいだろ」

そう笑いながら、まさか本当にカメラマンでもいないだろうな、と思ってさっと周りを見回してみたが、雨ということもあり、普段以上に人通りは少なく、エントランス周辺にも表の道路にも人影は一切見当たらなかった。

冴子もクスクス笑った声が聞こえた後、オートロックの扉が開いた。さて、部屋に入ったら、さっきの悪戯のお仕置きで、いきなり脱がせて激しく……なんて考えながら泰輔がマンションに入ったところで、後ろから「カ〜ッ」とカラスの鳴き声がした。

振り向くと、自動ドアの向こうにカラスがいた。それだけでもなかなか珍しい光景だったが、さらに驚くべきことがあった。

和服の女の子を模した日本人形が、泰輔を追いかけるように、こちらに走ってきたのだ。しかも、泰輔に見られたことに気付いたかのように、ぴたりと立ち止まった。たぶんさっきのカラスも、この人形が動いたのに反応して鳴いたのだろう。

何だ、この人形は——。一見、年代物の日本人形のようだが、ただの人形のわけがない。江戸時代のからくり人形というのも見たことがあるが、あれはゼンマイ仕掛けでゆっくり、決められた動きをすることしかできないし、たしか動く時にゼンマイの大きな音もしたはずだ。でもこの人形はさっき、音もなく機敏《きびん》に、おそらくマンションの外から泰輔を追うように走ってきて、泰輔の視線を感じたかのようにぴたりと止まった。

そこで泰輔は、はっと思い出した。

あれはいつのことだったか——。たぶん割と最近、ここ何ヶ月かのことだ。

『サンセットワイド』の『知りタイスケ』のコーナーで、最新ロボットの特集をやったのだ。その時スタジオに登場したのが、頭部にカメラが内蔵され、自律走行して写真を撮ることも出来るロボットで、それを見たコメンテーターの芸人が「このロボットが写真週刊誌にでも使われたら大変だ」的なことを言って、スタジオに来ていた専門家が「このロボットはもう実用化されてるから技術的には可能です」的なことを言って——。

背筋がゾッとした。もはや、そうとしか思えない。

こいつこそ、写真週刊誌が最近導入した、スクープ撮影用ロボットなのだ。

つまり、泰輔が水戸冴子のマンションに通っているという情報まで、すでに週刊誌につかまれているということだ。冴子は仮面夫婦とはいえ既婚者なので、もちろん不倫になってしまう。ワイドショーの司会者とコメンテーターの不倫なんて、下世話な世間の大好物だ。今までの不倫芸能人に対するコメントが、全てブーメランのように返ってくる。大スキャンダルで番組は全部降板、現在三本契約中のＣＭも打ち切り、違約金も発生、最悪の場合、実質的な芸能界引退——。恐ろしい未来予想が一気に脳内を駆け巡った。

これはもう、一か八か、このロボットを破壊するしかない。

さっきオートロック越しに冴子といちゃついた音声まで、このロボットの使用者にリアルタイムで送られていたなら、破壊しても手遅れだろう。でも、そこまでの性能はないのかもしれない。人間の元へ戻るまで、このロボットが撮影したデータは確認できないのかもしれない。それなら破壊すれば最悪の事態は免れる。番組コメンテーターのマンションを司会者が訪れただけなら、後でいくらでも言い訳できる。少なくとも、ロボットを無事に帰してしまえば破滅は確定だ。泰輔に今できることは、こいつの破壊のみだ。

泰輔は、その日本人形型ロボットを踏みつぶそうとした。すると、ロボットは生きているかのように泰輔の攻撃をかわした。あのスタジオで見たロボットより格段に高性能だ。何度も踏もうとしたが全てかわされ、エントランスの自動ドアが開いたのを見るや、ロボットは外に逃げ出した。泰輔はすぐ後を追う。絶対に帰してはならない！

ロボットは表の道路に飛び出していった。さっきのカラスもまだ外に残っていたようでロボットを追い、ロボット↑カラス↑泰輔の順で追いかけっこする形になった。なんとも珍妙な異種対抗徒競走だが、面白がっている場合ではない。泰輔は必死だ。

左へ曲がったロボットを追いかけるも、見失ってしまった。カラスは塀にとまって、マンションの壁との間を見下ろしていたが、さすがにプロペラもないロボットが、飛び上がってあの塀の向こうに下りたとは考えにくい。どこかを走っているはずだ。

泰輔は雨の中、とりあえずロボットが走り去った方向へと、無我夢中で走った。

無我夢中なあまり、次の曲がり角から車が出てくるかもしれない、などという意識は、すっかり抜け落ちていた——。

ドンッという音とともに、泰輔ははね飛ばされた。そして後頭部をアスファルトに打ちつけた。頭に響く激痛。ああ、これはまずい。視界がみるみるぼやけていくのは、たぶん目に雨粒が入ったせいだけではない。

「大丈夫ですか！」という、たぶん車の運転手の声。その次に聞こえたのは、聞きなじみのある「太郎君！」という女の叫び声。――きっとマンションの三階に住む冴子が、まず泰輔が来るのが遅いことを不審に思い、そこで外から衝突音が聞こえたので窓を開け、道路に倒れる今の泰輔を見つけてしまったのだ。そこまで推理できても、その冴子を見ることはできない。視界は濃霧《のうむ》がかかったように霞《かす》んでいる。そして意識も薄れていく。

冴子、ここまで下りてきてはいけないぞ。誰かに見られたら、それが不倫の決定的証拠になってしまうかもしれない。そう伝えたいけど、もう声も出ない。意識は薄れて、とうとう完全に失われ――。

「というわけで、当番組の司会を務めてきた沖原泰輔さんと、コメンテーターを務めてきた作家の水戸冴子さんの不倫が発覚したということで、二人とも当番組の出演は無期限で見合わせることになりました」

『サンセットワイド』で代理の司会を務めることになった、女性アナウンサーの高田が、カメラの前で神妙に語る。

「沖原さんは、命に別状はないものの頭蓋骨《ずがいこつ》にひびが入って入院中とのことです。まさか水戸さんのマンションの前で沖原さんが交通事故に遭ったことから、このようなスキャンダルが発覚するとは、我々もスタッフ一同も、非常に驚いているのですが、まずは視聴者の皆様に深くお詫びを申し上げます。たいへん申し訳ありませんでした——」

＊

カラスと人間の男から同時に追われてから数日。お梅はどうにか逃げ延び、相変わらずさまよう日々だ。

まずは人間が多く定住しているところに行かなければと思って、住宅らしい建物が見える方向へ進もうとするのだが、カラスや猫に追われるたびに、その目標を後回しにして逃げ回らなくてはいけなくなるので、なかなか進まない。人間の仕事場ばかりの区域では、相変わらず人間はお梅を拾おうとしない。呪う以前に、人間に所有されることすら難しくなってしまっている。

もう、この際、贅沢は言わない。呪い殺せなくてもいい。軽くでもいいから人間を呪えないだろうか。たとえば、お梅の働きによって不貞がバレるとか、軽い怪我をするとか、その程度でもいいから、お梅の力でちょっとぐらい人間を不幸にできないものか——。

なんて思っていたところに、背後から「にゃあ〜」と不吉な鳴き声。

振り向けば、やっぱり野良猫だ。ああ、くそっ！

注

本書はフィクションであり、登場する人物、および団体名は、実在するものといっさい関係ありません。本作品は書下ろしです。

——編集部

お梅は次こそ呪いたい

一〇〇字書評

切り取り線

購買動機（新聞、雑誌名を記入するか、あるいは○をつけてください）	
□（　　　　　　　　）の広告を見て	
□（　　　　　　　　）の書評を見て	
□ 知人のすすめで	□ タイトルに惹かれて
□ カバーが良かったから	□ 内容が面白そうだから
□ 好きな作家だから	□ 好きな分野の本だから

・最近、最も感銘を受けた作品名をお書き下さい

・あなたのお好きな作家名をお書き下さい

・その他、ご要望がありましたらお書き下さい

住所	〒				
氏名		職業		年齢	
Eメール	※携帯には配信できません	新刊情報等のメール配信を 希望する・しない			

この本の感想を、編集部までお寄せいただけたらありがたく存じます。今後の企画の参考にさせていただきます。Eメールでも結構です。

いただいた「一〇〇字書評」は、新聞・雑誌等に紹介させていただくことがあります。その場合はお礼として特製図書カードを差し上げます。

前ページの原稿用紙に書評をお書きの上、切り取り、左記までお送り下さい。宛先の住所は不要です。

なお、ご記入いただいたお名前、ご住所等は、書評紹介の事前了解、謝礼のお届けのためだけに利用し、そのほかの目的のために利用することはありません。

〒一〇一－八七〇一
祥伝社文庫編集長　清水寿明
電話　〇三（三二六五）二〇八〇

祥伝社ホームページの「ブックレビュー」からも、書き込めます。
www.shodensha.co.jp/bookreview

祥伝社文庫

お梅《うめ》は次《つぎ》こそ呪《のろ》いたい

令和 6 年 12 月 20 日　初版第 1 刷発行
令和 7 年 1 月 30 日　　第 3 刷発行

著　者　藤崎 翔《ふじさき しょう》
発行者　辻　浩明
発行所　祥伝社《しょうでんしゃ》
東京都千代田区神田神保町 3-3
〒101-8701
電話　03（3265）2081（販売）
電話　03（3265）2080（編集）
電話　03（3265）3622（製作）
www.shodensha.co.jp
印刷所　萩原印刷
製本所　ナショナル製本
カバーフォーマットデザイン　芥 陽子

Printed in Japan ©2024, Sho Fujisaki　ISBN978-4-396-35090-1 C0193